2,-

Christian Geissler (K)

Prozeß im Bruch

Schreibarbeit Februar 89 bis Februar 92
Musik mit Singstimme und Trommel,
Messungen und Messer

Publiziert bei
Edition Nautilus

Editorische Notiz: Christian Geissler, geb. 1928 in Hamburg, lebt im Emsland. 1956–59 erste Hörfunksendungen, Fernsehspiele beim NDR. 1965–68 Mitherausgeber der Literaturzeitschrift „Kürbiskern". Seit 1969 Dokumentarfilme, 1972–74 Dozent an der Film- u. Fernsehakademie in Westberlin. Veröffentlichungen u.a.: *Das Brot mit der Feile* (1973), *Wird Zeit, daß wir leben* (1976), *Im Vorfeld einer Schußverletzung* (1980), *Spiel auf Ungeheuer* (1983), *Kamalatta* (1988), *Dissonanzen der Klärung* (1990), *Winterdeutsch* (Aktions-Sonderheft 2/1992). Umschlaggestaltung unter Verwendung einer Zeichnung von Heinrich Vogeler, „Spatwerke in Karelien", 1938.

Edition Nautilus Verlag Lutz Schulenburg
Am Brink 10 · D-2050 Hamburg 80

1. Auflage 1992 · ISBN: 3-89401-206-4
Printed in Germany

ich widme dieses buch monika und jo hauberg

vorwort

ich habe es nicht zeile für zeile überprüft, aber ich denke, bei mir ist erst spät der fakt *bruch,* aus ihm jener schmerz, der uns rege macht, aufreißend notwendig der riß der entdeckungen, der uns gefährdet, zur sprache gekommen.

woher die verspätung?

mitten aus der kindheit.

im krieg war ich ein ängstlicher knabe an der kanone, aber niemand sollte meine ängste erkennen. so war ich frech, mitten im schreck. so war ich zwei mal da. im verbotenen riß war ich bang der lustige lügner. das war widerlich. (von daher damals mein kleines geschrei nach großer harmonie.) (von daher, auch von daher, egal, welchen sieg sie grad dröhnen, mein haß gegen die, die aus meinem zwiespalt mein lügen, aus meinen lügen sich ihren schnitt gemacht haben.)

aber auch ohne ‚privates': es gibt, menschenweit, ängste gegen den bruch. wir wollen am liebsten heil sein. von *heileheilesegen* bis *heilhitler.* das ist eine alte geschichte; hinterrücks, weit tief zurück, eine fromme geschichte. gäbe es die ängste nicht gegen den bruch, gäbe es die lust nicht aufs beten. (auch nicht auschwitz. auschwitz, noch hinter allen konzerninteressen, ist in seinem tiefsten grunde ein frommes ereignis: aus reinigungsängsten die kammern der desinfektion gegen das (lustige?) blut des bruchs, gegen gewitzt den sprung aus dem riß in das unbekannte terrain unseres lernens. weites feld ...) am liebsten sind wir unverletzt.

aber nichts geht lebendig voran ohne verletzung. wir kommen auf die welt, ein messer schneidet uns ab, wir bluten uns ein in die fremde. anders kommt niemand zu sich. so notwendig ist das. so ist das notwendig in schönheit auch unser schreck. egal, wie es singt und klingt ins kahle gestein der heide hinab (die damen und herren in weiß wissen gut über uns bescheid), *fürchtet euch nicht* — wir fürchten uns sehr. wir bücken uns gern in die wolle der herden, an das mahlende maul überm mist, in den warmen dunst der gewißheit. obgleich wir wissen, *gott der herr hat sie gezählet, daß ihm auch nicht eines fehlet* — am schlachttag.

ist ein schlachter
ist ein kaufmann
der zählt
der findet

so, gern zwar mitten im schutz der hürde, suchen wir heimlich im gatter die lücke doch, den bruch. so kommt es zu verletzungen.

die gefährlichsten verletzungen, die eigentlich schwärenden, brennen die lügen, die uns den bruch zu vermeiden schmackhaft machen wollen.

oder war das bei mir nur so?

unauffindbar namenlos heil das ducken gegen die entdeckung des bruchs?

im dienst bei den nazitruppen entsetzt, man ist kein rechter mann, will aber einer sein, die einschreibung *freiwillig* in den hundstrupp der *besten,* ins fallschirmjägergeschmeiß, in den sprung (in den sturz?). nur fünf wochen vor dem *einsatz,* mit dem fahrrad die flucht ins versteck, in die waldhöhlen nahe lübtheen. kein bruch. sondern der bruch als verbergung. gar keine lust dran, sondern dunkel nur meine beschämung.

sechs jahre später lockt klosterleben in devonshire. die angst vor der frau? gegens freie fleisch? oder männergelüst? die geheimniswürde des faltenkleides, der schwarze schutz (der kirschige kuß?)? stattdessen der schlupf ins eheliche geröck. der bruch springt *in ordnung.* und wieder gar keine lust, sondern munkeldumm ihre verklemmung.

später bald (also?) genau hier der bruch. aber doch nicht als entdeckung, lieber als eine flache entgleisung, der kinoglitsch. die freie verwüstung nicht, nur bißchen zappelig beutemachen. *der jagende affe.* nichts bricht. es sind nur die armen verabredungen einer männlichen sippschaft; in der horde der hops; der bruch brav.

dann aber endlich nah die ausbrechende bewaffnung, ‚das organisierte verbrechen'. nichts habe ich so geliebt.

aber nichts macht so wachsam gegen das lügen wie unser liebstes lieben.

so hat sich mir erst genau hier, in der klandestinen selbstübertreibung *das lügen im bruch* entdeckt. das ist ein lügen, das den bruch macht, der nur so tut, der täuscht; den bruch, der sich ins standbild stürzt; der lieber den tod will als das risiko des aufbrechenden lernens. angesichts andauernder gefährdung — jeder bruch schleppt auch die gefahr des zusammenbruchs, auch die der verlumpung — können, als sei das ein schutz, hergestellt werden die aufgötzungen der reglosigkeit. ach, säulendrehschwindel! und aus bruch wird erbrechen.

wir könnten das unterbrechen. wir werden das unterbrechen. es geht ums leben. es geht gegens lügen. im bruch. springen wir ab, brechen wir aus, machen uns unsichtbar, sehen uns an: sehen das neue gesicht, das noch niemand kennt. sehen die unterbrechung, den anbruch, den aufbruch, endlich den ausbruch. ja, auch den gebrochenen mann, auch die gebrochene frau. *schon mancher befreiungsversuch endete mit der erdrosselung des gefangenen.* da lauern scham und schande und schmerz. da hockt aber auch, zum sprung gespannt, unsere chance.

es wird geweint werden?

nie sind wir unverletzt frei, nie frei, ohne zu verletzen. nichts geht voran, nichts prozessiert ohne bruch.

es wird geweint werden. mit klarem kopf. der horizont hat unser gesicht.

(oder aber auch so: bei aller freude auf besseres, bei aller härte des aufbruchs, wieder und wieder, jetzt erstrecht, gegen das pack, will ich doch lernen, doch nahe legen zu lernen, das wort *zusammenbruch* nicht platt abweisend heldisch in einen ekelbegriff zu verfälschen. nichts, wirklich gar nichts ist einem jeden und ist einer jeden so bestimmt zugesagt wie der sturz über kanten, der plumps in die kiste. wie dürften wir denunzieren, mit ekel bewerfen, was uns gewiß ist? wir dürfen es nicht.

wir stehen auf und wir brechen zusammen.

das ist das ganze.

die lostrennung der einen beobachtung von der anderen, so oder so, produziert unsre entwürdigung. ihrer aufhebung gilt unsere neue freie kommunistische arbeit.)

von was ist die rede?

es ist die rede von schreibarbeiten, die ich, zwischen februar '89 und februar '92, veröffentlicht habe aus öffentlichem anlaß. öffentlich war, vom hungerstreikende im mai '89 bis zum niederholen ach niedermachen der roten fahne in moskau an weihnachten '91, der leichenfick weiß, der kadaver gesprayt, die pest als juchhei. der zusammenbruch und die fratze.

veröffentlicht habe ich eilig nach hier und da über bücher und blätter und blättchen zum thema *rückwende deutsch* und *peter weiss* und *knast* und *esterwegen* und *raf* und *kommunistenarbeit.* trauer und neugier und haß, spott und grauen und freude. ihre wüste und unser lied. in flugschriften, aufsätzen und gedichten. genossinnen und genossen haben gesagt, das ist von text zu text ein prozeß, den wollen wir übersichtlich, den möchten wir greifbar haben. hier ist er. mein *prozeß im bruch.* und ob der auf zusammenbruch läuft und *abschied* oder auf ankunft und aufbruch, das kann nun, wer lesen kann, klären. wir leben ja noch. *noch.* ich denke, sie lassen uns nicht mehr viel zeit. sie wissen, ihr dreck funktioniert nicht mit menschen. wir sind aber gerne menschen. nur zu! *nur hurtig fort und frisch gegraben, es währt nicht lang, er kommt herein ...*

(24-1-92)

wie einst die braut
dem geliebten zufliegt
hoch in den arm

bin heute nacht schon
ich aufgefahren
in die schlaufe des henkers

fern
will ich eine hütte mir schütten
zu schweigen mich
richten recht schinden zu schanden
schänden mit händen
aus wunden winden
zu ende mich
gern

gegen zweifel*

als ich aufgefordert worden bin, jetzt mit *kamalatta* hier her und sonst noch wo hin zu fahren, da war in den knästen noch nicht diese akute kampfsituation. seit dem ersten februar ist hungerstreikkampf bundesweit. (übrigens bundesweit fast ganz verschwiegen; es werden im dreck der mächtigen medien zwar planmäßig täglich vorgeführt verstümmelte opfer weltweit, aber weggelöscht kämpfende menschen uns nah.) in den kämpfen jetzt geht es um die zusammenlegung der politischen gefangenen in eine große gruppe oder in zwei große gruppen; darin um einen neuen schritt im widerstand drinnen und draußen.

so bestimmen es die gefangenen aus der raf.

ich *zitiere* diese bestimmung. gegen tiefe zweifel. ich hatte, aus einer vorahnung, ende januar angefangen, von meinem zweifel was vorsichtig in den knast zu schreiben. *meine* erfahrung vom wirklichen kräfteverhältnis — in den gruppen; in den städten; im land; in westeuropa — läuft nämlich wieder einmal (wie oft nun schon!) ganz anders. aber auf das kommen wir noch. jetzt erstmal hier was konkret zu unserem treffen, zu dieser lesung.

in welchem verhältnis steht so eine kamalattalesung zum jetzigen knastkampf, zu seiner bestimmung durch die gefangenen, zur erfahrungssituation drinnen und draußen.

das müssen wir von tag zu tag neu bestimmen, von information zu information, von ort zu ort, also jetzt auch wir hier müssen das neu bestimmen nach dem interesse und dem wissen und der arbeitsabsicht derer, die in die veranstaltung gekommen sind.

es kommt ja nicht in frage, daß wir literatur wahrnehmen ohne die wahrnehmung der wirklichkeit, etwa blind gegens wirkliche akute politische verhältnis, in dem wir von tag zu tag sind, in dem auch jeweils sprache und dichtung sind. zu fragen ist also, ob denn und wie denn kamalatta ins wirkliche tagesverhältnis jetzt hier hineingehört. oder draußen bleibt. oder draußen bleiben soll.

ohne eure ansicht in dieser sache schon zu kennen, schlage ich für diese veranstaltung vor die folgenden schritte, erstens: ich

* im 10. kollektiven hungerstreik der politischen gefangenen in der (alten) brd sind von mir alle kamalatta-lesungen zu politischen veranstaltungen erklärt worden. es war meine absicht, den kampf der isolierten gefangenen um ihre zusammenlegung (zl) in große gruppen öffentlich bekannt, die vernünftige logik ihrer forderungen endlich weithin denkbar zu machen.

lese ein stück kamalatta zur erfahrung knast und knastkampf. danach, zweitens, machen wir hier den erfahrungsaustausch über das, was jetzt los ist, drinnen und draußen. und in diesem gespräch wird dann auch klarwerden, ob es von nutzen ist, ob es sinn und verstand hat, drittens noch ein weiteres stück aus kamalatta zu lesen.

und entweder tun wir das dann. oder wir lassen es sein, weil es jetzt dann hier wichtigeres für uns gibt. ist das richtig so? (mal angenommen.)

es liegt übrigens inzwischen aus meiner lesereise im vergangenen herbst schriftliches material vor, aus dem klar wird, daß die politische polizei kamalattaveranstaltungen überwacht, die inhalte meiner reisearbeit schriftlich zu sortieren sucht. aus solcher sortierung kommt ein oberlandesgericht zu dem schluß, es sei, was ich tue, das kennzeichen einer nicht mehr zu korrigierenden feind*seligkeit* gegen diesen staat und alle seine institutionen, erstens. und zweitens sei, was ich mit kalamatta mach, die *unterstützung* der raf. zu beidem möchte ich hier was sagen.

zum einen: es ist mir noch nie eine seligkeit gewesen, den feind zu erkennen und ihn zu nennen. sondern es ist eine härte. einfach die notwendigkeit, zu kapieren, wo wir leben und arbeiten: in feindlichem gebiet; auf auslöschung hin umlauert; unterm internationalen kalkül von mördern. die sind hoch organisiert und bis an die zähne bewaffnet. die sind einfach uralt niederträchtig der klassenfeind.

auch wenn sie oben „frieden" reden und reisen — unten ist weitweit KRIEG. ist überprüfbar aus allen medien fern anschaulich aus allen menschenverhältnissen nah die tägliche kriegsgewalt, die monströse verstümmelung bis hinein in die kindergesichter nebenan, die kauende öde: die entfremdung — schreiend blutig oder ganz unblutig lautlos der angriff aufs leben, der krieg.

diese tägliche erfahrung macht mich nicht selig. ich bin nicht verrückt.

ein leben in liebe, produktiv verbunden mit selbstbestimmten selbstbewußten menschenmassen, wär mir lieber. aber ich bin kein träumer. unser leben ist der zerstörung preisgegeben, nicht einer schicksalshaften, sondern einer berechneten zerstörung, täglich getickt aus system, aus systematisiertem eigentümerinteresse. und also wenn wir uns nicht ums leben wehren, und zwar gnadenlos vielfältig jetzt, dann werden wir alle das leben verlieren *bald* — die einen im flächenbrand, in strahlungen, gasen und giften, die anderen in der schmatzenden wie schleifenden verblödung, jeder jede im tödlichen ticken getickt der teil, der funktioniert gegen leben.

ihr jungen habt euch dieses miserable weltverhältnis nicht ausgesucht. wir alten haben es nicht verhindert. bisher. also weiter. wir geben nicht auf.

und aber zum andern noch, zum *unterstützungs*gefasel: die politische arbeit jetzt, international die befreiungsarbeit derer, die um sich selber kämpfen, die zu sich kommen, die den kampf jetzt führen um die selbstaneignung kollektiv gegen die gewalt der entfremdung — diese unsre arbeit, ob bewaffnet oder unbewaffnet, ob in managua oder in stammheim, ob auf rheinbrücken oder im hamburger hafen, ob legal oder illegal — all unser widerstand erfährt seine gründlichste unterstützung aus dem infamen klassenverhältnis jetzt, und das ist: aus den massakern der eigentumsordnung. aus den massakern in wäldern und hütten, bergwerken und kasernen und slums, aus den massakern in köpfen und herzen hier zuhaus, platt aus dem markt der vergiftungen, der verödungen. aus dem angriff auf den menschen von klein auf kommt die unterstützung für unsren kampf. denn das erfahren wir täglich: sie zerschneiden uns, sie zerteilen uns, sie verfärben uns, sie verpacken uns zur ware. und genau aus dem, und also dann gegen das genau, kommt unsre arbeit um befreiung. der unsinn der fremde unterstützt uns den sinn, für uns zu kämpfen. ihr fremder griff gibt uns den anstoß, den hinstoß zu uns selbst. denn noch sind wir ja nicht blind. noch erkennen wir gegen uns pack, das macht hat, uns zu verhandeln. also entweder wehren wir uns, oder wir sind verkauft. in deren hand. *das* bringen sie uns täglich bei. *das* unterstützt den kampf des menschen um sich selbst. die herrschenden killer machen es öffentlich, wer sie sind. und also darin uns klar, daß wir sie nicht wollen. sondern jetzt uns. kein dichter muß *stützen,* was das gelichter uns täglich herstellt: den haß gegen sie. die freude auf uns. den ernst unsrer arbeit ums leben. gegen die herrschende löschung. drinnen und draußen.

oder ich sags nochmal so (denn ich will, daß das möglichst klar wird): eine sache, eine arbeit unterstützen, das heißt zuallererst, einer sache, einer arbeit recht geben. und es sind die herrschenden schandtaten weltweit (und nah hier in städten und dörfern und kammern und küchen!), die der sache des bewaffneten kampfes — ob bei uns oder drüben in gaza oder soweto — ihr recht geben.

(was allerdings noch nicht beschreibt, was wir mit unserem recht wo wann und mit wem jeder und jede tun. da steht noch viel lernen bevor, hartnäckig vielfältig die entwicklung von wissen und mut. und besonders nenn ich den mut, einander zu achten, in widersprüchen und auch in fehlern (und auch in schweren fehlern) einander treu und kritisch verbunden zu bleiben, zunander endlich verbindungen aufzubauen. *das* nenn ich *unsere zusammenlegung hier draußen.*)

es gibt viele formen des kämpfens und des lernens. einander genau zuhören, zunander zutrauen fassen und miteinander klüger werden — das ist auch eine.

das fürchten sie.
da schreiben sie heimlich mit.
da haben sie recht.
wir geben nicht auf.
wir lassen uns nicht bange machen.
weg mit dem 129a!
zusammenlegung jetzt
— drinnen und draußen!

(12-2-89)

geschrei*

mitteilung an die medien.
an freunde und genossen.

ja, das weiß ich, es ist die ohnmacht. es ist nur noch mein geschrei. aus jahren und jahren reden und schreiben und schreiben und reden und schreiben mach ich jetzt öffentlich den schrei meines körpers. mehr hab ich nicht. diese armut kommt aus meiner dummheit. wäre ich klüger gewesen, dann hätte ich rechtzeitig die einsicht und aus ihr den mut und aus dem das mittel gefaßt, das taugt für den angriff auf mörder; hätte rechtzeitig, mit andren zusammen, die struktur hergestellt für den kampf um das leben der genossen im knast, das ist: um unser leben. aber jetzt bin ich alt. jetzt schrei ich mit leeren händen. im schlachthaus die beschwörung allein nur noch mit meinem körper. der ist nicht groß und ist nicht stark. ich traumschreie mir einen riesigen körper lebendiger menschen. körper aus uns. der das leben liebt gnadenlos praktisch jetzt gegen die ordnung der killer. und ich werde erst wieder essen, wenn wir zusammen erkämpft haben, was uns notwendig ist. es sollen mehr werden, schnell, wir werden mehr werden, jetzt, *wir werden menschen sein.* dies ist ein fluch. er kommt aus hoffnung. gegen die menschenvernichter. für unser leben. drinnen und draußen ein kampf. kamalatta.

(9-4-89)

schlachthausenmüd
gequiekt mein gelbes lied
der augen sinket tief
ersungen stunken trunk
tunkt matt
der blick sich hinters kinn
das bebt das noch
hat mal gelebt
das loch

* der hungerstreik ist nach neun tagen von mir (und von sabine peters) abgebrochen worden wegen krankheit. auch, weil viele, die uns wichtig waren, ihn bloß lächerlich fanden.

blumen der wüste*

ohne eile, ununterbrochen.
schwer. drinnen und draußen.
wir lassen nun nicht mehr los.

schweres schweigen. hier draußen hinterm deich gibt es bis heute (28-5) keine nachricht aus den knästen. ausgenommen den anruf mittags am zwölften mai vom abbruch. ausgenommen eine blume, die brigitte mohnhaupt aus stadelheim geschickt hat am vierzehnten mai (wer weiß noch, was das für ein jahrestag ist). ausgenommen auf einer alten wand das bild eines kämpfenden basken, das eva haule am siebzehnten mai geschickt hat. noch fehlt unsere sprache. lieber wühlen wir stumm voran, als innehaltend sagen wir fragen, lernen wir lernen. lieber feiern wir hoffnung und mut, lieber nicht die erfahrung unserer ohnmacht. ein alter vers in ähnlichem schreck geht aber wohlwissend so:

das fest verhallt, und jedes gehet morgen
auf schmaler erde seinen gang

doch doch, auch der kampf, in dem es ums leben geht, kann noch ein fest sein. aber danach. schmales schweigen schwer. ich versuche zu balancieren.

hier und da heißt es in diesen tagen, wir warten jetzt, was die gefangenen sagen. was ist das? ist das die angst, jetzt einen ‚fehler' zu machen? ist das, verkleidet ins schweigen, der unmut vor unbedeutenden trümmern; fehlt da wem etwa das *straighte* moment im ende? oder ist das vernünftig geduld aus ratlosigkeit, redlich machtlos die trauer? es könnte auch freude sein, mitten in unsrer schwäche die freude, daß alle leben. freude, die uns auf zeit die luft zum reden wegschnappt. bei mir war das am zwölften mai mittags. die nachricht vom abbruch, die freude, daß keiner jetzt stirbt, verschränkt freilich in den horror unsrer vergeblichkeit gegen pack. und im grunde die überraschung, daß das den kämpfenden gefangenen zuletzt doch noch möglich war. denn auch das will ich hier jetzt mal sagen, ich hatte das ende der kämpfe finster anders vermutet (entsprechend mein schreien am 9-4), war also auf die freiheit der genossinnen und genossen im knast überhaupt nicht gefaßt gewesen. denn das ist freiheit, daß

* nach dem vergeblichen hungerstreik war in den knästen und draußen eine starre. die wollte ich unterbrechen.

sie sich der apparateverschwörung doch noch entreißen, sich genau selbst bestimmen konnten kollektiv bis in den allerletzten moment. sich nicht hinreißen lassen in die vernichtung, die das pack gegen freiheitskampf weltweit will. da war ich froh, hab geweint.

jetzt weiter.

bloß wie.

ich habe inzwischen in einige knäste geschrieben, gleichlautend so: ‚auf die gefangenen jetzt warten', das fände ich falsch, worte finden sei jetzt schwer, nicht nur aus technischen gründen, auch hier draußen, aber das sei auch unser kampf gewesen, also werde das jetzt auch unser wort sein, und es sei gut, daß alle leben, daß sie ihr leben denen doch noch entrissen haben, und jetzt gebe es schwer was zu lernen, ohne eile, ununterbrochen, drinnen und draußen ein lernen, wir ließen nun nicht mehr los.

so hab ichs erstmal rausgeschrieben. und ein gedicht habe ich mitgeschickt, eins vom vierzehnten mai 89.

sengend asche aus blei
der feind

lacht uns den kill
reibt sich die hände in unschuld
öffentlich
ölig

fallen von stunde zu stunde
euch diese klappen ins schloß
eisen grün
gras

wird ihnen keins drüber wachsen
wir lassen uns nicht mehr los
hier unsre hand
sind viele

wer
flammend es bluten die blumen der wüste

(jemand hatte im märz nach einem besuch im knast rote blumen gemalt und geschickt. und in einem märchen, an dem dort geschrieben wird, heißt das befreite gebiet, in dem, verwandelt, die genossen und genossinnen leben und arbeiten, die wüste. daher kommt im gedicht die letzte zeile.)

aber wie weiter. aus dem schweigen welcher schritt. ich balancier das mal schmal, taste die wörter. *ich selbst bin die befragung dessen, was ich da sage.*

wir lassen nun nicht mehr los
gras wird ihnen keins drüber wachsen

wer sind wir. wir sind überall. sind die, die die kämpfenden gefangenen nicht im stich lassen, darin uns selbst nicht. sind aber immer noch viel zu wenige gegen dies massenhaft mediengestützte zerstörungsgeschäft der herrschenden ordnung. gegen diesen dreck schützt uns kein, nützt uns kein sausen oder säuseln von *neuer stärke.* wohl haben sie vor uns angst. aber da gibts nichts zu jubeln. ihre angst macht sie uns, die wir wirklich erst schwach sind, extra noch tückisch böse. und so heißt schwach sein auch doppelt wach sein. sie haben angst vor radikalen klassenkämpfen. ja sie jagen die kleine gruppe schon, einzeln den menschen, wenn er nicht aufgibt, ingrid strobl, fritz storim; damals leschhorn* , bis der tot war. ja, haben angst vor dem leben. ziehen aber zweitausendfünfhundert bullen blank gegen 123 menschen in der hafenstraße. ja, sie haben angst. aber auch gegen uns die maschine. das ist erstmal das kräfteverhältnis. nicht zu bejammern. doch aber zu bedenken biegsam wie bambus (das war mal ein schönes gedicht von ho chi minh; hat das noch irgendjemand). und nichts ist da etwa aufflackernd frei vom einzelnen zu überspringen. vom materialistischen kleinrechnen frei, wär so ein sprung nur das unglück der selbstübertreibung, kleinbürgerlich idealistisch hoffnungslos unkommunistisch (für wen hat dieses wort noch gewicht in den internationalen abschwörzeiten heut, in den apparatgesteuerten klassenverratsbewegungen zwischen peking und moskau und californien; *wichtige frage, die uns bald extra scharf angeht*). paar bankbüros ersetzen die leicht. von uns einen einzigen menschen ersetzen wir nie! genau dies wirkliche kräfteverhältnis klassenbewußt zu verstehen, heißt nicht kapitulieren, sondern lernen, das, was wir machen, richtiger zu machen. niemand soll uns unsere niederlage

* westberliner knastarzt, tätig im hochsicherheitstrakt. nachdem er wegen seiner solidarität mit den politischen gefangenen unter den druck der justiz geraten war, hat er sich getötet.

umphilosophieren in abgesang. unsere lieder schreiben und singen wir selbst. auch die lieder der trauer. *denn unsre trauer ist eine, die nicht aufgibt, die lernt.*

drinnen und draußen

wir

werden lernen

was.

schwierige umwege, phantasie, ausdauer, gründlichkeit, vielfältigkeit. nicht lügen vom siegen. nicht lügen vom siegen! *das* sind wir. *das* läßt nun nicht mehr los. *das* wird kein gras drüber wachsen lassen.

wo wächst kein gras mehr. wann wächst kein gras mehr. hier bei uns hat neulich ein freund holz gehackt, nach dreizehn jahren knast, täglich stunde für stunde unablässig auf seinen beinen. und wo die beine auf dem gras waren vor dem klotz, ist jetzt das gras weg. schritt für schritt, sprung für sprung, tritt für tritt, der gezielte schlag. diese spur bleibt. also beständigkeit. auf festem grund die beweglichkeit der beine. das standhalten als tanz. geschickt.

weiter.

unsere hand.

kann alles. auch die ganz leisen sachen. hat aber alles, was sie kann, erst gelernt. ausgenommen den reflex des klammerns. der sitzt drin. reflexe sind nützlich manchmal. aber wir sollten sie unter verdacht behalten. uns variabel halten. holzhacken bis geigespielen — ist alles drin. der unbeherrschte reflex legt uns fest. klammert uns ein. irgendwann legt er uns hin. macht uns berechenbar für das pack. macht uns stur. *wer sich nicht auch lösen kann, auch loslassen kann, kann keinen prozeß. revolution ist prozeß.* liebe und leben sind prozeß. nur am ende der tod ist starr.

klagen sagen.

klagen ist jedenfalls bitter, ist aber auch das kennzeichen einer kraft, die von sich weiß. nur eine kraft, die von sich weiß, ist zu kränken. ohnmacht kränkt uns, wir sind kommunisten. dummheit kränkt uns, wir sind kommunisten. wir lernen. wir klagen die macht der killer. wir klagen unsre ratlosigkeit. wir klagen die knäste. wir klagen unsre übertreibungen. wir klagen ertappt unsern spruch. (doch. *power durch die mauer* ist spruch. ich war dabei, hab mitgekräht. ich kannte die mauer. wir kannten die mauer. da bricht erstmal gar nichts. spruch.) wir klagen lügen. nicht deren lügen; die sind sie. unsere; denn die sind wir nicht.

oder wir gehen bald jämmerlich unter. welche lügen. selbstlügen. denn wir wußten, daß es so nicht geht. von anfang an. sie lassen den boss lieber waldnadeln beißen, lieber brennen sie 91 mallorcaproleten, bevor sie die kralle aufmachen. wir kennen das pack. gesetzmäßig hat es sich uns bekannt gemacht. warum lügen wir, daß wir dumm sind, hoffen uns gegen dies wissen was aus dem hut. weil das entsetzliche schwer zu ertragen ist. wir hören jetzt auf damit. wir sagen jetzt öffentlich: sie sind entsetzlich. wir sagen: sie sind unerträglich.

‚auf die gefangenen warten' ist falsch.

sieglinde hofmann hat es mir im februar gesagt; *es kommt zwischen drinnen und draußen genau jetzt darauf an, daß es kein gängeln gibt, sondern offen die gegenseitigkeit zwischen drinnen uns und euch draußen.* so ist das. und ich habs im winter und frühjahr auf lauter veranstaltungen so gesagt: wir draußen und die drinnen, wir sind gleich groß. nix heldenlieder nix verehrungstraben. denn dann wären die drinnen doppelt gefangen. und wir draußen schließer. doch. verehrung schließt ab. selbstbestimmtes wissen und lieben macht auf. ist riskant. prozeß ist riskant. sonst ist es keiner. also los. nicht warten.

ununterbrochen.

weitermachen gegen den knast. nicht wieder auf nächsten anlaß erst warten. nicht hängen bleiben in der pause. es ist keine pause. wir oder die. das geht immer weiter. bis das leben der kämpfenden kollektive auch im knast deren eigenes leben ist. unter dem geht nichts gut. viele wege suchen. *alle* wege absuchen. sackgassen schließen. keiner von uns soll sich totfahren an der wand. sie locken uns gern in den aufprall, in das zerschellen. wir passen auf. was werden wir finden. noch weiß das niemand. wir möchten sie überraschen.

niederlage.

wir haben das, was wir wollten, nicht nur nicht erreicht. wir haben, soweit mir die lage bis heute (28-5) bekannt ist, die lebensgefährliche situation der kämpfenden gefangenen nicht gekippt. gemessen an den forderungen vom 1. februar 89 haben wir uns für uns vom pack fast nichts geholt. wir waren ohnmächtig gegen dessen tötungssinn. die hätten vor unseren augen alle umgebracht. wenn die gefangenen nicht nein gesagt hätten. das ist zum verrücktwerden. aber das ist erstmal so. hier straight was leugnen, blockiert unser lernen. und das ist für kommunisten die allerschlimmste blockade, elend prüfbar aus der geschichte, jetzt aber aufzusprengen für jeden weiteren wirksamen schritt. anders machen wir keinen mehr. das möchte das pack. (balestrini, *die unsichtbaren,* lesen) wir möchten das nicht. sondern klüger viel klüger in zukunft *uns*. gegen die. das lassen wir nicht wieder los.

wir sind viele.

wir sind viel zu wenige, sind schwach. wenn man am tisch sitzt in kiel oder konstanz, münchen, frankfurt, stuttgart, bayreuth und oder heilbronn, erstrecht in hamburg, siegen, krefeld, ludwigsburg, kreuzberg und westrhauderfehn, dann fühlt sich das an, als seien wir viele. „echt stark." überall ist was los, nichts mehr brav fest. schönes fest! aber dann irgendwo in den tausendmaltausend dämlichen fußgängerzonen, blanken autowerkstätten, mattschlauen buchverlagen und senderkasinos, im urlauberzug der rekruten, in studentenandachten und bauernteestuben und feineren trauergemeinden sind wir verflucht allein. sehr klein. regelrecht sprachlos oft leider. kein teil vom ganzen. versprengt. da sollten wir sachte doch reden lernen, das teilen. leise reden teilen was? na das: materialistisches wissen, kühne phantasie, sture disziplin, lustige liebe, treuen internationalismus, blanken haß. andauernd wachsam gegen das pack. ausdauernd zuversichtlich in die möglichkeiten des nachbarn. reden, damit wir lernen, was wir machen. machen, damit wir lernen, was wir reden (denn manchmal oft machen/reden wir ahnungslos (?) wirklich nur blödsinn, rötlich den traum aus schaum) (oder dies stammeln als stampf) (und der nachbar meint immer noch nur *werder-bremen*), wir vielen, die vielleicht jetzt doch mal stück anders reden, nicht aufzuhalten, zum beispiel so: künftighin kein wort hier draußen, was gedeckelt, kein gedankengang, der abgetan, keine erwägung im interesse der kämpfenden gefangenen, die von uns verworfen wird ohne zuvor die genaue gemeinsame überprüfung *der klassenlogik und machbarkeit.* alles, was den status der kämpfenden gefangenen auf tätige vielfältigkeit hin, also zueinander hin und zu uns hin, erweitert, ist richtig. da ist erst noch was eigenartig von denen drinnen zu packen. da ist erst noch eigenartig was zu packen von uns hier draußen. da ist von uns allen erst noch eigenartig was zu packen. *oder sie packen uns bald einzeln fremd ab.* oder so: alles, was den *stoffwechsel* des gefangenen körpers anregt, ihn in wahrnehmung oder austausch differenziert, ihm nützt, ihn schützt, ihn weiter ausästelt und aber ihn eben darin stabil konzentriert, ist richtig. stoffwechsel ist ein begriff von eva haule für den austausch zwischen drinnen und draußen. stoffwechsel, so hab ich das später in einem brief an sie aufgenommen, ist immer gleichzeitig aufnahme und abgabe, sättigung und säuberung, ist *prozeß permanent verändernd offen nach vorn; im hin und her überraschend frei; im ziel fest. das ziel des körpers ist leben; das des internationalen klassenkörpers das entfesselte leben.* was heißt das für uns.

jedenfalls viel mehr als demolaufen und zetteldrucken ab nun. bestimmt viel unverschämter unsere solidarische phantasie, unsre tätigkeit hin und her furchtlos offen *ohne tabus.* viele ruhige einfälle sind jetzt viel besser als arm schnell der nächste anfall. wir haben nicht mehr viel zeit. jeder tag knast ist lebensgefährlich. es ist von unsrem leben die rede. nichts ist zuende. bleiben wir also auch nach diesem zwölften mai in gruppen zusammen. fangen wir an. jetzt. jeder an seinem platz das, was er kann. alles noch lernen kann. in der ruhe, die nicht mehr losläßt

wir balancieren.
es ist krieg.

(28-5-89)

unruhige wut*

liebe besucherinnen und liebe besucher.
liebe mitbürger und mitbürgerinnen hier aus leer und umgebung.

sie sind also hergekommen, um bilder anzusehen.
was sollen da wörter auf (noch einem!) zettel?
wer mehr wissen will, als hier die bilder ihm sagen,
der kann ja fragen.
naja.
ich als alter denke mir aus erfahrung: mancher mensch hat fragen, aber er fragt sie lieber nicht mehr.
wie kommt das denn?
das geht im kindergarten und oft auch in omas küche schon los: ‚frag nicht so viel!' da gewöhnt man sichs dann lieber ab ... ich hoff, hier in diesen paar ausstellungstagen, hier mal in dieser oder jener stunde, in dieser oder jener begegnung gewöhnen wir uns das fragen wieder frech an. ‚frag nicht so frech!'? doch! und es sind finster fragliche zeiten, in denen wir alle leben. und es sind wirklich bitter befragenswerte prozesse, die in unserm land in den knästen (und dort in den hochsicherheitstrakten extra nochmal!) ablaufen. ‚ablaufen'? nein. sondern es werden dort planmäßig zerstörungsprozesse inszeniert gegen den mut, das selbstbewußtsein, die ehrlichkeit, das wissen, gegen die liebe von gefangenen menschen; gegen ihre gemeinsame entschlossenheit, vor den wahnwitzigen unrechtsmustern der großen politischen apparate nicht zu kapitulieren. *weil* sie nicht kapitulieren, sollen sie zerbrochen, ausgelöscht werden. wer kapituliert, der kommt frei.
‚frei'?
was für eine freiheit ist das, in der es das leben kostet, ums leben zu kämpfen?
aber es geht ja schon sehr viel früher, scheinbar viel kleiner los, hier unter uns, mitten in der stadt, mitten im dorf irgendwo: da kenne ich menschen, die lieber nicht mithelfen bei dieser ausstellung, die lieber nur heimlich helfen aus angst um ihren arbeitsplatz. was ist das?

* dieser text war für leute unserer region, die die knastbilder aus der isolation sich ansehen wollten. es wollte allerdings dann kaum jemand. es war in diesen tagen anrüchig, das arbeitslosenzentrum in leer zu betreten. ein begüterter lehrer, seit langem mitglied einer kleinen alten kommunistischen organisation, mochte nicht einmal helfen, die bilder aufzuhängen.

ich verspotte diese menschen *nicht*. aber ich habe eine ausdauernde unruhige wut gegen eine staatliche ‚ordnung', gegen eine menschenlandschaft, in der dergleichen ängste ‚nützlich' sind, um in arbeit zu bleiben. es ist eine demütigung für jeden. und ich hasse demütigungen. ich bin nämlich in der nazizeit aufgewachsen, und da hab ich die schnauze voll von einer staatsordnung, die menschen angst macht, denen es um die wahrheit und um die gerechtigkeit geht; die menschen stumm macht, also zahm, also wehrlos.

gegen dies angstmachen, also gegen dies fragen-verschlucken habe ich diese ausstellung der jungen mit meinem namen unterschrieben. ich geh lange genug in die knäste, habe lange genug briefwechsel zwischen ‚drinnen und draußen': seit 1971. das reicht wohl, um genau zu wissen, was in diesem land gerechter widerstand gegen das knastverhältnis ist und was (international erforscht und international längst angeklagt) folter ist. und was das auslöschen von menschen ist in der gefangenschaft, das weiß ich auch. (ich war zeuge.) (1978/79 in hamburg.) (fragen sie mich.) (ich will antworten so genau ich kann.)

und es ist immer noch nicht schluß mit diesen schweinereien. heimlich täglich, von allen medien frech verlogen oder faul verschwiegen, geht der angriff auf gefangene menschen weiter, heimlich stündlich die zerquälung von kämpfenden frauen und männern. — ja ja, ohne blut (fast) und ganz ohne gummischürze, ich weiß. aber wir wissen auch die weiße folter keimfrei; in militärinstituten erforscht; in der uno geächtet.

aber stimmt das denn alles so?
oder spinnt hier einer?
oder sind hier ‚chaoten' am werk?

also gut, wir werden hier auch von chaos reden, wenn wir das wollen. aber dann reden wir mal nicht zuerst von haarschnitt und lederjacken, sondern von der nordsee; sondern von der autogesellschaft; sondern von den millionen hungertoten kindern unserer rohstofflieferanten; sondern woher das tötliche gift kommt für jemgum; sondern vom trick der banken mit den zinsen, wenn ein arbeiter endlich, in weener oder in ditzumverlaat, sein haus gebaut hat ...

ja, bitte, fragen sie nach. hier in unseren ausstellungstagen soll offen und genau geredet werden mit jedem, der unruhig ist, der was wissen will, der ehrlich mit uns zusammen rauskriegen will, was los ist.

auch in den knästen los ist.

denn das gehört alles zusammen, vom knastkampf in celle übers kälberspritzen im nachbardorf bis in die klassenkriegsbrände am amazonas: alles die herrschende niedertracht; aus der wir alle für uns was lernen können. und lernen werden. wir kneifen nicht aus. und: wir hier geben nicht auf! bis genug menschen im land, auch hier nah im land, davon wissen und mut fassen und wirksam NEIN sagen. bis dahin lassen wir nicht nach. und sagen, zusammen mit den gefangenen und vielen draußen: WIR LASSEN DAS JETZT NICHT MEHR LOS. wir wollen zwischen den gefangenen von knast zu knast und zwischen uns und den gefangenen den freien austausch, die freie bewegung des streitens und lernens. wir wollen, gegen den isolationskill, endlich den menschlichen *prozeß*. damit sich die gefangenen männer und frauen (und wir uns mit ihnen) frei entwickeln können und nicht erstarren in verschwiegenheit und sterben vermauert in lügen.

ich grüße nochmals jede und jeden, der hier zu den bildern gekommen ist.

WIR GRÜSSEN!

(wir: das sind viele, von leer bis konstanz.)

(aber wir: das sind noch zu wenige.)

(1-9-89)

grüße an helmut pohl*

es geht um uns
das sind viele
im prozeß

oder wer seid ihr

seid wir
sind ihr
unterwegs

lieber helmut. wir haben bisher nur wenige briefe gewechselt. jetzt hast du uns öffentlich geschrieben im oktober 89 (taz 17-11-89), und ich will dir jetzt öffentlich antworten. das macht mir schwierigkeiten. das öffentliche schweigen hockt mir auf jedem wort. oder gibt es irgendwo öffentlich antwort auf deine öffentliche nachricht an uns, und ich hab sie nur übersehen? oder gibt es in fachkreisen, hinter der hand, die klärende verständigung? wo wär das? hinter der hand ist nicht der raum für weitgreifendes solidarisches lernen. — also los, ich fang meine antwort jetzt an.

was ist antwort.

nicht abschließend etwas feststellen, sondern nachdenkend was losmachen; weiterführen das kritisch klärende nachfragen, das zutrauen in unsre arbeit zwischen draußen und drinnen. also jetzt deinen überlegungen wachsam nachgehen.

wohin gehen.

und warum grad ich.

du weißt da besser bescheid als viele, ich bin zum reden angestoßen aus meiner geschichte.

seit nachts vom achten auf den neunten mai neunzehnhundertundsiebzig, nach einer gemeinsamen ndr-fernsehsendung draußen in hamburg-lokstedt, ulrike und ich, aus paralleler arbeits- und parteigeschichte, den anfang damals durchredet haben, durchhofft und durchstritten haben (wir sind uns nicht einig geworden; das sieht man an dem platz, wo ich sitz; auch kann man das nachlesen über tausendzweihundert öffentliche seiten), auch sehr durchrätselt haben (nicht nur ich hatte wut um den begriff des kommunistischen kampfes, angst um menschen), ist euer leben aus meinem leben, euer anspruch und euer wissen

* der brief ist von HP nicht beantwortet worden

aus meinem, eure arbeit aus meiner, ja auch euer unsinn aus meinem unsinn nicht mehr wegzutrennen. also versuch ich heut meine antwort in diesem zwanzigsten jahr. unruhig gereizt. genossentlich, bestimmt nicht fehlerfrei (so ist niemand; oder verrückt). bestimmt dauerhaft wach in der sache der klassenkämpfe (so sind wir; oder wir kippen).

also los.

1. du beginnst mit dem gedanken, es sei *längst zeit, unter der geschichte nach dem hungerstreik einen schlußstrich zu ziehen.* das kann sein. aber denk das doch auch mal so: die zeit nach dem hungerstreik (so wie ja auch die zeit des hungerstreiks) ist nicht nur deine zeit, eure zeit drinnen, sondern auch unsre hier draußen. sie ist die zeit von denen, die während des hungerstreiks, auch schon vorher und schwierig danach, und heute noch an vielen verschiedenen plätzen im land, für eure zusammenlegung (als etwas *für uns*) öffentlich arbeiten bzw. gearbeitet haben. es ist also eure *und* unsre zeit, unsre gemeinsame zeit jetzt nach dem hungerstreik. und wir schließen sie also gemeinsam ab, und nicht ihr macht das allein. oder wir halten sie, zur gemeinsamen weiterarbeit — drinnen mit draußen; draußen mit drinnen — offen. was da jetzt entschieden, also schlußgestrichen oder offengehalten wird, ist nicht nur dein/euer ding. das muß uns allen, spätestens nach dem 12-5-89, wichtig sein.

2. du sagst dann, und das ist bestimmt drinnen eine besonders gefährliche erfahrung, *die offene situation ... produziert eine unerträgliche lähmung.* aber ich frage mich, dich, ist das so zwingend wie du es nennst, *unerträglichkeit.* oder anders: wenn das so dringend ist, ist das dann auch schon politisch richtig? für mein verständnis, also für das, was ich politisch will, lauert hier auch ein fehler. und zwar so: das offne zerrt, es verlangt, oft widerlich kaum noch erträglich, geduld. die durchzuhalten, offenzuhalten, kann einen an grenzen schaffen, an die man nicht will. (du kannst jetzt sagen, was weiß dieser geissler am ofen von grenzen und geduld und unerträglichkeit; aber sag das mal eben noch nicht; auch hier draußen sind unerträglichkeiten, und seien es die der dummheit und verwirrung; aber, nicht wahr, wir wollen zusammen weiter, müssen lernen, uns gegenseitig zu kapieren; aus ganz verschiedenen orten *wir.*) kann uns aber auch weiterhelfen, ich sags mal so: das offene hält prozeßraum, entwicklungsraum, entdeckungsraum, lernraum frei; den brauchen wir alle. oder ich sage das, aus den draußenereignissen grad dieser tage, für mich jetzt so: der fixe knall ist mir so abschließend öde wie das schweigen.

etwas abschließen ist nach meiner erfahrung oft nur bange was zuschließen, dichtmachen. und ich denk, und auch eben jetzt im internationalen bruch weltweit, in diesen wirren wie trickgesteuerten zusammenbruchsprozessen, die wir weithin in unsern aufbruch zu wenden haben werden, und genau eben darin genau auch nach diesem zehnten hungerstreikkampf, haben *wir alle* schwieriges, aufreißend neues vor. es wirbelt; es wird verraten; es wird bestes neu entdeckt; es muß von uns das unsre neu konzentriert werden; und mitten in diesen zerstörungs- *und* konzentrationsprozessen steckt auch unser/euer lern- und arbeitsprozeß zur zusammenlegung; lernen, streiten, korrigieren, lernen; eben das leben zwischen drinnen und draußen und drinnen und drinnen und draußen und draußen; *stoffwechsel,* hat eva gesagt.

so will ich jetzt unsre situation verstehen.

und alles das willst du schlußstreichen, abschließen nach sieben monaten? hab ich das richtig gelesen? und stattdessen was?

ich weiß ja von dir nichts zu homburg, aber ich frag das jetzt mal, weils reingehört in *offenheit* oder *verschluß:* wieder nur eng der knall? wieder verschlossen der schritt unumkehrbar ohne uns? und also dann wieder und wieder und tod und nichts und wieder und knall und knast und wieder und tod und die wiederholungen wieder und wieder und knast und tod und nichts und wieder? — in wessen kopf geht das politisch nach vorn? oder ist das bekenntnisarbeit? es ist aber gegen vernichtung nicht einsam der glaubensakt nützlich, sondern der schlaue stich. glaubensbekenntnisse sind immer letzter verschluß. in sie paßt nichts neues mehr rein. also will ich sie nicht, politisch erstrecht nicht. erstrecht nicht jetzt im drama draußen weltweit. und viele hier draußen wollen die nicht. und wollen die auch und erstrecht von euch nicht. ist euch das egal? was wir von euch/von uns wollen — das etwa ist euch egal? das kann nicht sein. nein. ich mach weiter. jetzt diesen brief. denn wir geben unsre arbeit für den zusammenlegungsprozeß als breitem lernprozeß, also als einen politischen prozeß *im* gesamtprozeß der revolutionären linken nicht auf. und ihr ja auch nicht (etwa im blick auf winzige, wichtige aber ganz abgekapselte kampfbeziehungsprozesse; schätzt die bitte konkret, politisch ehrlich ein, nicht phantastisch). sonst streicht ihr am ende euren schlußstrich durch lauter genossen- und genossinnengesichter; schließlich verloren durch eure ... ach all dieses stricheziehen! ich finde es falsch, politisch falsch; bloß noch erhaben erhoben verhoben — ach: ängstlich! und angst, helmut, klemmt zu. wir brechen lieber vielfältig auf. mit allen. mit allen lasten dann auch. lieber lastenesel als lichterengel. wir wollen vorwärts, nicht aufwärts. *rotfront* gegen halleluja!

3. das projekt *ekd.* ich versteh das so, daß ihr über die kirche, also über verläßliche pfaffen und pfäffinnen, so lange ihr nicht zusammengelegt seid, eine rasche, kontinuierliche verbindung zueinander aufbauen wolltet. offen. in eurer auseinandersetzung dann auch uns hier draußen zugänglich. gut. und ich find es sehr gut auch, daß jetzt viele öffentlich hierüber was wissen, drüber nachdenken können. der verlauf ist saumäßig, naja planmäßig. aber — so hört mans hier draußen — das ding ist noch gar nicht abgeschlossen, — *auch das also klar* —? no! noch gar nichts sei klar, wird hier gesagt. sondern da tickt noch was, heißt es. also wieder dies ding: wann brecht ihr, brechen wir so einen schrittversuch, so eine interessenarbeit, in der es ums vorwärtskommen geht, ums rauskommen aus den erstickungsprozessen, ab? wann wird was *abgeschlossen?* wenn ihr es so bestimmt? ich denke, nein. denn es sind im raum des interesses gegen die trakts viele, seid nicht nur ihr. erst wir alle zusammen sind, wenn wirs richtig machen künftig, in den klassenkämpfen jetzt und also jetzt dann genau auch in den knastkämpfen, *ein* arbeitskörper. oder wir gehen, zerspalten zerspalten, unter. wir sagen: sie gehen aufs ganze. und das ganze sind, wenn wir richtig arbeiten, wir. wir arbeiten dran, daß wirs sind. oder sie haben uns (zerspalten zerspalten zerspalten ...). reißt euch aus diesem prozeß, den wir unsren nennen, nicht abschließend weg. das wollen sie gern. genau das. der eine zweck eurer abschottung ist eure zerweichung, der andre eure erstarrung.

4. *die änderung der äußeren umstände als die entwicklung des eigenen lebens — ein zusammenhängender prozeß — eine lebensweise.*

hier sage ich bloß erstmal knapp, gereizt aus langer geschichte, aus klassenalltäglichkeiten seit jahren und jahren, aus kampfanblicken und auch aus „kampf"-anblicken: revolutionäre arbeit, dies wort setz ich immer schon lieber als das wort *kampf,* ist immer erstmal *ausgegangen* von gewöhnlicher, massenhafter lebensweise, nicht von *neuer,* nicht von einzelbewegungen auf inseln (ghetto war immer ein angsthaus der verzerrungen, nie freier weg); in der ist sie untergegangen, kaum bemerkt bald niedergemacht, bald vergessen worden. klar ändert sich vieles, sobald jemand anfängt und nicht wieder aufgibt. in klassenkämpfen bleibt kein leben, das sich andauernd einmischt, unverändert; auch bestimmt nicht unverändert in seiner täglichen lebenspraxis. kommunistenarbeit geht in aufstände, nicht in niederlassungen; oder doch; und dann bricht sie, wie grad eben jetzt international, schändlich ab in „antifaschistische“ jagdhauskultur; nun ja, in verrat.

aber ich denk mir, du denkst im obigen an noch etwas andres, an eine neue kraft, wenn du *eigenes leben, zusammenhang* sagst. ich glaube, ich weiß, was du siehst. auch wen. aber du siehst aus berichten, was draußen hier alles sich ändert; nicht wirklich von auge zu auge, von zimmer zu zimmer, von straße zu straße jetzt. und so können irrtümer losgehen und illusionen. und genau gegen irrtum und illusion, gegen die illusionen permanent, dies dauernde kräfteverschätzen aus schrott und schmerz, gegen dies pathos der selbsttäuschung, helmut, bin ich so oft so gereizt: *gegen* die, die, ratlos selbstübertrieben, als sei das befreiung, entbrennen, dem gewöhnlichen tag aber doch nur entrennen; *für* die, die wirksam vorwärts wollen mit vielen, mit kind und kegel vorwärts. gegen das pack. ich alter schreiber (in straighten kreisen sagt man auch wichser) hätt keine ahnung von den klugen jungen plätzen des mutes und des wissens, den harten kernen des freien kampfes? zu wenig ahnung, ja, das kann sein. aber doch viel konkrete erfahrung mit dem „rest der welt“; den wir nicht zu „grüßen“ gedenken, sondern zu kapieren und zu finden lernen werden. oder wir gehen unter. so einfach ist das. unter in barbarei. erhobenen hauptes mit fliegender fahne? nein, dann lieber leise, gar kein geschrei. ach, das bekenntniselend unsrer kleinbürgerlichen erhebungen ...

oder wo denn da täusche ich mich?

oder jetzt sofort vorwärts ins zentrum, an deine besondere erfahrung gerichtet: wo hat sich euer wissen, euer besonderer sprung, euer bruch, wo hat sich eure mit allem ernst erkämpfte, geänderte *lebensweise,* dies kämpfende sich einarbeiten ins kollektiv, *vierundzwanzigstunden* ... verbreitet, vorangeschafft, euch nicht nur schauerlich weggeschafft in die trakts?

doch.

ich will mir nicht, wir dürfen uns nicht kräfte phantasieren, wo keine sind. solche phantasien zerrütten den täglichen kampf, den wir wollen; machen die bullen fett; uns hin. —

nein, helmut, dies dir hinschreiben ist nicht der triumph eines (wohlwissend) zurückgebliebenen. es ist das entsetzen, der schmerz, daß es so nicht geht; ist der versuch, die arbeitsabsicht, die *falle* aufzusprengen, ohne dabei nach vorwärts den schritt, die arbeit von vielen, zu kippen. ist nicht kapitulation.

doch? ist es doch?

dann bitte mach mir genau hier was klar; uns; unsre verkennung des wirklichen; eure erfahrung mit der sich *entfaltenden stärke*. mach uns begründet das klar; weiß es nicht nur gewiß.

5. und noch was, helmut, mach uns unbedingt klar, öffentlich ganz genau jetzt uns allen, den vielen, die den zehnten hungerstreikkampf, aus ihrem interesse an neuen bedingungen für euch, also als ihr interesse, unterstützt haben: bitte sage uns die politische logik des von dir angedeuteten nächsten hungerstreiks; die diesen künftigen kampf begründende kräfteeinschätzung; die einarbeitung aller bisherigen erfahrungen als jetzt dann also den aufbau einer chance. da versteh ich nämlich nun nichts mehr, kann mir vernünftig da nichts mehr machbares denken.

der letzte hungerstreik war, vor unser aller augen, gegen unser aller anstrengung, einfach von drüben her auf den tod programmiert. ihr habt das programm, im letzten moment, umgerissen; euer kämpfendes leben kollektiv an euch zurückgerissen. das war die einzige rettung, die selbst-bestimmung gegen die fremde. das ward ihr selbst; gegen die; kollektiv.

und aber demnächst?

nein. das ist nicht zu denken, das ist nur noch zu fluchen und zu fliehen. denn sie wissen, und wir können wissen, was sie gegen euch, gegen uns wollen. und nun, nach homburg, erstrecht. es muß also, um euer/unser ziel, das der zusammenlegung jetzt, zu erreichen, ein ganz andrer weg gefunden werden („druck" ist geschenkt, pfiff die maus unterm elephanten; und grub sich den gang, den er nicht erreichen konnte.). auch weil, aus meiner kenntnis der auffassungen weithin in diesem land, nicht noch einmal eine human rettende breite losgehen würde, sondern bloß noch der klatsch beider hände vor beide augen; bloß noch der schauer der ohnmacht.

und weiter dann?
sechsmal die börse?
zweimal bad homburg?
und dann?

ach dreck. sie sind, wir waren alle dabei, bereit, ganz andre zu brennen, in waldboden beißen zu lassen, so lange sie euch nur haben fürs niedermachen. ja. wir waren dabei!

und so finde ich es, wörtlich, verwerflich, das heißt: *es muß verworfen werden die wiederholung wider alle erfahrung*. dies produziert den tod. und die lähmung. sonst nichts. dies produziert bloß noch schwächung. und alles drei sind produktionsziele der andren seite. also nein. und noch mal und noch mal: *nein!*

6. *die entwicklung seit mitte der 80er* zum zehnten hungerstreik hin.

für mich ist das sehr wichtig, wie du das verstanden und geordnet hast, uns draußen verständlich machst. schwerpunkt in deiner erfahrung, wie ich das lese, sind die *offensive 85/86*, die *umsetzung des angriffs in basisprozesse*, forderungen *verankern* ... der (hs-)*kampf betrifft direkt unser leben ... kampf ist unsre identität ... beziehungen* sind der schlüssel für radikale kämpfe, nicht das *peilen auf einheitssammlung ...*

gegen dies dein verständnis, deine ordnung der dinge, sag ich dir kritisch meins: *offensive* ist es nicht, einige wichtige täter aus den kapitalapparaten rauszuschießen. das kann, wer das wirklich will, zu jeder zeit jeder ganz allein. van der lubbe (febr. 33) war zutiefst richtig, war aber keine offensive. elser (nov. 39) war zutiefst richtig, aber keine offensive. eine offensive (oder wir machen aus wörtern mythologeme, zauberformeln, aller wirklichen erfahrung entzogen, verträumt ausgelaugt flatternd floskel statt fakt) setzt plangerecht und möglichst wirklichkeitsgerecht breite kräfte gleichzeitig in bewegung, geht übers feindgelände hin wirklich vorwärts (oder bleibt stecken; dann heißt das niederlage). beides trifft für (nicht nur) 85/86 nicht zu. auch hier macht es keinen sinn, nur schädlichen unsinn, kraftworte zu phantasieren. schaden auch so, daß sich kampf-*phantasien* eben grad *nicht* umsetzen lassen in basisprozesse.

denn das hat die basis so an sich.

basis, sofern nicht auch dies wort geheimnisvoll umbewertet (und damit entwertet) wird, ist immer was konkret breites, sind viele; dem alltäglichen unsinn ausgesetzt (dem erlittenen wie dem getanen); in alltäglicher anstrengung gegen den; grob einfach eigennützig. und solcher basis ist das braunmühlsterben, das zimmermannbinden, das loch in haßlach erstmal nicht wichtig. der basis fliegt tagtäglich dreck um die ohren, im alltag einfach die niedertracht gewöhnlichen schleppens und würgens. die geht der basis näher als armes stöhnen, als der plötzliche tod in den gehobenen ständen. (bei pimenthal war das ganz anders. vom „soldatspielen" wissen sie mißmutig beinah alle was. das geht sie an. so eine verkaufte figur sind sie selbst. da gibts aus erfahrung was zu vergleichen. an dieser gewöhnlichen plage soll keiner sterben; auch nicht auf amerikanisch.) (ich kenne meine nachbarn und nachbarinnen ganz gut.) (ich mag sie.) (sie sind eine schwierigkeit jeden tag.) (ihr tägliches leben ist schwierig.)

also nicht *offensive*. denk ich.

und die viel einfacheren, wichtigen angriffe aus den 80er jahren? der in bremen gegen die bundeswehr, der in krefeld gegen killingbush, der druck und der schlag gegens brokdorfer gitter unter gas und gesichel, der am nollendorfplatz gegen die leibstandarte ronald reagan, der hafen, der kreuzberger mai ...?

auch aus all diesem mut und wissen sind keine basisprozesse geworden. sofern das, wie ich es verstehe, breite prozesse sind. oder soll ich es anders verstehen, einfach mal umgedreht? die imperiale gesellschaft eine umgedrehte pyramide; bodenlos klumpatsch; und ganz unten, in der nadelspitze, der prozeß, der knall — und der ganze klotz der verwesung bricht schaumig weg in sich selbst? schönes bild. leider eins, das nicht stimmt. das pack oben killt und kapitalisiert seinen kill noch immer auf breitem zustimmungsboden. (*ich* wohn im platten land, nicht ihr!)

also weiter.

ich will, wir müssen kapieren, warum das so ist. mit euch zusammen kapieren. reden wir endlich doch, denken wir endlich doch selbstkritisch los! damit wir *die* praxis finden, aus der sich das ändert. behauptungen ohne hand und fuß — da schweben hoch und zerstürzen sich dann bloß die häupter. und wieder ist schweigen im walde. nein, helmut, besser als das siegeslügen ist das gemeinsame lernen aus niederlagen. ja, gemeinsam mit euch. wäret ihr doch endlich eingemischt kontinuierlich, mit eurem wissen, euren gedanken, aus eurer geschichte, eurer kritik an uns *und* an euch, eingespannt in den rede- und arbeits- und findeprozeß dieser zeit überall draußen jetzt hier. warum habt ihr nicht seit jahren, also dann eben sofort ab jetzt, *eure seite im arbeiterkampf* jeden monat, hier unter uns anwesend eure stimme? sie haben euch zwar gefangen, aber ihr seid, mitten in ausgeplanten löschungsprojekten, subjekt; jede und jeder subjekt im gesamtsubjekt unserer arbeit. klassenarbeit. und jede stimme von euch, jedes wissen und auch jedes nachfragen von euch ist wichtig, ist teil vom ganzen. das sollte nicht gehen? warum nicht? da versteh ich was nicht. da mußt du uns noch was genau erklären. denn erstmal sage ich so: wüßtet ihr, von drinnen her, euren teil im ganzen der linken hier draußen jetzt, wär da beständig hinundher was hörbar, erfahrbar, überprüfbar zu lernen und zu kritisieren, eben zu finden, dann wärs auch mit der *verankerung* des wissens von der notwendigkeit eurer zusammenlegung jetzt viel einfacher, gründlicher, klarer. es wären eure forderungen, aus dem gesamtprozeß des austausches, einfach ein harter, vorwärtstreibender teil im ganzen unsrer arbeit. so aber, aus eher abgrenzendem schweigen oder wegweisendem hinweisen auf unser gewurschtel, kommt ihr für viele von uns reichlich fern elend weit oben hinten. oder ganz einfach so, ganz im vertrauen polemisch: wer *nicht* spitze ist, der und die sind teil von uns allen. so soll es sein. und so gehts auch. oder sag, warum nicht. das muß doch endlich verstanden werden.

oder ist dir das alles, auch was ich an dich hier schreibe, nur unser *peilen auf einheitssammlung der linken* (von „oben außen“, sagt monika (im ak am 27-11-89); wo wäre denn dann „unten innen“, genossin? wo wir nicht sind, aber du bist? wem nützt dies wachsame spalten?)? in dieser wendung vom „peilen“, hör ich alter doch wieder den ton, der in meinem ohr nur noch piept, gegen den man sich lieber wehrt, einfach weil er nichts produziert außer isolation; der über alles schrill, der über uns alle so toll bescheid weiß, ach singt, ach immer so einsam, das hohe c, immer das ganz besondre, massenhaft unbrauchbar. aus ihm klingts so, als wüßtest du, wo hier draußen wir meisten sind (*fern den kämpfen*), und aber wo ihr seid (ihnen nah). wir alle draußen *schielen* nach einheit, ihr aber kämpft! — und wenn hier draußen wir *wir* sagen, und sagen erstmal: *wir sind in der scheiße,* und aus der wollen wir *zusammen* raus vorwärts, gegen das pack, dann ziehst du dich mit so spruch vom „peilen“ straight von uns allen weg, peilst nicht mehr mit; weißt schon alles. warum. woher. wohin des wegs, herr genosse? bleib doch mit uns zusammen! unser weg ist nicht breit, aber lang. da sollten wir frech zusammenhalten. und weg von den einsam donnernden hufen der wiederholung der wiederholung der wiederholung ...

ja. auch das so die frage: einsam groß und technisch immer toller die wiederholung — oder gemeinsam ameisenklein (der rote kopf; der nichts vergißt; *josé saramago* lesen!) das kratzen, der biß, die entdeckung? mensch helmut, wir brauchen uns gegenseitig! jede und jeder ist so zwischen einssechzig und einsachtzig über der kiste; mehr bringt keiner mit; aber das bringt er, das bringt sie. und *nicht* braucht grad heut schon wieder oder noch immer die lichtscharf geschliffene spitze den sturen schaft, die wahrheit den glauben. wir sind doch nicht pur beim letzten dämonenaustreiben. sondern sind allesamt, grad wieder mal eben, in schwierigen kommunistenkämpfen gegen das weltweite feixen aus fett. da sollten wir nicht, schon längst doch nicht, auf bündnisfäuste verzichten.

es war im romantischen immer die einsame einsicht bedeutend. es war im kommunistischen immer aber die absicht deutlich nach harter gemeinsamkeit. bist denn du nicht auch, helmut, trotz allem trotz allem!, ein ganz gewöhnlicher kommunist; also jetzt im schlamassel und in schwierigkeiten; und auf viele andre angewiesen; wie wir? oder doch lieber fern, mit den wenigen eures seltenen wissens, leidenschaftlich besonders? nein. dreck. das geht nicht. wir brauchen euch, ihr uns. wir brauchen einander, jede und jeden, der nicht aufgibt, die nicht aufgibt gegen den tückischen sieg dieser tage. was soll da die abgrenzung, die flüsternde abhebung der karstadt-entglasungen, des wannenkippens von der klappernden, suchenden rumtreiberei gezielt jetzt der linken; dies frei kämpfende abstandnehmen vom überprüfen, nachdenken, weiterdenken, *aufarbeiten* (!), rumreisen, organisieren, nun nicht mehr loslassen —?

red ich an dir vorbei?

dann sage, wo du bist. ich will, daß wir uns erreichen.

7. du schreibst an uns: *als dann sichtbar war ... ziel nicht erreicht haben ... haben wir den hungerstreik angefangen ...*

lieber helmut. diesen ganzen absatz lese ich aus meiner geschichte *auch* als das paradigma der geschichte wie der fehlergeschichte der letzten (fast) zwanzig jahre. und ich brauch da gar nicht den hinweis auf besondere bedingungen 88/89. nein. ihr seid, und das sage ich jetzt entsetzt, *schon immer* bedingungslos angefangen; oder unter eklatanter verschätzung der bedingungen.

das haben andere längst vor mir aufgeschrieben, gesagt.

warum sage ich das erst jetzt?

ich wollte, daß *es geht.* wann, wenn nicht jetzt. wer, wenn nicht wir! erstens. zweitens hat sich diese kritik und selbstkritik, dies entsetzen erst an mich herangemacht nach und nach in den jahren der arbeit an *kamalatta* (83-87). daß kann man, wenn man das buch, *diesen brief an euch alle,* genau liest, überprüfen. aber dann, drittens, meine reisen jetzt in den letzten fünfzehn monaten mit *kamalatta,* von kiel über hafen und hagen und heilbronn bis konstanz, hin und her, kreuz und quer, gruppen und gruppen und gruppen ... und mittendrin dann euer hungerstreikkampf hundert tage und mehr, euer leben ohnmächtig (fast), und mächtig (fast) der plan vom pack. *das alles zusammen* hat mir was klargemacht von der selbstübertreibenden kräfteverschätzung mitten unter uns, mitten in uns, *von anfang an.* der will ich von nun an widersprechen, helmut.

nicht, um irgendein bankhaus zu schützen. das bleibt der feind. nicht um frieden zu reden. ich sage: sie machen krieg. sondern um gründlich mit vielen, und wenn es nur irgend geht mit euch, mit euch allen (nix da der einzelgang still; aus dem lernen wir nichts!), voranzukommen gegen den lumpigen sieg jetzt weltweit. es wird von mir nun nicht mehr unterstützt werden die selbstverschätzung, dies tödliche selbstverwirklichen, dieser freie sprung an den kampfplatz *außerhalb der totalität* (so hat mir und sabine karl heinz beim besuch am 20-11-89 nochmal den kampf- und erfahrungsraum, den anfangsort revolutionären handelns gekennzeichnet). nein. sondern wir, die jetzt unterwegs sind, sind unterwegs mittendrin *in* der „totalität"; wohlwissend, daß es die totalität, wie ihr sie beschreibt (ich sag *ihr,* weil auch christa vor reichlich nem jahr daraus was klarmachen wollte), so gar nicht gibt; sondern quer im system überall gibts auch den riß für den griff der hand, unsrer hand. könntet ihr euch nicht drauf einlassen, über das nochmal gemeinsam nachzudenken; mit uns das zu diskutieren; einfach daß viele von uns hier draußen inzwischen eine andre wirklichkeitserfahrung haben, als ihr? — ihr denkt euch die welt inzwischen(?) hermetisch. das schnappt dem kampf die luft ab. das ist nicht gut. *also fangt nicht einfach an,* weder den nächsten hungerstreik noch sonstwas; nicht einfach ohne uns. ihr seid nicht, ihr *macht* euch allein.

8. aber *wahrscheinlich,* sagst du, wird demnächst, in absehbarer zeit, der (kämpfende) *prozeß ein sich durchschlagen in einzelnen entscheidenden vorstößen* sein.

ich denk, ich weiß, von was du da sprichst. finds falsch. hier ist kein bolivianisches waldgebirge (und sogar dort ging es dann nicht; nämlich nicht ohne die organisiert mitarbeitenden menschen des landes; wie, anders, in nicaragua später; vorher auf cuba; jetzt in el salvador). hier ist ein ausgeklügelter, sehr technisch fein ausgeästelter unterdrückungsapparat gegen uns in bewegung. bisher, unter der malmenden zustimmung aus allen fernsehküchen, frißt der weg (auf beinah nimmer wiedersehen), wen er beim *vorstoß* fängt. diese erfahrung ist da. ist schlimm. *diese erfahrung nach vorn hin angreifend aufzulösen, ist die notwendige arbeit,* von vielen, gegen den schreck. sie *straight* übergehen, überflügeln wollen (da sind sie wieder, die engel der wahrheit), heißt lernen verweigern; ist also unkommunistisch; läutet glocken gegen den blitz. das wollen wir nicht. (aus lernenverweigernden wiederholungen übrigens holen sich die bullen *die* sicherheit, von der du zutreffend schreibst — *dort wird demonstriert, hier wird regiert.* oder einfach so: unsere dummheit wird ihnen übersichtlich. dann gehts. dann gehts uns schlecht.). wir wollen stattdessen jetzt rausarbeiten (ja auch für viele überprüfbar aufschreiben, öffentlich erklären), was wir gemeinsam an vielen orten des landes (größeres linkes land inzwischen ...!) jetzt wissen; und was wir jetzt wollen; und nicht wieder loslassen wollen. notieren auf reisen, in debatten; schreiben an arbeitstischen; dochdoch; *unerläßliche grundlagenarbeit,* aus der du und ihr und wir gelernt haben zu unterscheiden, unsre lage systematisch zu begreifen, aufzustehen, *ist an ruhigen tischen geschrieben worden,* nicht auf zetteln am schaft einer waffe. so ist das nun mal mit dem lernen (*ganz gleichzeitig* mit dem lernen in jederfraus, jedermanns praxis, klar). und danach dann mit dem losgehen und machen.

nein? stimmt so nicht? sondern *vorstöße?*

ja, helmut. vielleicht kommt das bei einem wie mir zu kurz. aber dennoch — wie weit *vor?* über die börse nach preungesheim? schon wieder schon wieder schon wieder? das ist falsch. das ist endlos ein elend für menschen, die wir lieben; die wir, die uns hier draußen jetzt brauchen. nein. sondern wir werden richtigeres lernen, als jeweils den kürzesten sprung. erstrecht jetzt gegen den weitausgreifenden zusammenschluß der transnationalen apparate. langausgreifend unseren atem.

ein mut fürchtet den tod nicht.
ein andrer nicht das leben.
den meinen wir.
den lassen wir nun nicht mehr los.

9. und nun noch: *die kosten hochtreiben ... den mechanismus treffen ... nur so werden veränderungen erreicht werden ...*

mensch, helmut, das ist so alt wie schwer, die älteste kommunistenweisheit. wirklich wahr. aber von dir da so binsenwahr verkürzt. und darin dann nur noch tödlich falsch. aus zwanzig jahren arbeit ums leben, eurer arbeit, toten aber und toten, abtrennung aber und trennung von euch, könnten wirs lernen; *müssen* wir ganz neu was lernen.

gegen das pack.
nicht zu machen?
nichts zu machen?
die wiederholung nur oder verrat?
das stimmt nicht.

bitte denkt alle genau nochmal drüber nach. viele hier draußen tun das auch. wir geben nicht auf. aber wir drehn auch nicht durch. da könnt ihr euch drauf verlassen.

ich grüße dich.
ich grüße euch.
unruhig. fest verbunden.

C., (2-12-89)

wie auf dem wintertisch
der sau das blut
läuft mir der mut
raus dämmerstunde deutsch
reifdampfend früh
von dorf zu dorf
kommando quieken röcheln lachen flach
der kalten sonne rot
ah wonnetod
dem kotgeruch
der deutschen hatz
dem ekel zu entwischen
frei

im sturz

weiß schleim
deutsch deutsch

ein pfeiler sein
das kann ich mir nicht denken
gern dächt ich einen pfeil

wohin
im leeren raum aus schaum

zeig mal ein herz

klassendeutsch

gegen den lumpigen sieg
weltweit
unsre wendung
oder sie schlagen uns tot
laßt alle hoffnung fahren
auf euch zu

im winter 60/61 war ich zum erstenmal offiziell gast des schriftstellerverbandes der deutschen demokratischen republik, also zu gast bei der sozialistischen einheitspartei deutschlands, übrigens zu gast im lustschlößchen einer nazischauspielerin — die war inzwischen ortskundig verkrochen in den *freien westen.* so hatten wir guten platz.

im gästehaus hießen damals wir eingereisten westler *die westdeutschen friedensfreunde.* (und wirklich war einer von uns auf sandalen; später hat der ein pornoschreibbüro aufgezogen nahe wiesbaden.) wir selbst, also der freundeskreis, aus dem ich damals dorthin kam, nannten uns *linkskatholiken.*

nach meinem besuch am schwielowsee habe ich in den *werkheften katholischer laien* einen reisebericht veröffentlicht, der vorsichtig ärgerlich eine bestimmte furcht ins bild zu setzen versuchte. es werden sich, schrieb ich, eines tages von hüben nach drüben und von drüben nach hüben die in den stiefeln der macht einander die hände reichen, und gemeinsam werden sie ihren tritt treten in das gesicht von denen, die noch immer fragen haben; einfach aus unserm lebensinteresse die fragen gegen die ordnung aus raub, gegen die zerdrückung des menschlichen, gegen seine verdummung, gegen die blanke anästhesie massenhaft lückenlos glotzend; einfach gegen den mord aus profit international. das pack wird, so schattete mich das an, bei gelegenheit sich altdeutschdeutsch einig werden gegen den aufgang der fragen, gegen den aufstand des menschen zu sich selbst. das war meine furcht, aus drahtigem kerzenarrangement nahe potsdam ein starrendes bild. inzwischen bewegt sich der spuk. einschleichend raserei, ich nenn es den schaum aus deutsch, aufschwemmend, frei, längst grenzenlos kippt das über sich selbst hinaus in tränentückische *völkergemeinschaft* aus lauter neo-volksgemeinschaften

gar nicht so übel
die letten-ss
beim partisanenschlagen
und die wlassow-ukrainer
und der blutbund ustascha
und hlinkas garden
und pfeilkreuzlertrupps
autonom in unterwerfungsgeschäften
frei ach
menschenrechte ach autonomie ach
gar nicht so übel
das alte übel
der popen und schießer und waldrandbarone
für wen

schlau die schicksalsstunde unterm ozonloch, die *menschen-gemeinschaft* strahlend tschernobyl, der schlich. der tritt ins gesicht der klasse als trick gegen harte zeiten, als das lügen gegen schwere geschichte. unsre.

wer wir.

das ist nun schon längst die klapperfrage zur geisterstunde im kerzenschimmer der linken nachdenklichkeit, seufzend aus dem ikea der datschen, strampelnd im sperrmüll hinter der doppelkopfhochzeit: wer denn, zum teufel wo denn hin ist das *revolutionäre subjekt;* die klasse, die sie am haken haben noch immer? ich denke, gegen dies zagende fragen, zündelnde plagen hilft nur der offne blick von menschen, die ihr menschliches leben wollen. dieser sture blick, wenn wir ihn endlich heben, faßt auf, kreist ab, erkennt unvergeßlich den feind, das *imperialistische* subjekt, einfach weil er die eigene hand sucht von vielen, zeichnet sich ihm in der herrschenden fremde die kralle der macht scharf ab. wer seine augen nicht wegzieht von dieser gemeinen kontur, erkennt frei auch wieder den gegensatz, weiß wieder plötzlich, wo er ist, wer *wir* sind. einfach die lust gegens lügen. und das große lügen geht jetzt grad so.

natotruppen, unter dem titel des besonders beliebten nazigenerals erwin rommel, verteilen im oktober '89 autoprospekte und frauenzeitschriften in den straßen von leningrad, in dieser kühnen stadt des roten oktober, in dieser stolzen stadt des antifaschistischen widerstands, in dieser gut deutsch massengemordeten stadt, die mal bescheid gewußt hat, die wußte, daß sie nach lenin heißt; nicht lange mehr, was wollen wir wetten, dann heißt diese stadt matt wieder einfach dumpf glockendröhnend st. petersburg. und liegt also heute nun schon hingezerrt in die gewalt aus schwachsinn, ins geferkel unsres vergessens, in das jucken der *freien information:* gti turbo und tennisrassismus und der intimschmerz der hunde von maggi thatcher. schwüler oktober am njewskiprospekt.

und eben dann jetzt, daheim im november, in fetter begnadung heißt das heut auch schon frech *der deutsche november,* reichen ein nva-offizier und ein bgs-offizier, der eine, der lenin studieren mußte, der andre, der weiß, wie man menschenbewegungen niedermacht von brokdorf über stammheim bis namibia, einander feixend die hand im grenzgeröll zwischen berlin und berlin, und ringsum aus deutschen wegwerfflaschen, umweht vom redespray aus der oberhauptsdose, platzt brüllzend das deutschlandlied, sticht gegen fragendes auge der neudeutsche gruß, das spreizfingerzeichen der südafrikanischen söldner, der contras, der michael kühnen. ahnungslos? ja. wahrscheinlich ganz und gar ahnungslos, denn es ist die freude von pack schon längst unsre begriffslosigkeit, die verwirrung der zeichen. (so eben jetzt zuletzt: der axel-springer-verlag will einsteigen beim parteiverlag der sed.)

also es ist jetzt fast soweit. das gemeine bild meiner furcht kriecht sich nach knapp dreißig jahren ins allgemeine ereignis. und gar nichts rettendes wächst da? noch kämpfen die kommunisten der ddr um ihr land, gegen diesen verrat, diesen doppelten hauptfeind; gegen all die korrupten lügner in der partei; gegen den einzug der deutschen bank. sie geben nicht auf. aber die gefahr tritt schärfer deutlich nah an sie, an uns heran. denn sie, denn wir haben noch fragen. nein, sie und wir geben nicht auf. nein, wir sind immer noch nicht geschichtslos trunken treu deutsch. quer gegen taumel bleiben wir stehen, hüben und drüben, und sehen das ganz genau an, was droht.

(und fühlen gar keine *deutsche freude?* gar nicht die freude der straße, der freien ankunft von stadt zu stadt, von dorf zu dorf, vom waldrand frei rauf bis zur meeresbucht? kein bißchen bunte lust mit schwestern und brüdern: alles bloß bleikalt klassenkampf in unsern köpfen? quatsch. sondern heiß. mitten im herz. erstens. und zweitens klar freude. daß heute massenhaft menschen plötzlich frei in bewegung kommen, ihre stimme erheben, sich ihr recht nehmen, losspringen durch das bürogestein aus lügen und angst. klar mögen auch wir land ohne stacheldraht, die weite lust der eigenen wege, die wiederentdeckung des kleinen turms, der lange so fern war, zum greifen nah; einfach die offne tür: guten tag, liebe nachbarin; guten tag, lieber nachbar. so einfach mögen auch wir das.

aber so einfach ist das nicht.)

freiheit ist nicht nur trunken. sie will auch was, weil sie was weiß. ihr wissen ist das wissen von ihrer geschichte. und aus der wissen wir, was das ist, wenn mit der freien reise die deutsche bank und burda und basf nach greifswald frei einreisen dürfen. freunde, da reisen *untäter** ein, hirnkiller, würger, singende schlitzer, menschenverächter gestylt. *deren* freiheit, im schatten von eurer, trabt an! und wir alten wissen aus anblick und kummer und angst und schuld und dummheit und lernen, was in freiheit das kapitalgesetz dem menschen antut — vom verblöden bis zum verbrennen. wir waren dabei!

aber eben darum genau ist das nun alles schon klar; soll das nun alles schön klar gehn: sie wollen das getümmel über grenzen frei, frei von unserer klassengeschichte den lustigen schritt, um zielgenau ihren zu machen, den schnitt, grenzenlos frei. aber den wollen wir kommunisten nicht. und halten inne. und stellen fest, quer durch die wirre freude, die niederträchtigen fakten der klassenherrschaft heute.

: gar nicht trunken, sondern nüchtern weltweit interessiert, organisiert aus den konzernen die menschenverachtung das marktgeschehen, das menscheneinkaufen. hanns-martin schleyer im prag seiner wirtschafts-ss hätte es sich nicht günstiger träumen können. endlich günstig, nicht mehr so rüde rünstig. das transnationale kapitalinteresse hat seinen jahrhundertsieg. kein gespenst geht um in europa, aber weltweit zischelt ein händereiben, hämt hecheln, das heucheln patscht blut, lügt ratlosigkeit aus peitsche und plüsch: wen wollt ihr, daß ich euch losgebe — den sozialismus oder die barbarei? und aufjauchzend heulen belogen, betrogen, erschöpft und verhetzt die verkauften den einkäufern zu: barbarei! denn das haben sie zwar täglich wirklich erlitten, aber noch gar nicht begriffen — den griff, der sie in siebzig jahren ununterbrochen angegriffen hat und nun greift. die erpressung gegen den ersten internationalen schritt der befreiung der proletarischen klasse hat plangerecht funktioniert. und nun ist dieser klassenschritt zerstrauchelt, zerstürzt in lauter kämpfen und krämpfen, arm weggesunken in verblödung, betrug und taumelei, in den dreck der weglosigkeit; schon schwappt ins zerbrechen erbrechen, einfach der ekel. aus der abwehr jahre-

* es heißt im original zutreffend MÖRDER. herren bei luchterhand wollten das nicht. lieber den ganzen text kippen. da habe ich nachgegeben.

dauernder weißer interventionen zuerst, dann in der schlacht gegen die schlachter aus deutschland, dann vierzig jahre lang im wahnwitzigen balanceakt gegen die kriminelle energie der einkreisenden arsenale sind die arbeitskämpfenden menschen abgestürzt worden in nur noch die verzerrung all ihrer besten träume, in die sture verengung all ihres lernens, aller kämpfenden klassenarbeit. in bald nun nur noch den traum vom kauen. klassenlos kernfrei kiwi.

wir haben hier gar nichts leicht zu verhöhnen, aber doch gründlich zu hassen haben wir den verrat, dies miese lügen durch alle westlichen medien jetzt, dies schulterklopfen der killer. *glaubt ihnen nicht* (schreibt peter weiss 1962), *wenn sie euch freundschaftlich auf die schulter schlagen und sagen, die unterschiede seien nicht mehr der rede wert und es gäbe keinen anlaß mehr zu streitigkeiten, denn dann sind sie ganz auf der höhe.* und eigenartig, ein christenflugblatt von heute aus dem vogtländischen des roten rebellen max hölz macht sich stark am apostel lukas elf vierundzwanzig und schlägt vor, wir möchten statt *unreinen geist* jetzt unvergeßlich wohlbesonnen die großen bankhäuser setzen, und für das *gesäuberte haus* die arbeiterrepublik, die verschrubbte, und schreiben uns, zur warnung und zur belebung, den uralten brudertext ab aus der bibel, wo es also lautet im pfiffigen vers: *wenn der unreine geist aus den menschen aufgefahren ist, durchzieht er wasserlose orte und sucht eine ruhestätte. und findet er keine, dann sagt er: ich will in mein haus zurückkehren, aus dem ich vertrieben worden bin. und wenn er kommt, findet er es gesäubert und geschmückt. dann geht er hin und nimmt sieben andere geister mit, die noch schlimmer sind als er, und sie ziehen ein und hausen, und es wird nachher mit den menschen schlimmer als vorher.* und wir grüßen die schwestern und brüder erfreut, scharf aufgepaßt schon vor zweitausend jahren!

aber da schreibt mir in diesen tagen ein junger genosse aus pisa, ein hamburger linker sohn aus den gehobenen ständen: *über politik in deutschland liest man hier viel in der zeitung ... wiedervereinigung ... mich hat das sehr aufgeregt ... habe in mir große freude bemerkt bei dem gedanken, daß es* ein *deutschland geben wird ... das hat was mit identität zu tun ... und es ist auch ein wunsch ... die erleichterung nach der angst vor dem krieg, die diese immer präsente grenze für mich symbolisiert ...*

soweit aus pisa die angst und die junge freude.

und aber ich, der ganz alte, will ihm antworten: daß es nun

zwischen ost und west keinen krieg geben wird, das ist gut, ja, das ist gut. und aber muß weitersagen, daß wir längst vor dieser grenze und lange noch nach ihrem wegriß im krieg sind, mein lieber, im klassenkrieg, laß nicht auch dir nun noch einmal aus propagandaschnauzen den volksgemeinschaftsfrieden einschwätzen wie deinen voreltern in den dreißiger jahren massenhaft, auch damals die sehnsucht, auch damals der suff, auch damals nach drinnen die friedensverschwimmung, damit sie uns, jeden und jede, leichter an all ihre ruder ketten zur unterwerfungsreise nach noch den letzten üppigen küsten, nach noch den heimlichsten landebuchten; zum einfahren ihrer profite; zum abbrennen und zum niederrennen all unsrer freien boote, all unsrer leuchtenden segel weit voraus. sieh mitten aus deiner deutschen freude dennoch genau in die welt, von pinneberg über palermo bis nach pretoria, von peking über parchim bis nach peru. überall oder schon wieder bald der eingekaufte mensch, die kapitalvermehrung, schwer bewaffnet, gegen das leben; auch gegen deins. und ich sage ihm noch mal und noch mal und noch mal, gegen staub und sturheit und stalin und stalin: die ddr ist, ach *war,* samt all ihren abgefuckten korruptis, der erste antifaschistische staat auf deutschem boden, knastförmig elend ja die faust gegen siemens und deutsche bank, gegen springer und hoechst, gegen mbb und itt, gegen cia, ss und sdi. ach knastförmig ja, blutig verkniffen *aus der erkannten geschichte, aus der genauen erfahrung vom feind,* vom geschäft unterm glockengeläut, vom grundmuster all ihrer gestikulationen: im nacken der klasse *die walther,* von buchenwald über die deutsche oper bis stammheim. mensch lieber mensch, gib nicht auf, nicht die lust auf dein leben mit deinen leuten, nicht die arbeit gegen die, die euch allen das leben verfälschen in tauschwert, um es zu kaufen; und das ist, um es zu verbrauchen, zu vernichten.

aber oder doch ach jetzt viel lieber endlich mal jubelnd vergeßlich die fachwerkfreuden grenzauf grenzab *für alle deutschen?* was für ein land, mein oggersheim! da dürfen wir froh und munter sein, da sollen wir uns in den herren erfreuen. für freideutsche bürger gesamtdeutsche fahrt. über leichen. doch. endlich für alle frei der tritt hin über genossinnengräber, über genossengräber. nach vierundvierzig jahren und fast genau einem halben jahr die tolle freigabe des vergessens, frei die rache gegen den antifaschistischen bruch '45, frei das süße verschmieren der wichtigen wunde; gegen das lebensnotwendige lernen die *freiheit,* die von nichts weiß; die schon immer gesagt hat, gemalmt, daß sie *von nichts was gewußt* hat.

nicht im wissen, im nichtwissen hockt barbarei. drum hätten sie gern, daß wir uns vergessen. wer sein leben nicht liebt, sich vergißt, der kann seinen feind nicht finden. ich rede von mördern.

ich rufe *jarama* und *plötzensee*, wir rufen *oslo, minsk* und *lyon, gorgopotamos, fuhlsbüttel, rotterdam,* wir rufen *turin, esterwegen, essen* und *stuttgart-degerloch*. wir rufen die klassenfront: siempre internacionalistas!

wir hören leise scharf die stimmen der kämpfenden genossen. weltweit. quer durch die ddr. ganz nah. und hören aber kreischend breit den schrei aus brei, *kein schöner land* aus dem plastiksack, gegen den linken marsch des wladimir majakowski.

rede, genosse mauser — — ?

ach satt gebell und geflenn. das vergessen unsrer interessen. keine menschenrede denn ach wo!

was ach.

doch ach.

es schaudert.

denn es vergessen die herrschenden kreise ihre interessen nicht. sondern kontinuierlich klug, interessiert am machtheckenden kapital, sorgt das längst ausgreifend vor, greift an den hals, der noch fragen schnappt, fordert von allen *die welt als ware*. und oder als den knast. *es geht um die welt ein geflüster, menschen, hört ihr es nicht? das sind die stimmen der bankminister, menschen, hört ihr sie nicht? es flüstern die kohle- und stahlproduzenten, es flüstert die chemische industrie* ... die eile auf tod hin, ihr tolles gesetz. von *weiterstadt* bis nach *marion* und demnächst bis wladiwostok. schon empfiehlt modrow für leuna und mannsfeld japan, den meister der masken, leistungsgeil die kunst des vergessens.

sie wissen genau, was sie tun.

was genau wissen, was genau tun jetzt wir.

wir fragen und lernen und werden uns wehren. hüben und drüben. aber damit wir nicht fragen, nichts lernen, damit wir uns aber nicht wehren, nichts werden, drehen sie uns schon immer den strick, das gesetz zum netz. zum beispiel das paragraphengitter des hundertneunundzwanzig, von jetzt a bis irgendwann z. sie wissen genau, wir mögen den sprung, wir mögen das freie wasser. so möchten sie sorgen, daß wir im sprung den nacken brechen, im wasser das fürchten lernen, das grausen. denn sie knüpfen alles gesetz am liebsten zur quergeknoteten angst in eines jeden, in einer jeden kopf. während sie für sich die neuen modelle der ausbeutung tüfteln, tüfteln sie gegen uns (doch, ihr genossinnen und genossen in rostock und leipzig, das tüfteln sie auch gegen euch!) neue modelle der einschüchterung, das brandmal und das verschwinden, paragraphenrassel und knast, hundertneunundzwanzig und weiterstadt. unser wissen von ihnen soll uns zur schlinge werden, ihr vollzug unser ende in ihrem haus, staatspsychologisch *hotelvollzug. wir sollten unsre gesellschaft so restrukturieren, daß alle von geburt an trainiert werden, selber zu wollen, was die gesellschaft von uns fordert* (us-psychologe mcconnel). wer widerstand denkt, gar tut, ist krank. hinweg mit ihr, mit ihm ins müllareal nahe darmstadt; hirnwäsche, weichspülung, mangel, die vernichtung von dreck, gleißend das weißeste weiß; mit zwiefach begrünter autobahnanbindung, keimfrei der tod des lebendigen menschen. oder du stirbst ihnen zu.

um uns das einzuschmeißen, ist ihnen jede hatz recht. wenn sie nur faßt. hier rufen wir fritz storim, hier rufen wir ingrid strobl, hier rufen wir frauen und männer, die sie versuchen zu fassen seit jahren und jahren mit hatz, zu würgen im netz, im knast; deren fragen, deren praktisches denken sie treffen wollen, diese notwendige (ach furchtbar ungeduldige, ach weiter und weiter abgerissen wegeilende) konkretion unseres fragens; unsre aufbrechende bewegung; die klassenarbeit konkret (die aber der klasse zum spott wird, zum rätsel, solange sie sich nicht mit ihr zu verschwören vermag). denn der gesetzgeber weiß: wir werden lernen, daß es nicht reicht, die negation bloß gründlich zu denken, zu reden, zu schreiben; erst der *getanen* negation (zur rechten zeit; gar nicht beliebig das mittel; ich warne! es warnen viele!) erschließt sich die neue position, unser nächster schritt. den wollen sie uns zerhetzen, zerschmeißen, der soll sich schon in seiner frühesten anfangsbewegung verzappeln in ihren gesetzen. ob '52 das betriebsverfassungsgesetz gegen die selbstbestimmung der produzenten, ob '56 das kpd-verbot gegen klassenkampf und antifaschismus, ob das notstandsgesetz, ob der 218, ob jetzt und längst der 129 — *sie stoßen damit uns ins gitterwerk ihrer figur, auf die unantastbarkeit ihrer arsenale, an die kugelabweisende glätte ihrer abschließenden konstruktionen. sie wollen wir sollen glauben, da bleibt für niemand ein leben, außer er fällt ihnen zu.*

aber manche immer noch glauben ihnen das nicht.

und das wissen sie auch.

von hier über pankow bis pernambuco — sie werden den menschen nicht los. und das wird noch mal schlimm für sie. denn wenn sie gerade auch eben noch mal schnaufend die ganze welt einkaufen, die klasse ficken bei sekt und pistolen — leute, *so lange sie leben,* stehen danach wieder auf; kommt zeit, kommt tat; *wir;* gegen die pfoten der toten. *das* wird ein schönes deutsches land, genossenland grenzenlos; die schönheit der klasse, die zu sich kommt; der anfang unsrer geschichte; deren fortgang noch niemand kennt; toll offen der eigene gang; frei der von vielen.

seh ich *den himmel offen?*

ganz gern. aber nein. sondern das europa nach '92 (und weithin den süden dazu): entweder endlos tot als das der konzerne, blank abgesprayt wie abgespritzt das europa aus kapitaldienst und knast; oder lebendig europa als bruch, das europa der kommunisten. *laßt uns umkehren, mit geballter faust, und von vorn anfangen. ihr werdet dann nicht mehr vor bürgerlichen mächten stehen, wie jetzt, vor mächten, die scheinbar für alle ewigkeit im sattel sitzen. es wird dann nicht mehr darum gehen, zu retten, was noch zu retten ist. kein kompromiß. laßt uns umkehren. es lebe die armut. es lebe der kommunistische kampf für die lebensnotwendigen dinge.* das sagt uns, zum schluß, für morgen, der bruder paolo pasolini. er kannte das elend der hoffnung, das überraschende notwendig jetzt, den internationalistischen schritt, kühn ganz neu, erst von uns noch zu organisieren, aus wißbegierigem kopf die vielgestaltigen konkretionen der klasse, unsere freie wie disziplinierte arbeit in eigener sache; gegen die weiße sache der unterwerfung, der tötung.

lernen, arbeit, disziplin — ich weiß, was ich sage. und weiß auch, wie mancher genossin und manchem genossen dieser dreisatz widerlich ist. begründet aus erfahrung zuwider, ich weiß. aber entweder packen wir ihn, aus erfahrung klüger, bestimmt nicht leichter, oder wir machen bald, einzelhaft, nicht mal zu dritt mehr, den letzten satz. denn die fragen, die ticken, finden ihre *wirksame* antwort nicht in der autonom freihausenden entglasung, nicht im technisch perfekten lichtschrankenschimmer plötzlich unsrer gewalt. es ist nicht der glückliche sprung durchs sparkassenfenster, nicht der verbrannte chef einer furchtbaren bank, die uns gut vorwärtsbringen jetzt (balestrini, *die unsichtbaren;* da ist das genau erfaßt; gründlich solidarisch aus erfahrung die warnung an alle!), sondern es wird sein das organisierte selbstbewußtsein als das organisierte klassenbewußtsein als die organisation unserer eigenartigen entfaltung *kollektiv;* der jedesmal und auf weite sicht hin scharf kalkulierte schritt von vielen; verbindlich ausdauernd erfindungsreich; *legal und illegal zugleich;* jeder er selbst als *wir;* jede sie selbst als *wir.*

klar wollen sie uns das vorgreifend, schon im ersten ansatz zerschlagen. hüben und drüben. klar fürchtet das pack genau den internationalistisch organisierten arbeitsbeginn der klasse im neuen europa. da machen sie gern alle grenzen fahndungsdurchlässig. da bauen sie gern in *ihr haus europa* schalldichte trakts, kammern für mord. da täten sie gern uns in sack und asche wegschieben, verschuben. (jetzt in düsseldorf die kurdenprozesse sind eine der vorgreifenden unternehmungen gegen den sich aufkommend organisierenden internationalismus unsrer klasse. wir werden lernen.) auch gorbatschow (nein nein, nix „gorbi"; längst hört die gemütlichkeit auf; er weiß, was er tut), an der schulter von weltbankwilli, flüstert schon heftig versprechen *gegen seuchen und terrorismus.* schon klar, die seuche, wenn wir es richtig machen, *mit vielen,* sind wir. die kommunisten aller länder. da hat das pack was kapiert. denn das, auch das, ist gesetz. aber jetzt unser gesetz. nach welchem aus der profitmaximierung nicht endlos bestechung geht, das abfüttern *weißer eliten,* sondern ihnen aus ihren machenschaften der todfeind auf die beine kommt aus unüberbrückbarem widerspruch materiell; aus dem abschmelzen ihrer lügen in der hitze bestimmter verelendungsfelder die feindschaft alles lebendigen, nicht aufzuhalten. auch nicht aufzuhalten durch gesetze und paragraphen. die sind nicht von uns. *wir* sind von uns. für uns. wer wir.

das wird jetzt an uns die wichtigste frage, der sie ins maul zu treten versuchen werden. *unsere frage allein.* denn die apparate der klasse sind jämmerlich gott sei dank weithin beängstigend flöten. das kann gut sein. das wird schwer sein. das muß so sein. die vatergilden sind pleite. jetzt kommen wir. und es wird sich — ach, es könnte jetzt wirklich doch hier das deutschdeutsche tummeln, zeitgenau international klassenbewußt interessiert, sich in unsern klassentanz wenden, langfristig wohlwissend gnadenlos kommunistenkampf hüben und drüben von jetzt an gemeinsam. denn wir sind im bruch zwischen oder und rhein nicht allein. nicht nur zwischen pinneberg und peru, auch zwischen peking und pripjet und posznan und parchim sind unsre genossinnen und genossen in eigener sache noch längst nicht tot; geben den roten faden nicht her im labyrinth der barbaren, im schlamassel der herrenhäuser; geben den kampf nicht auf um die entdeckung des eigenen lebens, gegen die fremde der mächtigen toten; geben die kommunistenarbeit also nicht auf; fangen neu an. die wissen das so wie wir: vom himmel hoch kommt das nicht her, was uns losmacht, jetzt vorwärtsbringt gegen das pack; sondern aus der von uns zu studierenden und zu organisierenden einsicht in den prozeß; aus international lernender, also begreifender wie eingreifender wie angreifender tätigkeit *im* prozeß. den wir *zusammenbruch* nennen müssen können, den wir vernünftig jetzt international unsern *aufbruch* nennen werden. aufbruch quasi *bei null?* nein. sondern mit sack voll erfahrung.

ja, von dummheit, verrat und wüstem verbrechen. aber ja auch klar vom menschen, der liebt, der sich nicht aufgibt, *der das nun nicht mehr losläßt.* der nicht vergessen hat. nicht unser gesicht vergessen hat; nicht den tritt dagegen.

doch vergessen?

kann das sein?

kann es sein, sie hätten das mittel gefunden, sie könnten es finden, sie haben es etwa schon, im menschen was auszulöschen, so daß er am ende lebt und liebt sein leben nicht mehr, und lebt aber weiter, schon ganz verbrannt — geht das? was meinst du? leben ohne zu lieben? dann sind wir alle verloren ...

das war vor fünf jahren der schmerz eines alten genossen in rostock. er hat wohl was geahnt, der alte. zutreffend widerlich ahnung. ja. aber wir geben nicht auf. nicht weil wir mutig wären. sondern weil es ums leben geht. gegen den lumpigen sieg weltweit unsre wendung. oder sie schlagen uns tot. laßt alle hoffnung fahren. auf euch zu!

(also doch wirr am ende die aufforderung zum sprung in die quadratur des kreises? nicht wirr. sondern, wohl wissend den schwierigkeitsgrad unsrer künftigen arbeit, die aufforderung an jede, an jeden, sich nicht abschrecken zu lassen von der *ungeheuerlichkeit unsrer ziele.* geheuer gewöhnlich war in der herrschenden fremde durch alle zeiten immer nur die vergeblichkeit, üblich die ohnmacht vergeßlich, begriffslos bunt not. gewöhnlich wohnlich bewohnt ist in der fremde dem wanderer vorübergehend der fluchtort nur, die burg, das gemäuer. das wollen wir nun nicht mehr. wir wollen das offne haus, eigen für alle, in festigkeit von bewegung durchzogen wir alle jede jeder selbst. ja. wir sind nicht geheuer.)

6-12-1989

sie stellen stein in mein gesicht
das ist kein spiel
deutsch vollzug deutsch
in vollen zügen herren hausen kriminell
die energie der banken und banausen
türmt sich ein haus
aus stein und bein
aus gold und gift
kein baum kein boot kein bruch
hotel mit pfiff

es brüllt es schrillt
es gellt es bellt
aus blassem mund
der weiße hund

den hoffen sie sich treu zuletzt
sie haben angst
sie stellen stein
sie wissen daß
sie werden aus der welt gehetzt

ja.
aus der welt.
von wem.
von uns.
wer wir.
wer sonst.

genau entfesselt fluch
es ist kein spiel

sie bauen deutsch
an *weiter statt**
die meister tanzen
auf gekreuztem blatt

* weiterstadt ist ein kaff nahe darmstadt, ein bauplatz für einen zeitgenössischen großknast. europamodell. ‚hotelvollzug'. *wer sich unterwirft, darf ein stockwerk höher.* das baugelände ist ein unverkäufliches stück dreck, eine ehemalige giftmüllhalde.

brief an brigitte mohnhaupt*

liebe brigitte. das ist keine untreue, auch keine dummheit, mein schweigen. sondern nur einfach viel zu viel. : holz ranschaffen. kettenöl. krankenhaus. knastantrag celle. steuer 89. hose abholen. anzeige ‚dissonanzen'. kopieren ddr-doku für gruppe. geburtstag hamburg. treffen oldenburg. korrektur kiel. päckchen bologna: so schieben sich die merkzettel zu einem haufen über mir auf. lauter täglich wichtiges hat sich aufgetürmt und drückt. und muß doch liegenbleiben seit ende november. weil ich zuallererst helmut öffentlich antworten wollte (jetzt ak), dann unbedingt den homburgern (ende februar in der nr.II der kamalatta-flugschriften). das mußte jetzt sein. das hat was mit meiner geschichte zu tun und darin mit meiner öffentlichen arbeit in lauter jahrzehnten. das ist auch eine verantwortung. das hat mir in all den wochen nun alles verschoben. ich hoffe, euch erreichen die genannten texte (129 seiten „dissonanzen der klärung"). sie sind ja von mir für uns rundrum.

und nun schweige ich mal nochmal. mach weiter meinen teil am nächsten buch. wünsche, es kommt was in bewegung, unsre, zur rettung zur klarheit vorwärts. anders, nach meinem begriff aus den zwanzig jahren, gehts nicht vernünftig mehr weiter. bloß blöde tödlich.

nun laß uns sehen. wir leben ja noch. das ist gut.

ps wer von euch nach dieser arbeit von mir meinen besuch will, der/die sagt das. ich versuch das dann.

(januar '90)

der schwere schritt unter flächerförmigen bäumen
der findevogel zirpt in alten falten
in hohen gräsern wird sacht wacht gehalten
die waffennase träumt von freien räumen

* so an x andere gefangene. von einer ausnahme abgesehen, ist aus den knästen nie eine antwort gekommen.

dissonanzen der klärung*

brief an die genossinnen und genossen der roten armee fraktion

> Alle „Führende" als Geisteskranke
> schildern
> aber ihr System so tief in uns eingedrungen,
> daß auch wir verrückt sind.
> Die einzigen, die sich wehren, sind die „Terroristen".
> Mit ihrer „Vernunft" lochen die Geisteskranken
> die Vernünftigen, als „Terroristen" ein —
> Gelächter.
>
> Peter Weiss, *Notizbücher 1971—1980*

liebe genossinnen und genossen von der roten armee fraktion. seit vielen wochen liegen hier viele briefe und zwei bücher (übrigens bücher, die auch ihr lesen solltet, sandro penna *fieber* und leslie kaplan *der exzess*. oder geht kein gedicht in kämpfen? das muß. welcher aufstand denn, der nicht singt?). die bücher habe ich gelesen. die briefe habe ich noch nicht einmal geöffnet. da liegt ein hügelchen aus papier unter den blassen wintergeranien. da tickt was, dem ich nicht nachgehen will, bevor ich, so genau wie wütend wie unverbrüchlich, an euch geschrieben habe.
dies wird mein erster brief öffentlich an die rote armee fraktion. lauter briefteile schlepp ich schon lange im kopf. es wird zeit. zwanzig jahre sind genug.
genau gedacht ist es öffentlich mein zweiter brief. *kamalatta* ist der erste, an euch alle, an uns alle, drinnen und draußen. das wird euch nicht entgangen sein. mir ist aber auf diesen langen buchbrief bis jetzt keine antwort von euch bekannt, auch keine gründliche aus den knästen. ohne antwort geht keine kommunikation. dies ist nun, soll werden, nach nun fast zwei jahrzehnten briefwechsel, büchermachen, filmemachen, zeitungsschreiben,

* dieser text ist in den *straighten kreisen* nicht nur verschwiegen worden. er ist denunziert worden als ‚der dreck von der anderen seite'. als im frühjahr '90, in hamburg, auf einer ‚autonomen' geburtstagsfete, mehrere gäste das kleine buch mitbrachten, um es dem geburtstagskind zu schenken, wurde alsbald von den schon anwesenden anderen *kämpfern und kämpferinnen* eine sofortige entscheidung darüber gefordert, ob denn die überbringer ‚solcher schweinereien' überhaupt an der fete noch teilnehmen oder besser nicht doch sofort das feiertagshaus verlassen sollten. — oder auch so: es hatten hannoveraner mit zapata in kiel eine flugschrift verabredet. nach dem erscheinen von ‚dissonanzen der klärung' haben die hannoveraner diese verabredung gelöscht.

heimlichen treffen, überwachten besuchen, schlauen und dummen veranstaltungen landesweit, mein versuch, die antwort nun doch noch hin und her öffentlich loszumachen offen. ich, aus meiner geschichte. wer sonst. aus meiner geschichte finde ich mich verantwortlich. bestimmt nicht nur mich.
ich will uns finden.
der rest, aber das ist dann eure entscheidung, wird schweigen sein.
wie fange ich an.

1

menschen
wer denn
wär da
          wer da!
dunkler einstieg gehüllt
in die früheste stunde
der tage grubenholzdickicht
welches gesicht es

singen die vögel
die warnung aus den gestochenen augen
besser
          ich weiß nicht
ob ich dich kenn
oder dich wer
kennt mich
lang unser gestern

citroën eidelstedt im rhododendronbusch der klari
nettenkasten rund das lachen des trinkers quieken
de angst der verstellungen stolz telefonisch slim
ray ah
          egal
ich geh los
nehme das öffentlich auf
was ihr öffentlich rübergeschickt habt am 2-12-89*

* raf-erklärung zur tötung des bankiers herrhausen am 30-11-89 in bad homburg, siehe im anhang an diesen text.

über bad homburg
an viele
loslaufend eure losmachenden gedanken
zur situation der revolutionären prozesse

quer durch verrat
internationalistisch WIR
oder unsre vernichtung

        :aus einem angriff
                        eine nachricht
                                    aus einem wissen.
öffentlich aufnehmen was
weites feld
wie fang ich an
                ich schicke euch grüße

eure arbeit am 30-11-89
finde ich
zu diesem zeitpunkt
besonders falsch

euer wissen von den zusammenhängen der arbeit
aus dem der anspruch kommt
auf die notwendigen diskussionen
eure bereitschaft für den prozeß
                der offenen auseinandersetzung
um so gemeinsam zu begreifen
und praktisch
                dann
zu bestimmen die orientierung der schritte
finde ich richtig

lernen
um zusammen zu kämpfen international
sich durchsetzen
das finde ich jetzt das wichtigste

widerlich ist mir die rede des henkers

aus übel und richtig und falsch und wichtig
kommen die fragen
die wir jetzt lösen müssen

oder wir starren uns an
erfüllen ihr ziel

die isolation will unsre zerweichung
entweder oder
versteinerung.

2

henker
ist *stein der funktioniert*

eure rede von hinrichtung
dumm die vermessenheit
der andren seite floskel
der feind

ist keine menschenrede
ist machtgerede
ist nichts von uns
revolutionäre menschen im aufbruch
sind weder richter noch henker
reden nicht aus rechtsordnung
sondern frei

was die rede sein wird
eines tages
der klasse
                    die
                                    wie celso in der caoba
den mördern den hals bricht
                                                                  entfesselt aufsteht
das wissen wir jetzt noch nicht

heute wissen wir erst
das richten und das henken
sind herrenarbeit und damenarbeit

wir sind nicht herren und damen
bloß WIR
die arbeit ums leben

und wenn
in unsrer arbeit
an unsrer arbeit
ein feind oder eine feindin sterben
dann sind die
                von uns
                                getötet worden
ja
        töten heißt das
                                        nicht henken
einfach als die feinde unsrer befreiung
als das pack gegen leben
                                    weiter nichts
einfach?
nein
nie einfach
sondern das grauen

sie haben das leben bekämpft
                                        uns
sie sind die widerlichkeit
sie sind dran gestorben
schauderhaft
                weiter nichts

auch nicht strafe
sondern mitten im krieg
den von anfang an sie beginnen
den endlich wir beantworten werden
ein toter
        eine tote

nur?
nein
denn dem geht eine entscheidung voraus
der eine arbeitsdebatte
der ein wissen
                    erfahrung analyse ziel

leicht fertig ist mord.
wir sind keine mörder.

3

warum fange ich meine bewegung, meine arbeit, einen text,
hier meinen brief an euch, so schwer schwarz an.

ich sitze früh nachts
am anfang des tages
den niemand kennt

ich will
grad heut
mit tagesbeginn auf den beinen sein
mit meinen gedanken mitten in meinem interesse
wach
in der dunkelheit die konzentration aufs ziel
und quer
gegen grad jetzt
den jubeltripp draußen
ist das nicht leicht

die lüge feixt schändlich frei
aus niedertracht ein schatten
türmt sich auf jedem weg
uns entgegen
der ist schwarz

und schwer ist es
euch zu erreichen
das wißt ihr
aber ich will das
es ist mein tag
den kriegen sie nicht

ich schreibe an euch an meinem einundsechzigsten geburtstag.
nicht vorzustellen, so eine kette von jahren? kette? stellt euch
geschichte vor, geschichten, gesichter.
unsre.

4

jede klassenkampfarbeit
auch die in homburg
kommt aus gewußter geschichte

ein wichtiger zweck der herrschenden medien
ist das zerschlagen krummlügen ausverschlampen
unsrer klassengeschichte

täglich bunt die lumperei der verwirrung

damit wir das pack nicht aufspüren
sollen wir uns nicht mehr spüren

damit
gegen die herrschende fremde
unser haß nicht losgeht
soll die liebe zu uns selbst
nicht auf die beine kommen
das ziel sich verlieren

heckt das jemand gegen uns aus?
weltverschwörung?
nein.
sondern.
aus meiner faschismuskindheit
später dem ausbau imperial
der gleichen gemeinen struktur
ist unübersehbar
das kapitalverhältnis
schafft sich gekaufte funktionsfiguren en masse
gehörig ins leblose klingeln getan
eingekauft tüchtig entschlossen
in den blutigen anteil der macht

so nun
fremd figuriert
sind sie zwangsläufig geil auf zwang
von neid geplagt dumm gegens freie leben.
das wehrt sich
das ist nicht zu kaufen
verweigert den reiz

beißt nicht den haken
soll sterben

der tod will nur noch den tod

so machen sie uns längst den krieg
so jagen die sich verraten haben
denen nach
die sich nicht verraten
so rächen sich die dressierten
an denen
die die dressuren verweigern

und sind aber opfer?
nein.

wie immer dressiert und verkauft
wir sagen
sie sind verantwortlich

so sind sie von uns gewürdigt
und sterben so
manchmal plötzlich
mitten in fahrt
denn nicht nur
                    produzieren
                                        sie sich
eine macht
sondern sich auch den feind
                                        der sie totmacht
diese schere ist
                    allen mörderinnen und mördern
blank bekannt

so jagen sie
so lügen sie
            wirklich pausenlos
                                        ums verrecken
und fahren plötzlich dahin

gesagt getan?
moment.
denn.

wie werden wir allgemein?

das ist die frage
an uns
von anfang an
                    in kommunistenköpfen
das arbeitsziel
erstrecht jetzt
in unsrer niederlage
im sieg der schweine
                              unser ernst ums leben.
oder wir gehen unter.

5

wie werden wir
          wie wird unser kampf
                                        allgemein?
das ist die frage durch alle klassengeschichte
mitten durch unsre
meine auch

auch neunzehnhundertundsiebzig
in der nacht vom achten mai auf den neunten
hockten ulrike und ich
nach einer gemeinsamen fernseharbeit
draußen in hamburg-lokstedt
genau unter dieser frage
hocken war meins
ulrike war aufgestanden
hatte den vierzehnten mai schon im kopf
offen schon in der rede den tag
nach nun noch den letzten fünf tagen
andreas befreiung in westberlin
die exemplarische aktion
den bruch
            den sprung
die ausgangsbewegung der roten armee fraktion

wie fraktion?
als bewaffnete teilbewegung

aus welcher ganzen bewegung?
als aufbruch
aus welchem gesamtstück
vielfältig revolutionärer praxis
jetzt dieser bruch?

aus welchem ganzen
ist die fraktion
der teil
der ausgang wohin
in welches feld?
wo wird
mit wem
unser kampf allgemein?

morgens dann ist ulrike
nach wandsbek gefahren
dreißig minuten u-bahn und bus
um für sich und die andern
eine bestimmte sonnenbrille zu kaufen

ich
bin weit zurückgeblieben
den traum
hatte ich verstanden
war schon längst nicht nur ihrer und meiner

aber wir wachen ja auf.
was dann?

die frage war ohne antwort geblieben
und ist noch immer
und jetzt erstrecht
die kommunistische frage

wo ist unsre antwort?
wie wird unser kampf allgemein?

6

ich mußte das briefschreiben unterbrechen

öfen und asche und müll
glas sortieren für die recyclingbehälter
brotfach ausschrubben gegen den schimmel
im stall das holz umsetzen
damit wir platz kriegen
für nächste kohlenfuhre
haferflocken für die vögel
einstreuen in einen baumstumpf
im weiß der sonne
den kopf des reihers
                                        wahrnehmen
                                                            überm wiesennebel
dann dorfkinder.
kommen in die küche
süßkramverschmiert signalfarben arm grob ratlos

(auf dem weihnachtstisch eines sechsjährigen nachbarn dreiundzwanzig hongkong-autos und die billigversion eines walkman samt fünf killermusikkassetten. seine achtjährige schwester kämmt eine pornoförmige frauenpuppe, die auf einem silbrigen pferd reitet. das kind kennt sein fickpüppchen aus einer fernsehserie. usbekische nächte. und guck auch mal, richtig mit schlüpfer.)(keine fünf jahre mehr, und es sausen die fickbomber ab nach taschkent, nicht mal der halbweg nach bangkok, leichtlohnmädchen auf fliegendem teppich, gorbatschows schicksalsgemeinschaft als leistungsgemeinschaft.)

in ferientagen langweilen sich
die kinder blaß matt
zwischen kaugummiketten und glotze
mutterschuften und vatersuff

ringsum sind feld und wiesen und deich
sind nah das meer und das verfallene haus
sind wunderbar nah ist
wirklich die welt der kinder

ist aber der knast der verkauften
hin bis ins reglose starren

und wäre es nur im gedanken an diese kinder

wehe dem, durch den die Verführungen kommen! Für ihn wäre es besser, wenn ihm ein Mühlstein um den Hals gelegt und er ins Meer versenkt wäre, als daß er einen dieser Kleinen verführe. Habt acht auf euch!...
(Luk 17, 1-3)

da kommt aus dem nachbardorf
ein genosse
auch ein schreiber inzwischen
nach dreizehn jahren knast
bankraub und bankraub
und aufwiegelei
und iso und iso
bruchsal und straubing und amberg
ein freund der freiheit

braucht werkzeug
um paar kilometer weiter
nach all diesen jahren
die erste freie bude sich festzumachen
will wie die kinder wollen
wie wir alle das wollen
einfach mal dicken tee und ruhig
stück zeit
zum reden
menschenrede gegen
das lallen der öde

dann der dorfjunge honken
sechzehn
arbeitersohn
heute in neuen kleidern
bullenfarben senf und khaki
deutschdeutsche weihnachtsfarben
im jubeljahr neunundachtzig

honken hat von klein auf
in seinem kinderzimmer
die glotze

honken kommt jetzt zu uns in die küche
hebt
ohne einleitung begrüßung oder übergang
die hände auf hüfthöhe
                                        den da
sagt er
                    also den da
                                        weißt schon
                                                            hast gesehen
haben sie hingerichtet
auch die alte von dem gleich mit weggeputzt

obzöne rückstoßgeste aus hüfte und beiden armen

bloß schade immer, weil sie
                                              den hätten sie
besser mal gleich dem volk überlassen sollen
bloß so mal
weißt ja bescheid

honken weiß nicht den namen
nicht auf der karte den platz für das land
weiß bescheid
                              möchte killen
aus fernsehsesseln den weihnachtskill
                              grill
                                        fit
aus tüten

honken weiß nicht was volkskämpfe sind
honken weiß nichts von klassenprozessen
      die uns reinreißen können
      in die wir uns reinreißen lassen können
      bis ins verbrechen
      bis ins verrücktwerden dumm
honken kennt das wort
                                        klasse
nur aus der auto-bild
also nicht das wort
                                    klassenverrat
honken kommt aus den deutschen

ein volk gegen den staat der verbrechen
waren die nie

noch nie gegen buchenwald oder stammheim
noch nie gegen bankkonsortien
ausgenommen jüdische banken
noch nie gegen us-völkermord

aber blind blanke lippen
das volk gegen kommunisten
luxemburg baader ghaddafi
egal
nur zu
putz ihn weg!

das weiß honken
weiß nichts
will killen
kaut
weiß aus der glotze
wies zuckt wenns wen trifft
will zucken lassen
will zuckerzuckenguckenkauen

honken ist zeuge.

honken ist zeuge für den verrat
täglich an menschen
für täglich die menschenvernichtungsarbeit
der medien
ich meine
wörtlich
vernichtung
wirklich massenvernichtung
ökonomisch nützlich dem pack

grad nicht mehr menschenhaar jetzt
für den u-bootebau
grad menschenhirn jetzt
für den mehrwert
kindergehirn

über die kinder kommt diese zerstörung
täglich
in unsre küche
ich kann es sehen
ich höre es schreien

es ist der horror

und sehen wir hinter den armen augen
der kinder frei das lächeln der fänger
                                        der mörder
ach einmal dies lächeln verbluten...

aber bleiben mitten im horror stehen
mitten im fluch keine flucht
geben acht
wollen nicht kippen

fällt aber auf uns
aus der erfahrung
der ekel
denn...
käme...
nach plötzlich
jetzt bald nochmal
homburg oder mulhouse
                              karlsruhe oder poppenbüttel
an unsre westdeutschen mitmenschen
frisch aus dem knall
                         staatsbürgerlich
die einladung ach die aufforderung
der programmtip
zur teilnahme
an den henkungen
                       endlich
            aller gefangenen terroristen
telegen authentisch die wüste der macht
und
wir sind dabei gewesen
                              dann
                                    aus jenen regionen
in denen ich mich bewege täglich
aus jenen abgescheuerten glattflächen

zwischen den pisten
aus pennymarkt buchladen kneipe
aus kreiskrankenhaus und proletengarten
aus seemannsschulen und apothekersonaten
kām
uns einfach
die deutsche freude
frei der wau

wohl würden
fünfzig menschen sofort
zum bewaffneten angriff auf pack übergehen
tausend täten tappen durch glas
fünftausend herzliche würden freimütig aufschreien laut
und zwei millionen
halb- wie altlinke schmerzenschlepper
samt ihrem frischliberalen anhang
täten für diesmal den glotzenstecker
aus den vier wänden reißen
und aber
siebenundfünfzig millionen und
neunhundertdreiundneunzig tausend und
neunhundertfünfzig
einig recht frei
einfach der rest
sähen dem ordnungshenken
leidenschaftslos gern
zu
ja
auch
die säuglingin und der säugling im einkaufskörbchen
ja
auch
der pflegefall und die fällin
ferreroküßchen
und später die pfanne und ja
alle ja
in den kinderzimmern
an tankstellen eben
auf krebsstationen
in lehrerzimmern
beim bund beim hund

in küchen in büchen
ja
alle ja
macht sie alle!

klar bißchen scham kennt man
auch
kleines schämchen ist immer mit beigemischt
wo uns das nackte glatt eingehen soll
das kennt man ja
freitags
zur pornoseite unter der lockenhaube
pengbumsplumpstot
sabbersüß einfach der ausrottungsstoß
mal frei
übern hocker mal runter vom hocker
ach unser wilna ach
unter bolognesischen brücken
das licht
auf den flügeln der falter
am strick
da schmatzt was im fleisch
da
lutschen verstümmelte stumpf den stumpf
bei der betrachtung der schlachtung
in wiederholungen
ja
die tore die tore...

ach ekel
ach dreck
ich will keine menschenverachtung
die bricht uns den hals längst vorm hocker
zersticht uns
den kern unsrer arbeit
die lust
aufs leben von allen uns menschen
allerdings
will ich mir diese lust nicht wegretten
mittels besoffener hoffnung
mittels blinder kräfteverrechnung
auch nicht
mittels vergeßlicher freiheit

als wär die gemeinheit
in der wir leben
einsam geheimschnell zu überspringen
wir sind in der scheiße tief drin
allesamt in der fremde
ihr auch
das gilt

nicht um drin abzusaufen
aber um das zu messen
bevor wir den wurf
der sind wir
entsichern
das messen
das ist ein lernen
nicht nur der waffen
sondern der wüste *auch!*

die macht der herrschenden medien
täglich die enteignung der gehirne
stündlich
auch deng
hat als erste zielerklärung
ein fernsehgerät nun zu allererst
in jedes chinesische haus
empfohlen
er weiß warum
wir wissen aber
wir werden auch gegen das unser interesse
und aus dem unser kampfmittel
finden
und in bewegung setzen
wir werden lernen
ja
wir leben im horror
mitten im sieg der schweine
aber wir selbst.
erschöpft?
verletzt?
ja.

es wohnt also einer und eine
sagt ihr

nicht ungestraft im deutschen dorf
in der platt gewöhnlichen landsmannschaft?

bestimmt nicht ungestraft.
sie machen am deich hier schon angst
sie schmeißen schon scheiben ein
ja.
aber lieber steh ich gegen paar blöde
als tanze mir kühn
das vergessen der blödigen realität
denn es kommt kein klassenkampf
menschenkampf
aus der vergeßlichkeit
und unser wissen
oder wir hecheln high weg vom fenster
geht nur los
sonst gehts schief
mitten aus wirklicher scheiße
dreckig verflochten in all den siff
des gewöhnlichen kretinismus

es geht die befreiung der menschen
nicht peinlich sauber gekleidet
wirklich
wir sind nie neu
auch künftig nicht
sondern immer schon ewig
auch
blöde verletzt und geflickt
und gehen doch weiter
so los
ums leben
denn
der kommunist hält genau das aus
und nur der
neue mensch
springt da ach sprengt sich da
lieber gleich raus
stürzt darin ab
ins bald
nur noch tolle bekenntnis
was dann vertönt
ganz unerhört

im klappernden gelächter dissonanter akkorde
im geschrei der realität.

(na was
genossinnen und genossen
                                        lest ihr noch weiter?
alles bloß müll?
nur zu
              wir streiten das durch!
wer ist schon meister?
ihr?
auch nicht.)

7

denn wo
wird wem
mit wem
unser kampf allgemein?
was löst da
                  wer
                        in nun fast zwanzig jahren
                                                  aus
was aber wirklich ein
                              und aber etwa was
                                                vom ganzen nur
                                                                ab?
getrennt die richtigkeit unsrer bewegung
vom ganzen
gesprengt unser sprung der genauigkeit
                                                    wohin?
vom bka scharf beachtet?
die kontinuität?
der stolz?
                  ach
                          aber
                                  kaum noch
von allen menschen.
denen zeichnet sich andres ab
ganz anders

mal wirr mal scharf mal lächerlich wichtig
mal brennend richtig
starrt das und stammelt und staunt sich eins
zwischen colatrip und karlmarxstadt
washington weltraum und wanne-eikel
walesa wildwest und weinen und wut und
macht rechts und radikal machen links
                                        und also
das wird euch ja nicht entgangen sein
kaum ein angriff der raf
ist so leichthin schlapp weggeschluckt worden
wie eben jetzt homburg
ins allgemeine große fressen
in dies eingabeln messern und teilfetzenreißen
einpatschen einfach ins nackte
                                  aus nacktem verrat
es klappt es krallt

da wird es für menschen kalt

und daß neulich einer im bankbenz verbrennt
was solls...
daß wir alle kaum
ausweitend gründlich was vorwärtsbringen
in jahren und jahren
                          das ist nicht neu
daß uns
außer in wenigen leitungszentralen
die menschen kaum noch beachten
                                      das schon

was ist kommunistenleben
was der tod in den blutigen kammern
den sättigungsstunden
der dummheit?
es ist der ton
                  der hit in den metropolen
                                      ein rülpsen
und kauen im rülps die hafenstraße
                                      lutschen den knast weg
schluckauf aus homburg...

was war das wo sind wir?
wie machen wir weiter?
klassenkampf oder
den kultischen kreis?

in der reuse
die mäuse
winken dem fisch
anstatt ihn zu warnen.

inzwischen sind wir gewarnt
nein?
nicht?
kommunisten nehmen es als eine warnung
ohne vernünftige
das ist befreiende
wirkung zu sein
so einfach
so einfach fangen wir an zu lernen.
und lassen das *nun nicht mehr los.*

8

beide
ulrike länger als ich
kannten obengesteuerte ferngelenkte parteiarbeit
den unsinn der gewaltlosigkeit
die vorsicht der feigheit
klassenfeindschaft verzagt
den haß ohne hand

solange wir dem klassenfeind nicht ein gefährlicher gegner sind, sind wir uns selbst und unserer sache der gefährlichste feind (das war ich auf dem legienplatz in hamburg 1962) *wir wissen nicht, was wir tun, weil wir nicht tun, was wir wissen* (das war ulrike 1968 in westberlin)

das war unser reden und schreiben
wann tun wir das reden und schreiben
jetzt heute noch
hat ulrike gesagt und getan

ich aber habe den ärmel gezerrt

erklär mir erklär dir
genau den boden das gelände den raum
der schritte
die du jetzt laufen willst
die ich schon lauf
sagt sie

was lockt
was trägt uns
was lauert
was fängt uns ein?
aber da war sie schon fort

und ich
nun nach fast zwanzig jahren
versuche euch wiederzufinden
das zerren am ärmel
das reden
oder wollt nicht mehr reden
wißt alle schon alles?
daß wir in klassenkriege gestellt sind
von anfang an
das ist kein gefasel
heute erstrecht nicht
das braucht unsre antwort praktisch

wie wenden wir unsre niederhaltung doch noch
in ihre niederlage
ihren tod in unser leben

wir werden menschen sein

wer sind wir dann jetzt
kampf oder schwein?
laß mal den müll
steh auf
es eilt!

von anfang an
für mich vom neunten mai siebzig an
war das problem zwischen uns die eile

hastig bestimmt
eure entschlossenheit als eine entrissenheit

obgleich ulrike und ich schon lange
nichts mehr genau diskutiert hatten
sie war nach westberlin weggegangen
ich war in hamburg geblieben
war sie doch damals überzeugt
aus unserer geschichte sicher
daß ich alles verstanden habe
jetzt den stand raf
der rest ist müll
weit hinter uns
laß das
fang an!
aber auch wenn ich wußte
wirklich einfach
daß wir im internationalen krieg sind
ob uns das paßt oder nicht
hatte ich nachts da die fragen und ängste und fragen

und ängste
gegen vereinzelung
aus meinem wissen nicht nur die wut
auch die warnung
gegen den kühnen riß
die arme rechnung der kosten
wenn wir uns übertreiben

das braucht zeit
da brauchte ich zeit
da hätten wir zeit zunander gebraucht

es war aber nie mehr die zeit dann
sondern der sprung
ums eck
aller rest außer sich
viel rest
rastlos
viel fragen
eh menschen da
wartet nochmal

gebt acht
gebt dies uns hier alles nicht auf!
wir alle zusammen
haben zuvor noch paar sachen
zu klären
zu fassen!

es war aber dann nicht zu fassen

daß sie uns nicht fassen
ist gut

daß wir uns nicht fassen
ist schlecht
miserabel
das wahrheitende geheimnis der spitzenkräfte

als einem kommunisten der ganz gewöhnlichen tage
ist mir
von gleich zu gleich
das packen das fassen der wichtigen dinge notwendig
ist mir das unfaßliche
lange war ich katholisch genug
zuwider
und falsch
ist mir das abhebende
das
wen denn?
erlösende treiben versteckter mächte
dies einsame retten
die eile voraus weit voraus
und aus dann
und aus.
wir hätten
ohne uns faul zu machen
lernen können
damals das zu vermeiden

wir werden
ohne uns faul zu machen
mit euch lernen
künftig das zu vermeiden

ich weiß noch die hartnäckigkeit
hab ich ja noch
meines gedankens
meines anspruchs an uns
es muß
für die kernbewegung bewaffneter arbeit
zuerst
so vielfältig wie verschlüsselt
wissen kontakte freundschaften räume liebe
ins legale leben rein geben
brückenverflechtung
stufendickicht
verschiedene tätigkeiten und tatbereitschaften
unverbrüchlich
in gleicher sache
aufs gleiche ziel hin
stufen
nicht in die höhe besondrer verdienste
sondern geschnitten geflochten geklügelt
in das verdeckte auf und ab
vielgliedriger zielstrebigkeit
gegen den feind
der auf allen hockt
ihn niederzuschlagen
den stein abzureißen
der im ausbeutungs- und verblödungsstaat
heute noch allen am hals hängt
uns allen.
stufenbrückengeflecht zwischen illegal und legal

da konnte ich damals viele sehen
mich auch

ich hatte ja gern hier noch
meins im legalen zu tun
die familie
die freunde
die arbeitskollegen
an grenzen winkt man so einen durch
in linken debatten lernt man mit so einem weiter
mit so einem senderausweis kommt man leicht überall hin
überhaupt sender
warum denn nicht

auf dauer
auf lauer...

grad das
diese normalität
dies gewöhnliche schwimmen im tag der meisten
wird mancher schwierigen arbeit nützlich sein können
ich dachte damals
ich hätte noch viel zu lernen
ich dachte
das hättet auch ihr
mit uns
                vielförmig unsren aufbruch
es war aber unter euch eine eile
                                        wie abbruch.

9

ich bin
seit ich kommunist bin
dafür daß gelernt wird
                              das lernen gegen den klassenfeind

e i n lernen geht von oben nach unten
von sonderbar vorn nach gewöhnlich ganz hinten

d a s a n d r e geht von gleich zu gleich
in gegenseitigkeit
                        offen
das ist ein zutrauen
das weiß
daß für unsern kampf
jeder jedem
jede jeder
was mitzubringen
was zu zeigen hat
                        was zu bedenken gibt und
                        was zu entdecken
was einer falsch macht
das machen wir falsch
was eine lernt
lernen wir alle

und hat einer
hat eine von uns
noch fragen
dann sind das unsre fragen

wie genau in unsren fragen wir miteinander sind
das ist eine sache der liebe
also eine der kraft
aus dem grunde kommunistischen begriffs
von zukunft
die wollen wir

wie ungenau drüber weg
wir gegeneinander sind
das ist eine sache der angst
also eine der schweine
deren schnüffel schon uns im kopf
das wollen sie
das wollen wir nicht

so neulich in hamburg

bei einem regionaltreffen
zur weiterarbeit in der sache zusammenlegung
wollte eine frau
was mitkriegen von anderen frauen
die hatten gruppenbesuch
in lübeck
ihre frage wurde nicht beantwortet
sondern so
das reden wir jetzt hier nicht

die blockade der sonderwissenden
der dreck
den wir in unsrer arbeit nicht wollen
den wir längst kennen
zum kotzen die frankfurter lampe
nein
es ist nichts vergessen worden
ihr damen der kalten und wärmeren inseln
paßt auf
lernen geht nicht vergeßlich

dann
bei gleichem anlaß
eine frau setzt an zu der frage
was jetzt insachen zusammenlegung
                                        breitenarbeit
                                                und
                                                aber
herrhausen
zu kritisieren sei.
                        hat denn hier jemand
                        schwierigkeiten
                        mit homburg?
stille
der freche stumpfsinn mancher gewißheit
zerstört gemeinsame denkprozesse
                                        will das auch so
                                        will nicht denken
denn da genau wirds oft knapp

wir sagen
da wollen wir reicher werden!

weiter

das hamburger treffen war hergestellt worden
um miteinander weiterzukommen
um was rauszukriegen
was zu lernen

wie geht aber dann dies blockieren
                                        stumpfieren?
das geht immer gut bloß für die
die das nachtappen in den dunkelschimmer der wahrheit
für ein lernen halten
denen ein weiterkommen
am liebsten durch enge einbahnstraßen hopst
die gar nichts rauskriegen wollen
                                        bloß dich da
                                        und dich
aus ihrem herrgottswinkel
        oder ich wisch dir eine!

das ist das lernen von oben nach unten
von fein vorn nach arm hinten
der durchmarsch
der dreck der macht
dies nicht schafft
bloß blafft
ach bluff!
ja
leider
es geht wieder los
seltsam doch wächst das nach
während die scharfe crew der endsiebzigerinnen
ach unvergeßlich das haaredrehen
von hast gelähmt fast schon knast
inzwischen im yogabuchhandel still hin verlächelt
als irrenpfleger wirrer fliesenleger
als senatsarchitekt
von nichts mehr was weiß
stechen
am ende der achtziger jahre
neue
ganz junge
am tollsten die frauen
ihre straighte kontur aus dem blech ihrer angst

zum lachen kolossal bonsai!
aber zum lachen zu böse
wirklich ein schaden
paßt auf!
alle halskreide ist wieder futsch
aller flutsch in die sackgasse wieder frei

richtig wichtig nichtig
die power mag mauer

wir
mögen die nicht
wollen gemeinsam weiter
nicht special forces
die sind vom feind
flink der unsinn des todes.

karl heinz hat mir mal gesagt
wir waren am anfang so wenige
daher so eng und so hart
so kommt das

gut
und wir fragen da weiter
warum *sind* wir so wenige
fragen uns weiter
warum
im harten griff unsrer sache
die wir für richtig halten
werden wir immer weniger
was soll das
wo führt uns das hin?
einsame größe ist kleinbürgerkindertamtam
nichts an ihr ist genossentlich

also wie weiter?

10

neulich war ich
über die viehweiden weg
zu einer geburtstagsfeier
windschiefe hütte
aus fünfzig jahren schwerer arbeit ein altes weib
viele kinder und enkel und urenkelkinder an tassen
arbeiterfrau vom acker
arbeitermann vom bau
feuerwehr lungenkrebs vogelkunde
abpacknelken und schmierkuchenberge
bild und pornopraline
und abgegriffen im glotzenscheitel
die bilder der alten zwei kriegersöhne
totgefroren
und bauchschuß
bei helmstedt
treu.

gesprächig
zu mir hin
war ein enkel vom zoll
                    schreiben sie auch denn so sachen von hier?
                    oder alles mehr aus dem kopf?
                    da müßte man viele gedanken haben
                    das würde ich gerne mal lesen

was nun

ich weiß
daß ich
seit ich schreib
                    mit meinen möglichkeiten und mitteln
arbeit mach in den kämpfen
die wir für notwendig halten
                              jede zeile gegen das schwein
                              für die lust und die liebe
mit uns

es ist eine arbeit ums wort
                              aufs wort
schwierige plage der freude
für mich hat diese arbeit meine richtigkeit zu mir selbst
und immer mal treff ich leute
                              die sagen
                                    zu uns selbst
                                    wir sind noch paar
                                    mehr
                                    schreib weiter!
aber gut
aber doch
das sind doch nur alles die armen paar irren
die wissen.
wie kommt dies wissen
wie kommt
was uns richtig
aus erfahrung und lernen und machen
die klare richtigkeit ist
                         wie kriegen wir unsren begriff
                         und griff
                         ich meine zeile der schönheit
                         der trauer

                                        des wissens
                                        ihr die klarheit eurer entscheidung
                                        eures aufstandes
                                        wohlwissend
wie kriegen wir unsre richtigkeiten
rüber zu dem vom zoll?
                                        oder so
in der genauigkeit meiner schreibarbeit
wird dem nachbarn mein wort immer fremder
in der genauigkeit eurer praxis
dem klassengenossen eure waffe
                                                            was ist da zu tun?
ich möchte lernen
regelrecht ausforschen
üben
wie ich den zöllner erreich
und ihr
solltet lernen mögen
regelrecht ausforschen
üben

wir könnten gemeinsam

unsre bewegung der hand
nicht wegziehen aus dem geburtstagsdampf über tassen und tanten

da feiern verratene leute
wir hassen verrat
was lassen wir die dann los?
sind wir toll?

oder so
            es lobt einer meine arbeit
            sagt mir öffentlich aus akademiegestühl
                        du hast dich in die hölle geschrieben
                        hier unter uns allen nichts mehr zu suchen
                        das ist das format deiner arbeit
                        das ist deine selbständigkeit
                        du solltest dich fürchten
ich fürchte mich
denn was ist das

eine richtigkeit genauigkeit bestimmtheit freude
die sich
weiter und weiter und weiter
entfernen entfernen entfernen
kleiner und kleiner weg fremd werden
bis zum punkt
flirrpunkt
drohpunkt
und
im druckpunkt plötzlich feindlich sich drehen
sich vekehren
gegen hütte und acker und kuchen
wie
gegen hütten?
das sind doch unsre!

was ist dann unsre richtigkeit aber?

was an uns
von uns
müßte anders so sein
daß meine zeile
daß euer angriff
hier über die wiesen kommt
durchkommt?
wie lerne ich schreiben
was nicht nur richtig ist
sondern auch richtig rüberkommt?

wie lernen wir eure bewegung wenden
in den tanz
bis nach hier
ins deichhaus?

das möchte ich wissen.
das müssen wir lernen.
genau hier gehts los.
allerspätestens.
jetzt.

11

sachte gefriert
der spiegel der wolken wird faltig matt
vor unsren fenstern im osten
das wasser
im uferbruch stehen reiherschatten
tausend sibirische gänse stoßen geschrei
schneiden ihr flugbild aus nebel
                                        tundrische inseln
                                                            gefiedert
ja
inseln

denn immer noch möchte ich mit euch weg
ins eigne stück zeit
in die arbeitsdebatte

das war schon so in der mitte der siebziger jahre
auch das waren jahre der eile der hatz
mach das ja jetzt oder was oder laß
da war ich zu langsam
da habe ich alles gelassen
                                   alles geschrieben an alle
es war keine zeit für die rede der fragen
für das befragen der rede
so geht keine gute arbeit
nur das zutrauen der minuten
                                        der spott dann
                                                            der haß
und die ersten schon tot
verbrannt erschossen erschlagen
                                          es eilt!
und wir paar freunde und freundinnen
dachten das wünschten das so
              wirklich beim pack jetzt den horror aufreißen
              es eilt
              bis das die knäste aufmacht
              die menschen losläßt
              dann die fahrt ins genossenland
              (damals gab es das (vielleicht) noch)

dann
im schutz der dort schon getanen befreiung
unsre ruhe der aufmerksamkeit
die konzentration auf die widersprüche
die bewegung in unseren fragen
alle auf das gemeinsame ziel hin
wie
machen wir langfristig weiter
ab jetzt
mit wem
wann
wohin

innehalten
nicht aufzuhalten
mein traum
meine suche nach einer richtigkeit
unsrer
die weithin ausgreift und anrührt an viele

da fanden wir
gabs was zu lernen
finden wir gibts was zu lernen
da
da war was
da ist was zu klären
von euch zu uns hin
von uns her zu euch
da wäre gewesen
ist genau jetzt
was auszutauschen
gegenseitig was zu kapieren
da war ich stur zuversichtlich
bins noch
damals haben wir das nicht gekonnt
es blieben
die eile und die gefangenschaften
kamen die morde
wuchsen das schweigen
die eile
ging noch einmal eine befreiung
dann keine
wohl euer angriff da dort

der blitz
der tod
kein gesicht
wo seid ihr.
wer.

12

in den frühen jahren hat eine zeitung gesagt
die ersten hätten aus melvilles moby
den code
und andreas sei *ahab* genannt
(auch ulrike
in einem brief aus dem toten trakt
hat sich auf dieses buch bezogen
auf das kapitel zweiundvierzig)

wer ist ahab?

erschütternd richtig eines menschen identität
in seiner lebensbewegung gegen das böse
vergeblich
der kampf gegen die vernichtung aus weiß
als die selbstvernichtung
die weiß

Wie soll der Gefangene hinaus, wenn er die Mauer nicht einreißt? Und diese Mauer, siehst du, das ist der weiße Wal, sie rückt mir auf den Leib. Manchmal denk ich, es ist nichts dahinter. Aber dann, dann weiß ich! Es setzt mir zu, es nimmt mir den Atem, es hat die Kraft, übermäßig, von grausiger Arglist getrieben. Dies Unerklärliche, sieh, ist mir vor allem verhaßt. Ob er nun selber mein Feind ist, der weiße Wal, oder nur meines Feindes Werkzeug, ich hasse ihn! Schweig mir von Frevel, Mensch! Und hätte die Sonne mich beschimpft, auf die Sonne ging ich los; könnte sie's, so könnte ich's auch...
Weiß schäumt das Kielwasser hinter mir her, unruhig, verworren. Bleich das Wasser, bleicher die Wangen, wo immer ich fahre. Von allen Seiten schwellen sie heran, die neidischen Wasser, um meine Spur zu bedecken. Mögen sie's! Ich fahre dennoch weiter!

das ist kapitän ahab
ein großer
mir ein unvergeßlich richtiger
hochromantischer entwurf

allerdings
praktisch auf änderung geht es so nicht
nur auf das ende
ahab verschwört seine mannschaft ins grauen als in eine freude
ach
endzeitfreuden!

NEIN

laßt uns
für uns
einen neuen code finden
einen der uns
so oft wir ihn nutzen
warnt vor unsrer selbstübertreibung
den hier zum beispiel

(Zeitlose) Eine sonst gesunde Frau von 53 Jahren, wohnhaft in Oberhausen, bekam das Fieber. Am fünften Tag kochte sie ein Tränklein von drei Wurzelzwiebeln der Zeitlose und trank das Tränklein. Merke: den anderen Tag darauf, als am fünfzehnten September, war die Frau eine Leiche. Denn die Zeitlose ist Gift. Selbst dem Vieh ist sie schädlich. Es ist daher kein Fehler, wenn man sie mit den Wurzelzwiebeln aussticht und die Matten davon zu reinigen sucht. Aber: Tränklein davon kochen und dran sterben, das ist ein Fehler. (Johann Peter Hebel)

nach dem tod ist nichts mehr zu machen
daher
um des lieben
des kämfenden lebens willen
korrigieren wir unsere wichtigen fehler
am besten vorher
eben zuletzt noch
jetzt.

13

das gute zitat ist ein konzentrat
aus dem sich entdeckungen ausdenken lassen

ich zitiere
um mit euch nachzudenken
aus knastpost und knastbesuchen in '89
und aus einem märchen
geschrieben im trakt

und alter, denk auch mal an marighella, und es sind schon sechzigjährige aufgestanden und zur guerilla gegangen

wir kennen die befreiung von '75. und wer uns heute nach der dauer unsrer haftzeit fragt, erfährt von uns, daß die von der guerilla draußen bestimmt wird

mach dich auf den weg. irgendwo wirst du eine stimme hören, die dich ruft. ihr mußt du nachgehen. es ist die stimme der löwen in der wüste... zwischen endlosen sanddünen und steinigen hügeln... umzingelt... im dornigen gestrüpp viele leuchtendrote blüten... hier muß niemand angst haben... die wüste gehört uns
es gibt eine erschöpfung, die kommt nicht aus der mühe der vergangenheit, sondern aus der erkenntnis dessen, was vor uns liegt... 'ganz neuen schritt', ja, so sehe ich das auch schon länger, neu nur darin, daß die ungeheuerlichkeit dessen, was wir wollen, dir immer öfters in voller schärfe vor augen steht. das ist, wie wenn du eine höhe erklimmst und vor dir ist dann doch nicht das meer, das also, wo deine bewegung auf eine sich schon eigenständig bewegende kraft stößt... (das hat gerade erst angefangen), sondern eine lange ebene und am horizont eine neue bergkette. da hälst du ein, nicht um stehen zu bleiben oder gar wegen der frage der rückkehr, sondern um die strecke zu begreifen und dich darauf einzulassen...

die veränderte internationale situation heißt, daß es heute überhaupt um einen einheitlichen, langandauernden internationalen umwälzungsprozeß geht, in dem die revolutionäre politik in den imperialistischen zentren notwendig ist. die kämpfe müssen sich heute gleichzeitig entwickeln. es muß das moment des revolutionären bruchs in den imperialistischen zentren geben, sonst setzt sich das globale kräftegleichgewicht in einer allgemeinen destruktiven entwicklung fort, hier wie überall. diese auseinandersetzung (um die solidarischen beziehungen der völker) ist eine, die katalysator sein kann für eine neue qualität des revolutionären widerstands hier insgesamt. revolutionäre intervention ist antiimperialistische front in westeuropa, das ist eine 'nicht-hegemoniale' linie, es ist einheit aus verschiedenen politischen prozessen, und die revolutionäre strategie kann nur produkt vieler anstrengungen sein...

es ist aber eine klare sache, unumkehrbar, für den, der einmal, wie wir, hinter den vorhang gesehen hat... hinter dem vorhang die aufhebung des naturcharakterscheins, die demystifikation von macht, das heraushören des schrillen tons vom möglichen ende im wutgeheul der getroffenen macht, das leise krachen im gebälk...

und sei es nur kurz, und selbst, wenn man konkret noch unterlag. man vergißt es nicht... feines gehör... sie wissen... die erfahrung ihrer vergänglichkeit... und wir haben es gesehen...
es ist der ansatz für unsren kampf immer ein platz außerhalb der herrschenden totalität...

und dann
zum bild einer blume
tief im kelch rot geflammt

sieh mal die rote bewegung an...

jede frau die reingeht und oder reinschreibt
jeder mann der reingeht und oder reinschreibt
weiß das
weil es genau so 'passiert'

die freude
die gegenseitige achtung
der lernende austausch von gleich zu gleich

kommunistenminuten im ticken der wachuhr
befreites gebiet
umschnüffelt von diensten

wir haben die lust
die sie nie erreichen
aber wen erreicht unsre lust?
wo sind wir?
sind wir verrückt geworden?
aus kleinen zitaten wird das ein großes kapitel.

was ist mit uns passiert?

als carlos marighella
am vierten november '69
in sao paolo
in einem hinterhalt der polizei erschossen wurde
(auch für uns hier in den metropolen
ist
acht jahre später
dieser tag ein tag der mörder)

war seine arbeit darauf gerichtet
den revolutionären krieg in brasilien
auf eine zweite stufe zu heben
den bewaffneten kampf nun auch auf dem land zu entfalten
inzwischen ist in brasilien
soweit ich weiß
die guerilla auf allen stufen niedergemacht
in die erde.
drauf hecken ergiebig vw und siemens (zb)

da muß von uns
auch da
was falsch gemacht worden sein

was falsch gemacht worden ist
das kann künftig
richtiger wieder neu aufgenommen werden

kann aber nicht
wenn uns die genossinnen und genossen von damals
zu mutfiguren aufgestellt werden
für heute unsern nächsten schritt
ihre fehler aber
und fehleinschätzungen
uns unbekannt bleiben

die arbeit gegen fehler ist heute wichtiger
als der aufbau
ach das abstützen
von vorbildern.
und
ob was mit sechzig geht
und oder lieber nicht mehr
das weiß man mit sechzig
vorher und nachher gilt
daß geht
was man
aus überprüfter erfahrung
aus im wirklichen gesellschaftsverhältnis geschärftem begriff
für richtig hält
das richtige ist das notwendige
notwendig ist der aufbau
unsrer internationalen revolutionären organisation
mitten in den weiten ebenen der heutigen ent-täuschung
ent-kräftung
(leider manche kraft ist aus täuschung)

dann
wir kennen die befreiung von '75
die war eine freude
eine kluge
das gelingen von menscheninteresse als klasseninteresse

danach
ist es uns dann nicht mehr gelungen
nicht weil die befreiung der gefangenen nicht richtig wäre
sie ist immer richtig
sondern weil das erfahrene
und von uns begriffene kräfteverhältnis
es nicht erlaubt

sie morden
sie riskieren das abfackeln von neunzig urlaubern
sie lassen ihren chef lieber hinter die kofferklappe
als daß sie auch nur einen kämpfenden menschen
haben sie ihn nur erst
noch einmal loslassen

sowas kann sich ändern

es ist aber heute
so übel wie exakt
unser erfahrungsstand
nicht unsre kapitulation
daß wir es erstmal nicht ändern konnten

und aber
kapitulation
denk ich
ist es
die erfahrung einer freude
den nachfolgenden erfahrungen einer niederschlagung
überzustülpen
der klassenkampf ist keine verdi-oper
kühne masken
decken nicht den schreck und den schmerz unsrer erfahrung
verzerren aber
verdunkeln uns
das zu suchende wort
ins fünfundsiebziger freiheitsbild verkleidet
kapituliert ein genosse
vor dem anblick der wirklichen lebensgefahr
grad jetzt in allen knästen
er entzieht sich
dem hochkomplizierten lernstoff 18-10-77 bis 12-5-89

das führt zu entzugserscheinungen
zu realitätsentzug
(genau wie die bullen das wollen!)
das wird ein furchtbares warten werden...

nein.
nicht die freude von damals
dem *wunderschönen* tag
macht demnächst die knäste auf
sondern *die einsichtige einarbeitung unsrer niederlage*
in die ausarbeitung unserer nächsten schritte

starrend stolpern tut am ende
eh jede und jeder
allein.

angstfrei
in die wüste der blüten
die uns gehört?
das ist zwar
aus einem märchen
an ein geliebtes kind
das verstehen soll
warum der schreibende freund so fest gefangen sitzt

aber eben erstrecht an jedes kind hin
werden wir traumlos deutlich sprechen
so oder so
und hier und hier
und anders also
als hier das märchen spricht
hier wächst
lese ich
die gefahr in eine neue dimension
und nicht eine rettung wächst
sondern verfällt
hört *stimmen*

bei all meiner lust auf lieder
(und auch auf geheimnislieder)
auf vogelstimmen und unnachgiebiges gelächter
zuallererst auf die lieder und das lachen und die stimmen
in unserer sprache
die stimme im rhythmus der wörter
den triller noch mitten im wort
wer in den kampf ums leben
geht
den klassenkampf losmachen
will
der
besser
rechne den grundton
aufnahmeleistung und abgabeleistung
schallraum leitmaterial instrumentarium
und die frequenzen
die die wir hören können
und die die wir nicht hören können
der verbiete sich das horchen auf den *ruf einer stimme*

(in meiner nazikindheit
hatte das blut eine stimme...
nein
wir vergessen nichts.
wir passen jetzt auf.)

ich kenne aus den letzten jahren
genossinnen und genossen
die haben den ruf so stark gehört
sich aber so schwach gefunden
daß sie gern sterben wollten
beschämt
und sind nun tot.
und das ist die schande der stimmen
nicht die schande derer
die sie nicht ertragen haben

andre
und die sind noch schlimmer dran
haben den ruf nie gehört
nur ihn zu hören wild sich gesehnt
sind ganz erstarrt im horchen
bald im gehorchen
und hören sich selbst nun nie mehr
und nie mehr
nah
die volle einfache dumme unsterbliche
stimme des lebens
im tollen betrieb
nicht mehr die liebe
nein.
herrhausen ist nicht
das hoffe ich unruhig dringend
das opfer von stimmen der wahrheit
sondern
er ist gestorben
in wirklichkeit
plötzlich
in der folgerichtigen ausarbeitung
einer internationalen klassenerfahrung
das
kann
dann

immer noch
schwere fehler enthalten
das arbeitskonzept und oder das resultat
aber
immerhin
er ist nicht *abberufen* worden ...

schwere fehler
können die arbeitsschritte der klasse stören
zerstört werden sie
(hinein bis ins blutbad)
erst von den berufenen

daß den kämpfenden menschen die wüste gehört
habe ich verstanden
hier ist alles frei
hier ist nichts leicht
hier werden erst alle schätze noch
gegraben werden
endlich die unsren
wir selbst!
hier ist eine unvergeßliche schönheit!
auch
eine scharfe spannung in ihr
zwischen licht und nacht
beben und blühen
aber angstfrei
denke ich mir unsre landschaften nicht
nicht nur sind sie vom pack umzingelt
sondern bewohnt
von uns
und wir
das seien
heißt es in kamalatta
leute
(so ähnlich hat das ulrike mal rausgeschrieben
kurz vor zuletzt)

die hätten zwar alle die gleichen probleme, es sei in jedem aber die konstellation aus altem und neuem, aus reaktionärer struktur und revolutionärem entschluß, aufgrund von vorgeschichte als einzelgeschichte, sehr wohl sehr unterschiedlich, und so könne es jeder doch streckenweise nur selber rausfinden, wie er da rankäm ans alte, wie er das abschafft, um sich zu entschlüsseln, denn das prinzip der versauung sei zwar überall gleich, die kombination aber individuell unterschiedlich.

also *kein* leichtes wüstenleben
aber *unser* leben
gut.
übrigens wüste in bewegung
zu erklimmende höhen
lange ebenen
und wieder die kette der berge
der horizont die zerklüftung
ja
so ist das

ich denke darüber nach
was das heißt
was das praktisch von sich will
dieses große bild der erschöpfung
der sammlung und der konzentration
des weitergangs ohne den gedanken an eine rückkehr

es ist ein weg
durch den stein gehauen
worden schlag und sprung
und sturz und sprung und
schlag und dann
die verschüttungen
außer sicht weitsicht
das freie
meer
nicht aufzuhalten die
tiefe der dünungen wir
das wogen gewaltig
nichts
der horizont
außer sich
unentdeckt
frei zu erreichen
unendlich unbekannt reich
das fluchen
die freude
der fetzen im mast

der blick voraus
stärkt
im gebirge
die gruppe vernünftig ausdauernd an

keine sicht zurück

niemand, der seine hand an den pflug legt und sieht zurück, ist tauglich für das reich gottes (luk 9,62)
ja.
unsere harten schwestern und brüder...

ja.
aber jetzt wirds noch härter
denn das plagt mich
(und lockt mich)
von anfang an
neunten mai siebzig

die unumkehrbarkeit
das ist einer der klaren frühbegriffe
in der herausforderung
in den ersten beschreibungen eines bewaffneten kampfes
mit bruch und
sprung und
trennungsstrich
faßt sich dieser anspruch nach vorn
ohne rücksicht
am liebsten unfaßlich
und nie mehr die frage der rückkehr
der umkehr
keine chance also
für einen rückweg
als umweg
nach vorn?
nein.
lieber nein.
lieber einfach.

mal abgesehen davon
daß der genosse lenin ausführlich
bergkundig seilkundig todeskundig
nachdenklich nachdenkend siegen und stürzen

und zwischen beiden momenten
tastend
den umweg schlau
in der wand in der wand
vor der wir nicht kapitulieren
die wir aber studieren
sorgfältig rausgearbeitet hat
und daraus anordnen konnte
wie das geht
im verwirr der gebirge
mit der lust auf den gipfel
mit dem schreck der versteigung
mit dem rückweg
weit runter
nach oben...
aus meiner christengeschichte sag ich
der begriff der unumkehrbarkeit
ist zuallererst nicht vernünftig
sondern innerst feurig gefüllt
im kern
religiös.
von daher
aus dem
fliegt der unumkehrbare freund
(ich war dabei!)
frei ab
läßt heiter
wer säh nicht den himmel gern offen
den rest der welt weit unter sich
zurück
die wüsten ach strahlend der unbestechlichen sterne
ziehen ihn zu sich
schallend
immer leiser und leiser
ins unverrückte

und diese große loslösung
immer auch
lebt er als die erlösung
die ihn weghebt vom blöden getümmel gewimmel
von verschwitzter alltäglichkeit
von all unsrer dummheit
frei weg

aus rechenbarer vernünftiger materialistischer
kommunistenarbeit
zum beispiel

die immer offen ist
(sein sollte
immer sich wieder feige verklemmt)
für den umweg
und rückweg
n a c h v o r n
die mit rücksicht auf wirklichkeit weiß
wir laufen nicht sternenbahn
auch nicht autobahn
sondern klippen und
klüfte
(und blumenwiesen)
und schlamm
stürzen nicht drachenflug leuchtend
sondern erdfarben arbeitsfarben
schlagen wir schmalen tritt
für den schritt im stein
den riß für den griff unsrer hand
kriechen wir furchen und furcht

anders die unumkehrbarkeit

wie alle religiöse arbeit im ernst
leugnet sie frei alles materielle erfahrungsverhältnis

ich sage mal einfach
:das leben

wie das?
doch das.

denn alles im hiesigen leben
oder wir leben das leben fromm
ist umkehrbar
ist in sich selber
das drama der kehrseiten
der widersprüche
bloß erst der tod ist das nicht
der ist nur noch schlicht gradaus

nie mehr sackgassen, freunde —
                                                            frei die vernichtung!
nein.
sondern es geht ums leben
oder wir lassen das alles
und im leben geht nun mal nichts gradaus
und so auch
                        solang eine lebt
                                                        solang einer lebt
konkret tag für tag hier im gemeinen schlamassel
gibt es sackgassen
immer
a u c h.

das ist widerlich
aber das ist so hier unten
platt unter menschen mal trab mal trott mal tanz

die mühe ums leben

wie geht dann aber hier unten
                                                        im bunten
die unumkehrbare bewegung?
sie geht nicht.
denn wer unumkehrbar
                                              und das ist wer unkorrigierbar
losgeht
ach
ja
schwarz entfesselt am hafentampen
dunkel die inszenierung der ohnmacht
die angst vor der bösen welt ganz verkappt
und plötzlich hopst er den coup
                                                        küßt er sich selbst
den kuß der erlösung
                                          die ewige liebe
die es nicht gibt
nur in den himmeln
die es nicht gibt
nur schwarz
nur schwarz
                        der produziert tragödien

schauerlich wörtlich aussichtslos
vorwärts ohne zurückzusehen
nicht nur seine tragödie.
ums leben willen den tod.
was glaubensmenschen
die haben ja durchblick weit über den tod hinaus
nichts ausmachen muß
aber uns
wir sind nur hier
und dann sense
nie wieder auf den halm zu setzen
ins frei wogende gewühl...

wo seid ihr genossinnen und genossen?
lieber die wüste aus steinen und sternen?
eilt doch nicht weg aus dem tollen feld der gewöhnlichen schererei
bis wir uns alle freischneiden
seid hier!
ihr fehlt!
aber nichts
hier in der scheiße
das euch lockt?
ja. wir in der scheiße. flott.
ja. ihr im geheimnis. ohne rücksicht. unumkehrbar.
NEIN.

14

eben war hier in der küche
ein mädchen aus dem dorf
sie kommt oft
sie kommt oft mit blaugeprügeltem gesicht
sie ist elf jahre alt
sie wartet im sofa
dann fragt sie nach schokolade
dann kriegt sie
dann geht sie
ich habe heute zu ihr gesagt
komm erst wieder
wenn du was haben willst
das man nicht kaufen kann

sie hat mich angelacht
kaulst bloß wieder
das gibt das gar nicht
kein stutzen
nicht die idee einer frage
schick der siff der verkauften kinder
die totalität
glatt die gefangenschaften
wie brech ich da aus
von jenseits des gitters genügen vielleicht dann schon wenige
wie spring ich
um die totalität zu zersprengen
nach draußen

gar nicht.

denn *außerhalb der totalität*
frei ohne schwer die verbündelungen
ins massige ganze
lebendiger komplikationen
sausen wir
zentrifugal
den strahl der engel
den pfiff der unfaßlichen botschaft

und wer haut die kohlen?
uns schleppt einer kohlen den deich runter
fünfzehn sack
anschließend trinken wir tee
die schleppfoten breiten sachte die zeitung
damit er den sitz nicht schwarzsitzt
dann fragt er
erklär mir das mal
woher hatte damals
gleich am anfang
hitler das große geld?
die frage
die rede
der riß.
unsrer.
der riß und oder der siff
wir haben es immer
stunde für tag

von gesicht zu gesicht
mit beidem zu tun

zu tun.
nirgends die totalität.

nein
wir werden nicht fliehen

bleibt hier
seid hier
ihr fehlt.

15

aber es ist eine liebe in dem geheimnis
kein kommunistenschritt geht ohne die
das weiß wer noch lebt
ein geheimnis ist in der liebe
kein vernünftiger griff gelingt
ohne ungreifbar das
die alte geschichte in ältesten liedern
die dissonanzen der klärung
auch uralt *der vorhang von oben nach unten zerreißt*
und wer noch nicht tot ist wie das gesetz es befiehlt
den graust das unwiderstehlich hell an
der will den blick endlich weit voraus
hinter den vorhang schmeißen
den himmel offen
unumkehrbar die freiheit
ich bin
jetzt habe ich nichts mehr
wir sind
hier war sie allein
aber ganz frei
hier war sie frei
aber ganz allein

aber gilt auch

es wird dich niemand dort suchen
toll bist du bloß bei dir selbst

und toll heißt froh *und* verrückt
und bloß heißt nur das noch *und* nackt

es ist also
                    in unserm kampf ums leben
eine spannung
die wir zu lösen haben
                                        nicht weglügen dürfen
kein stampfen kein säuseln mildert was schrillt
und so
bevor wir die ebene angehen
kämpfend
werden wir
um rauszukriegen
was für ein gelände das ist
                                            welches klima
                                            welche nahrung
                                            welche art leben
                                            welche bewegungen gelten
das tappen oder das kriechen
das klettern oder das flattern
                                                    und sind es
mehr affen also oder mehr menschen
mehr eulen und oder mehr papageien
mehr tiger mehr schlangen oder mehr schlachter
und im grunde
                            was denn
                            weithin
verbrannte erde
                            oder
                                        wasserreich
vielfältig feld und versteck
studieren den weg durchs gestein
einhaltend ausmessen die erfahrungen
im gebirge der jahre und jahre

denn das *lernen* der kommunisten
geht nur aus der wirklichkeit
die wir nicht bange verfälschen
                                                (das andre
                                                was dunkel trabt
                                                aus traum oder lügen oder suff
                                                heißt *lallen*)

in der sind
aus kämpfen
unsre klarheit des wissens und
das elend unsrer verletzungen

und sind unsre gräber.
(ich gehe aus meiner geschichte an zwanzig gräber. michael willi petra thomas georg katharina elisabeth ingrid ulrike jan andreas wolfgang johannes juliane gudrun sigurt holger wilfried ulrich siegfried. und welches grab ist von mir schon vergessen worden?)
die liebe schweigt nicht.
sondern wird klug.
oder lügt.

16

was macht uns klug
aus zwanzig jahren
wohin?

ich will bestimmt
daß wir
hierin genau
jetzt innehalten

auch um gemeinsam heraus zu bekommen
ob es wirklich des blickes hinter den vorhang bedurfte
um den
naturcharakterschein
um die
mystifikationen der herrschenden macht
zu erkennen
die kenntnis
von der abschaffbarkeit der ausbeuter
von der revolutionären selbstaneignungsarbeit der
produzenten
dies
unser leben
deren tod
machbar

das
        dachte ich immer
        und denk ich auch jetzt
eröffnet
als unausrottbare freude
eines jeden kommunistenleben
einer jeden kommunistinnenleben
mitten im gewöhnlichen gewühl
nicht plötzlich im vorhanghusch

denn da ist gar kein vorhang!
ihre macht ist mir
                (auschwitz ausgenommen)
ich bin im faschismus aufgewachsen
kein geheimnis
mystisch noch nie
nur eine gemeinheit
praktisch
ist systematisiert
die niedertracht einer lüge gegen mein leben
so einfach praktisch altbacken deutlich
ist mir der dreck ohne alle verhängungen

und auch
daß wir
wer denn sonst
ihn uns selber vom halse zu schaffen haben
            wir wissen bloß noch nicht wie
            (wißt ihr das?
            dann her damit!
            herrhausen neulich?
            wohl kaum.
            denn
            schmeißt ihr dem bauern den bullen tot
            erstens ist der bauer versichert
            zweitens pfeift er den weißkittel ran
            den besamungsfips
            der bedient dreißig sterken in
            dreieinhalb stunden
            um den bullen wird nicht geweint
            gut
            das reden wir noch)
nein

kein vorhang
aber die unruhe gegen ihn doch

da
    wie ichs raushör aus dem zitat
    dem zitierten erlebnis aus kämpfen
im vorhangereignis
die chance zu einer täuschung aufweht
drohend die lockung zur 13. tür
hinter der wir die wahrheit vermuten

ist aber dann nur das schwein
das wir kennen
sein dummes verquieken

                    so what?
                    oder so
der *krach im gebälk*
                und
                    daß das pack
verdammt gut seine vergänglichkeit kennt
da brauch ich alter
um das zu wissen
den vorhangzipfel nicht packen
da weiß ich was unvergeßlich konkret
aus den bespitzelungsjahren im krieg
aus den schüssen der bonner büttel
gegen das leben von philipp müller
                        weißgott
das pack hat angst vor den menschen
es weiß
sein todfeind schläft nicht
drum
auf allen ebenen
in allen formen
        drogen gegen den menschenbegriff
                    gegen die gute erfahrung
                                die aufsteht

drum
seit ich leb
        die hektik in den gesten der macht
die krank ist im mark
in ausbeutungszwängen zutiefst verdorben

blank der bau aus gewalt
                                        bebend
und die beine
auf denen dieser bau steht
sind wir
                        das wissen die doch!
und daß die das wissen
das weiß ich von denen
auch ohne den blick hintern vorhang

ich denk also
es wird auf unsrer seite
so unnötig wie so tötlich gefährlich
ein mythos in unsere arbeit gebracht
                                        das geheimnis vom besseren blick
laßt uns den uns aus der birne putzen
wir brauchen einander stinknormal
ausdauernd schlau
ohne geheime gesichte
die besonderheit kühner erhellungen
macht unter uns
                              nolens volens
                                             ein machtverhältnis

     ich seh ich seh
     was du nicht siehst
                                     sieht toll aus...!
wir wollen aber nichts tolles
wir sehen es sowieso alle
                                        das schwein hat keine kleider an
                                        das ist gut
                                        aber wälzt sich grad wieder
                                        auf schön alle welt
                                        säufisch so hin
                                        das ist nicht gut
was tun?
d a s
          ganz geheimnislos platt
ist an uns alle die frage
jetzt erstrecht
und wenn wir die antwort nicht
                                             oder die falsche
                                                                  finden

und nicht zusammen lernen
sie auch zu tun
gehen wir unter.
in barbarei.
so simpel.

weiter
unbekannt ebenes land fern voraus
die neue ebene
ja

und aber im rätsel der kimm
schon wieder schon wieder
die schneidenden zacken aus eis
der pfad
(kaum erst)
zwischen wand und wand
und wasser und

schottelhalden und modder?
nur zu!
der gipfel und oder der sturz

wir lassen nicht nach
jetzt aber zuerst
das land unbekannt flach
durchflimmert
kaum erst konturen
ja das begreifen ja
sich einlassen auf die erstreckung

ja.
allerdings.
in der erfahrung.
wer die nicht
(gnadenlos mit sich selbst
auch manchmal gegen die liebsten träume)
aufnimmt
prüfend einwertet in unsern nächsten schritt
läuft demnächst den schwarzen kreis
strudelt ab in
(ihn)
einkreisende wiederholungen

wirklich
tötlich
dumm
totentänze

leben
das lernt
(sonst ist es keins)
tanzt anders
geht
das stimmt
nach (gänzlich!) veränderter internationaler situation
langandauernd jetzt
der sich über viele grenzen weg
systematisch vereinheitlichende prozeß
und das kann zu dieser stunde
die eine internationale zusammenbruchsstunde
verratsstunde
ist
nur heißen
die langandauernde vielsprachige weitreisende
genossenarbeit und genossinnenarbeit
zu vielen hin mit vielen
hin zu unsrer kämpfenden einheit
nichts da wird da mal eben
aus paar schwarzen blocks gestampft
nichts da mal eben streng
durch panzerlimousinen gepustet

nichts da angeberei!
sondern
die auseinandersetzung
als der katalysator

das finden wir gut
und nicht
das toben der wüstenspringmäuse
schrill
das abpiepsen
grell das abpieksen
all unsrer arbeitsfragen jetzt
denn wir haben
für unsern vorwärtsführenden weg
durch die ebene
noch nicht das kartenblatt
noch nicht die tempobestimmung
noch gar nicht die menschen
und für die das fressen

und die musik!
und für niemand eine gewißheit.

wer dem widerspricht
will bald in den himmel kommen
nicht mit vielen
durch die ebene
unwiderstehlich
den acker aufreißen für massenhaft futter
das satt macht
uns klug macht
im himmel ist immer bloß halleluja
und zwar straight
klampf oder schwein!
und zwar vierundzwanzig stunden...

17

apropos himmel

eben bringt uns die post
einen grünen genossinnengruß
aus frankfurt ein bild
eine frau grüßt
aus der intifada
neben ihr eine zeile sagt
daß
tausendmal leichter der elephant geht durchs nadelöhr
(es war ein kamel sagt das kamel)
als daß ihr uns abbringt vom weg
den wir wählten
auch nur um die breite eines haares

in aller solidarität
wir haben darauf zu achten
daß wir uns nicht verwechseln
mit den kämpfenden palästinenserinnen

in palästina
soweit ich weiß
kämpft das volk gegen den imperialismus

hier
das weiß ich
wirft es ihm sich eben in die arme

(und übrigens auch)
(international herald tribune, januar 1990)
(radwan abu ayyash)

die kämpfenden palästinenser sind der verzweiflung nah. wir brauchen jetzt ein krisendenken, ein notprogramm ... wir haben (in den sozialistischen ländern) auf regierungen gesetzt, nicht aufs volk ... nach den zwei jahren (intifada) (schon nach zwei jahren, genossinnen und genossen)!) sollte die führung sich hinsetzen und sagen: wo sind wir hingekommen? dies ist der denkansatz, der jetzt notwendig ist und den wir immer noch nicht machen ...
wir müssen die intifada auf neue weite sicht hin neu planen und neu organisieren ...

und also
heute

von dort einen lehrsatz nach hier als einen lehrsatz
bringen
heißt ihn umnaschen zu einem leersatz
ihn umpatschen ins plappern einer andacht

und weiche keinen finger breit
von gottes wegen ab

ach die kinderzimmer mit tötlichem ausgang!
reißt die auf!
reißt die weg!
laßt das schlaue schwierige leben euch ran!

weg mit den nachbetebuden!
wir graben den fuchsbau in herrenhausen
sorgfältig
undurchschaubar
in tausend gängen und widergängen
um haaresbreite genau
die rote bewegung!

18

das zitat

zur westeuropäischen front
als einer nicht-hegemonialen linie

ist aus einer langen nachricht von hier
an zwei lateinamerikanische genossinnen
september ’89
hamburg
von hier der gedanke
kämpfend
internationalistisch
es war aber eine tiefe vorsicht
und oder
unaufmerksamkeit
in den hamburger tagen
bei den von fernher angereisten freunden
gegenüber diesem langen brief
jedenfalls
deutlich auch eine große unwissenheit
insachen hier
die guerilla
der knast

das war für uns nicht gut.
aber das war.
was war das?

einfach
in erster antwort
sage ich so

wir sind eine übertreibung
im schneetreiben
außer sicht
unser boot nach bir-ould-brini
die ameise tobt durch das schlachthaus
und aber dann
mit dem blick
auf die zwanzig toten genossinnen und genossen
wir
sind eine furchtbare übertreibung

stimmt das?
was treibt?
über was hin?

allererst treibt sich das imperiale
(nun also welt-)
verhältnis
in dem sind auch wir
mit schauderhafter schubkraft
von exzeß zu exzeß
von tod zu verblödung zu tod zu verblödung zu
tod als tot bunt tod
von birkenau
über den mauerbrüllz jetzt
bis zum millionenkill ringsum im süden
bald
werden sie fidel schlachten
kamera läuft
ton ab!
also das alles treibt auch uns
auch über uns raus
(es eilt!)
das ist erstmal gut und nicht schlecht
aber draußen dann lauert gefahr
lauern wir
winzig frei
selbst uns auf
zu einer riesigen überschätzung
antreibend unsre vertreibung
aus allen wirklichen proportionen
an die einsame spitze
von was?
noch immer von kaum was von kaum was!

die uns jetzt hinweisen
auf die nicht-hegemoniale linie
kennen diese gefahr der selbstüberschätzung genau
hat sie erwischt
haben sie erlitten
hat sie böse gemacht
haben sie böse g e m a c h t
die hegemonie

über links den riesigen
ja den unklaren wirklichen rest

jetzt unser wissen offen
daß es diesen dreck unter uns
maßstabstechend gegeben hat
                                        ist eminent wichtig
                                        ist eine freude
nur über das wissen von dreck
kann man ihn rausschmeißen
und er muß raus
                        vor jeder künftigen auseinandersetzung
zwischen uns und uns
er hat freunde getötet
das fällt vielen ein mit eurem text jetzt vom 2-12
das ist nicht vergessen worden
nicht vergessen ist gut
das vergessen produziert wiederholung
                                                    die wollen wir nicht
es eilt.
(heute zu euch hin laß ich mir zeit)

19

hier im dorf
nach fünf jahren ruhe
nach unserm hungerstreik dann im april '89
stallfenster eingeworfen
außenthermometer zerschlagen
alle akeleien abgeknickt
zwei mal der 2cv graviert
                                    nagelgemustert
zwei mal das fahrrad ohne ventile

oben am deich das kleine geschäft für alle
in letzter minute das salz
die geburtstagskarte
bild und fusel und apothekendienste
hinterm ladentresen
zwei zentner altnazifleischin aus 'tilsit'

einmal
an einem sommerabend
das fett sitzt sack vorm häuschen
zieht das sich über die großen schenkel
das hündchen
zwischen den backen
unter den augenäpfeln
kneift im zahnschlitz stück zucker
(hier nennt man das kluntje)

mach mein klein hunni
auch wohl fein klunni

wie ohne ekel schlappt strolchi
aus muttis lippschlitz sein süßes

(einmal hat strolchi unbedacht
ins schmierige nasengeknorpel sich eingebissen)
das fett aus blusen und dosen
hat zu kunden gesagt

daß sowas
bei uns hier
am deich wohnt

sie meint sabine
frühmorgens
am briefkasten nebenan
sie meint den staatsfeind
sie hat schon immer
den juden
gemeint und
den russen und
neger
und die gewerkschaften meint ihr mann
einfach den weltfeind
ich denk mir
sie würden beide
wie damals nahe wilna
gerne
banditen
baumeln
und am galgenplatzholderbusch

fritten fressen
deutschland einig vaterland

da kommt
auf dem moped von '56
der alte mann für die miele
im ledersack stecker und sicherungen
zange und kabel und christengedanken
schwarzarbeit von gehöft zu gehöft
von opas heckenpeitsche bis omas lockenmaschine
der mann kann alles
auch gut erzählen
hat klare erinnerungen an menschen
die lieber nicht feige waren
die aus börgermoor '34
einen flüchtling genossentlich raus
nach holland gerudert haben
und an die verschleppten russen
wassersuppe im regenacker
stück essen
und warme kleider
heimlich gegeben haben
von guten leuten
erzählt beim tee
ein guter mann

von
terroristen
weiß er den wunsch nach gerechtigkeit
und daß die bloß aber leider verrückt sind.

20

wir haben mit vielen im land
von uns zu reden
erstmal ganz unter uns
von uns allen
lange war es so
viel zu lange
als hätten
nach eurem begriff

wir legalen
(noch und oder manchmal)
revolutionären leute
gar nichts begriffen vom leben
                                        hast nicht getickt
                                        oder was?

ja das ticken genossen
ja die eile genossinnen
und doch
was wir jetzt zusammen wollen
das geht nicht eilig getickt
auch nicht nur gründlich technisch
und besonders auch nicht von oben (raf)
nach unten (wir rest)

wir draußen hier
sind nämlich gar nicht unten
sondern mittendrin
                    in der scheiße
und wir sind auch gar nicht ein rest
sondern nur mit uns allen schwierig
                                        und nur schwierig
mit uns allen zusammen
                        gehts weiter
aus erfahrung künftig anders weiter
                                        oder
das schwein packt uns ein
griffrecht zerspalten
            wir bleiben die alten?
            an den stammtischen des bewaffneten kampfes?
            das alte liedgut aus leidmut?
            ein männlein liegt im walde
            ganz still und stumm
            es hat aus lauter käfern
            ein mänt'lein um

(wo steckt der mensch, der sowas schönes geschrieben hat? in den frühen sechzigern war das ein grafiker nahe karlsruhe.)

NEIN.
sondern wir lernen
wir nehmen uns gegenseitig beim wort

wir gehen ins wort
jetzt
in das wort
das ihr uns am zweiten dezember gegeben habt.

21

wir wollen

die diskussion mit allen
die für eine an den menschen orientierte
gesellschaftliche realität kämpfen
und diese auseinandersetzung wollen

prozeß
in dem offen geredet wird
um die gesamtentwicklung zusammen zu begreifen

poduktive wechselbeziehungen

vielfältige praxis in einer orientierung

eine front gegen den imperialismus
gemeinsam mit den befreiungskämpfen

für die akteure in der kapitalstruktur keinen platz
an dem sie sicher sind vor angriffen

die destruktive entwicklung stoppen
die zerstörerische entwicklungsrichtung umdrehen

zusammen kämpfen aus den erfahrungen
die aus der agonie zwischen leben und tod heraus
hin zu einem entschlossenen kampf für das leben
führen

wir sehen
die gesamte revolutionäre bewegung vor neuem abschnitt
neuer abschnitt heißt neuzusammensetzung der
revolutionären bewegung

dies
hebe ich raus aus allem
um damit was anzufangen
um nachzufragen
um mich zu wundern
erstmal um mich zu freuen
dann
um zu kritisieren
schließlich um das zusammen zu kriegen
euch und uns

diskussion
auseinandersetzung
prozeß
wechselbeziehung
das alles
wollen mit euch viele legale längst
warum tun wir nicht längst
was wir wollen?

aus der geschichte
wie ich sie kenn
sag ich
von uns hier viele
hatten
fast sofort
nach dem mai siebzig
angst
vor den kräften der bullen
erstens
und zweitens
ganz zugleich
ein entsetzen vor der knarre
ehrlich den menschenschauder vorm töten
so wurdet ihr
in vieler leute augen
rasch zu schauderhaften überpersonen
(die man dann
im eitelinteresse der eignen größenordnung
lieber bald falsch und verrückt genannt hat)

und von euch dort
gab es von anfang an

die allerungeduldigsten politischen behauptungen
anherrschend bedürftig
mitten in der nacht
die hellsicht
die forderung an jede
an jeden von uns
schmeiß all deinen dreck sofort hinter dich
fang ganz neu an
fang *dich* an
greif
(ja auch dich!)
sofort an
jetzt heut noch!

dies erste
hier wie dort
hat
so seh ich das
den grund gelegt
für unsre abreißung von euch
eure von uns
noch vor allen linkstheoretischen
weltumspannenden
rechtfertigungsanalysen
so rum und so rum

unsre angst hat eure ungeduld gesteigert
(ich war dabei)
bis in eine gemeine kälte
eure ungeduld unsre angst
bis in panik und verrat

daß ihr ungeduldig ward
das war mir verständlich
ihr wußtet
was ihr wollt
aber wo ihr hinkamt
wollte nahezu niemand
eure bestimmtheit
fand sich
(bestenfalls)
anders bestimmt
so ward ihr bald
sausend schattenförmig blitzschnell
die drehzahl rasend unversöhnlich

die erbärmlich allerwenigsten nur noch
im ganzen land
                und gejagt
wie sie in diesem land
immer nur kämpfende menschen jagen
                        nie den lügner den killer
nie den massenmörder in diensten der herrschenden klasse

das alles macht nicht gesprächig

aber
bedenkt auch eure rede vom *dreck*
die erfahrung des schauderns
                        ohne zu spotten

die
mit denen wir leben
zuhaus
    am arbeitsplatz
                egal wo
                        unterwegs
sind kein *dreck*
der zusammenhang mit ihnen
ist aus jahren und jahren
gut und abgemüht und lehrreich und blöde und zärtlich
immer so erbärmlich wie erstaunlich
                                vor allem
er hat geschichte
und das ist das humanum mitten im schlamassel
auffindbar unser gesicht
in den nebelnächten einer unglücklichen gesellschaft
in den flimmrigen dünsten der herrschenden gaunerei

wenn dir ein kind ein bild malt von einem drachen
und bringt dir das vor dein küchenfenster
wenn der torwart der f-jugend (neun)
im pflaumenbaum joe cocker singt
und dem nachbarn
                der kalt seinen spaten durch die äste geifert
                'muß das sein!?'
über die glatze grinst
                    'ja, das muß!'
und trommelt und schnalzt frei weiter den bühler rock

wenn eine alte arbeiterfrau nach portugal krakelt
'paß bloß auf
daß dich dahinten die wilden tiere nicht beißen'
und die portugiesische antwort
geht mit ihrem enkel
ins bundeswehrdepot
zum vorlesen
'weil das mal was andres ist'

wenn
ein mann eine frau
eine kollegin einen kollegen
ein lehrer einen schüler
ein bauer den acker
eine malerin ihr bild
eine schriftstellerin ihre textzeile
einfach ein freund seinen freund
einfach ein nachbar den andren nicht im stich lassen
dann ist das erstmal null *dreck*
sondern
zuallererst
und zwar auch und genau im klassenkampf
eine kostbarkeit

'alles weitere regelt ein'
verantwortlicher streit
und das ist zwischen uns ein streit in gegenseitiger
achtung
bald

und der menschenschauder
vor dem töten eines menschen?
hierzu kein wort

ihr kennt ihn
oder ihr seid nicht die
die ich kenn
nicht von uns.
dann haut ab.

22

es ist hier weiterzureden aus eurer erklärung
es wird weitergeredet werden
wir geben nicht auf
                                                            es war aber niemand bei mir
                                                                                            nur
der gedanke ans töten
das bild eines menschen
                                                der tötet
das bild eines menschen
                                                der getötet wird
wer bedeckt sein gesicht
der schauder kommt aus der verwechslung

anfang oktober siebenundsiebzig
waren wir im lauenburgischen unterwegs
wir kannten in kieferngrenzwäldern um gudow
                                                                        hallimaschplätze
wir wollten in ruhe reden
wir wollten nicht abgehört werden
wir hatten angst um die gefangenen
                                                                        wir waren zu dritt
eine rechtsanwältin
ein student ohne studium
                                                und ich
wir kannten uns sicher aus kommiteearbeitszeiten

wir sind dann am schwarzsee hocken geblieben
                                                            bis in die neblige dämmerung
das moorwasser spiegelte unbewegt
                                                            die konturen gestürzter birken
das reden ging zwischen uns leise
                                                                einen gefangenen töten
dem ich
                fünf wochen lang
                                                    täglich
paarmal das essen reingebe
und wird auch mit ihm gesprochen werden
                                                                                nur das verhör?
ist das verhör eine sprache?
ich frage mich das
                                        die stimme

der bruch der gedanken
oder
der aufbruch
was bricht auf
wie sind wir geschlossen
wer
wie werde ich abstechen können
dem ich zu essen gegeben habe
oder wie
wenn sie uns die genossen und die genossinnen rausgeben
laß ich ihn wieder frei
wen
wen hab ich gesehen was
anders als das
was wir für die aktion in archiven studiert
in debatten geklärt
beschlossen
haben
das gesicht
keine ahnung
ich frage mich das

es müßten nicht nur die augen der kämpfer und kämpferinnen
verhüllt sein
auch die vom schwein
weil du das sonst nicht mehr kannst
denn es ist dir einer gezeigt worden
den du erkennst
das geht nicht
es geht nur blind
es geht nichts gut blind
ich will nichts blind
von uns kein wort blind
keine arbeit
nie töten
wir werden mit offenen augen töten
oder
wir werden nicht töten

gibt es
woher
die klarheit zu töten
aus wissen

aus wut
aus was?
sie töten schon
wir sind nie sie
sie werden die gefangenen töten
wer sind wir?

so weit kann es kommen.
wenn nicht
wenn *das* glatt geht
dann sind wir im elend
einfach im ekel

manches wichtige in unserm leben
für unser leben
wird weinend getan
unser kampf läuft gegen anästhesie
jedesmal auch

weiter
sie lassen uns keine wahl
es sind mörder
wir geben nicht auf
drum ist hier weiterzureden aus eurer erklärung

23

und keine und keiner haut ab
sondern
ihr wollt
so wie wir
die produktive wechselbeziehung
die offene rede
die diskussion
die auseinandersetzung mit allen
die kämpfen für eine am menschen orientierte gesellschaft

ihr wollt
wie wir
unsre vielfältige praxis
in e i n e r orientierung

volles programm
ist euch das eigentlich klar?
reichlich das maul gut voll
sehr gut
das soll uns schmecken
aber nicht nur bambussprossen sind das
mit vorgewärmt toskanischen honig
sondern
eingemischt
zedder und knorpel
auch nicht bloß
energiegestaut
die fernreisetube der sternengucker
beim mondflug
zwischen die zusammengebissenen jacketkronen gequetscht
sondern
scharf saftig verknotet
knoblauch und knolli
das wird ein großes fressen
der verläßlichen
wachsamkeit
gegenseitig
und das soll es auch werden
sonst magern wir aus
wie bisher
nein
schlimmer und schlimmer
vorgeführt selbstbehauptung und selbstbestimmung
aus leibeskräften verloren
die waffe der waffenlosen kämpfer
ja.
ihr.
paradox?
mal sehn.

denn
wie geht eine produktive wechselbeziehung
eine offene rede diskussion auseinandersetzung
in der ein entscheidender inhalt
materiell schneidend ein fakt
von der einen beziehungsseite
eurer
bereits

unumkehrbar wie unantastbar
gesetzt wird
festgesetzt wird
nicht mehr in bewegung zu setzen ist
aus der bewegung
produktiver beziehung
offener rede
diskussion
auseinandersetzung
die ja ohne bewegung nicht gehen
schon rausgehoben
unsrer gemeinsamen kritischen erwägung
enthoben ist
:der bewaffnete angriff im metropolitanen klassenverhältnis
(und das ist zur stunde ein zusammenbruchsverhältnis)
jetzt
hier
dort
wo ihr
selbstbestimmt
den banker totschmeißt
ist nichts mehr offen
ist etwas nicht mehr diskutabel
schließt ihr den beziehungsprozeß
als den
diskussionsprozeß des lernenden streitens
des gegenseitigen lernens
ab
zerschmeißt ihr uns das offene wort
das wir zu euch hin zu reden haben
blendet
im fixen knall
aus unsrer wechselbeziehung
aus unsrer diskussion
aus der offenen rede
genau das aus
was
wie ihr wißt
seit zwanzig jahren
im produktionsprozeß zwischen euch und uns
das widerspenstigste material
das wichtigste streitmaterial
und das ist

arbeitsmaterial
ist
genau da blitzt ihr uns ab
blitzt scharf den lichtschrankenschnitt
zwischen rede und rede
                                        frage und frage
                                                            arbeit und arbeit
die flammenzeichen rauchen?
na toll!

und die kiste klappt zu
und über die kanten der grube schreit
der wettstreit der die wahrheit behauptenden chöre

warum macht ihr das so?

stopft mit gebrüll aus tnt
uns das maul unsrer rede?

produktiv ist das wort
                                     nicht die wallung
oder
meint ihr in der von euch gewünschten
                                                         wechselbeziehung
nur noch euer wort?
nicht unsres?

alles gegen die banken
alles gegen die zentren hier
                                    das ist klar kommunistisch zu denken
                                                   schwer zu tun
und aber auch geht dem
da ihr ja offen alles mit uns reden wollt
nun schwierig langandauernd voraus
                                    gegen den sackgassenkreislauf der jahre
unsere
            gemeinsame
                                  klärungsarbeit
ob
        wer denn
                    noch lebt oder stirbt schon

wollt ihr
das
ganz genau offen *das*
mit uns diskutieren?
vor dem nächsten schlag aus der dose
mit uns neu
nach der e i n e n orientierung suchen?

vor dem töten
nach zwanzig jahren gebirge
aus tod und vereinzelung
mit uns
gemeinsam
neu
die lebendige ebene messen
die unbekannte?
wollt ihr das?
wir sind erreichbar.
wir sind beweglich.
wir sind wachsam.
wir sind pünktlich.
wir sind bestimmt entschlossen.

und wenn ihr aber
also auch in zukunft
euren schritt in den klassenkämpfen
auf tod und leben
ohne uns entscheidet
dann seid ihr entschieden ohne uns
auf tod und leben

w e i l i h r e s w o l l t

wollt das nicht!
auch eure nachricht vom 2-12 will es nicht.
von der ermutigt
schreibe ich weiter
frage ich weiter.

was sind kämpfe.
was sind kämpfe
am menschen orientiert?
was ist

woher
die e i n e orientierung für uns alle?
das sind die ältesten kommunistenfragen überhaupt
und erstrecht
eben jetzt im qualm der zusammenbrüche
stehen sie ganz neu an
habt ihr die antwort schon klar?
das geht nicht.
im tempo der tückischen machtverschiebungen
hinauf bis ins kleinste andendorf
runter bis in die sibirischen gruben
kann das so schnell gar nicht sein

wer heute sicher den spruch drauf hat
wos lang geht
der ist kein kommunist
sondern
solchen mann und solche frau schütteln glaubenskräfte
sie sind verrückt geworden
abgedreht gegen das lernen
in zeiten der riskanten entdeckungen
eingekrüppelt
in den knast ihrer angst
wir sind das nicht
sondern sehen
das tolle weltverhältnis aus verlumpung und verblödung
fordert uns heraus wie noch nie
(zu meiner lebenszeit
der hitler-stalin-pakt
war harmlos plump
im vergleich zu dem
vernichtungsinstitut
das nun
den blanken riesenbau seiner
trakts
gegen uns öffnet)
fordert von uns allen
von uns allen menschen
die das leben noch lieben
es sich aneignen wollen
frei
gegens pack
bis das am ende doch bricht

neue analytische arbeit
innehaltend unnachgiebig sofort
international
das finden und fassen der fakten jetzt
zur bestimmung ganz neuer schritte
                                        gemeinsam
                                                  organisiert
schlau unsre lust gegen kraken

so werden wir reisen müssen und reden und lernen und
schreiben und flüstern und reden und reisen und weiter
lernen
      und
          weiter!
und ihr da
genossinnen und genossen
putzt euch den schwierigen lehrreichen kleinkram
von stadt zu stadt
                    von land zu land
                                        von gesicht zu gesicht
mal nicht frei weg vom ärmel
ihr seid in unsrer arbeit dabei
oder ihr seid nicht mehr lange

das geht nicht.
sondern
wie geht e i n e front
kein platz für das pack mehr sicher
in der neuzusammensetzung der revolutionären bewegung
gemeinsam mit den befreiungskämpfen
                                          unser kampf
aus der agonie zwischen leben und tod
entschlossen fürs leben...
                              allerhand hoher ton...
und der von der agonie
ist von christengenossen in nicaragua
                                        hör ich?
das geht ja nun sehr hoch
mit uns hinaus
              empor empor
                          empörer empörer...

laßt uns festes stück boden treten
a u c h
in all dem beben.
unsres.

24

seit jahren
in meinen arbeitsbuden
bestimmte bilder
                    von wand zu wand
abreisen und ankünfte und abreisen
von arbeitsversteck zu arbeitsversteck
die versuche der ordnung und der treue
der eigene blick gegens fremde

sonne und spinnen und teedampf
haben die bilder angefaßt
                                an den rändern zerfranst
                                im licht verändert
inzwischen denke ich daran
alle bilder wegzustecken
                              die front
verläuft so anschaulich
nicht mehr
wie wird die neuzusammensetzung laufen?

ein original kartenblatt guatemala
ein kleines foto der viererbande
                                      noch vor der verhaftung
junge bewaffnete kämpfer in nicaragua
ein alter antifaschist aus rostock
hanns-martin schleyer lacht noch
ulrich wegener hält schon den hangelarhals in die schleife
aus bonn (19-10-77)
peter weiss küßt seine tochter
goya ist schon taub
seiner frau
                er hat sie nur einmal gemalt
hab ich ins bild
an das kleid

eine schottische herbstzeitlose geklebt
und im staub vor der kirche einer portugiesischen
kleinstadt steht ein barocker schandpfahl
und mu'ammar al-qaddafi winkt aus einem großen kreis
junger menschen
und die schwarze sonne
die mir ein revolutionär gemalt hat und geschenkt
bevor er
                    nach getaner arbeit
                                        verraten von einem freund
auf weiten fluchten dunkel geworden ist
schweigsam in unerreichbarem schmerz
                                                    mehr weiß ich nicht
einer von uns

was genau ist jetzt von uns
was nicht
und wer
und wer nicht.
                         die amsel die säge der bankier

25

schwarze äste ein anfang
gelber morgen um mittag
sprüht aus den wiesen
ein januar

regen gähnen

die amseln beim blätterwenden
wie eine kröte mit goldenem schnabel
werden sie singen
warte nur balde

aber jetzt eben dann morgens
war der himmel im osten klar
                                          aufschneidend rot
blau im westen
die in das meer absinkende nacht

schimmrig dort überm deichschnitt weiß
der mond
und unterm mond her
über den deich
flogen vier schwäne auf uns zu in das rot
silberlicht im gefieder der schwingenden leiber
getragen getrieben von singenden flügeln
nur zu!
das ist ein tag für das holz
für die säge
ich hab aber keine
ein nachbar hat aus dem dorfblatt
eine anzeige für mich aufbewahrt
leihsägen in papenburg
wir fahren zusammen hin
der nachbar ist maurer
vom täglichen arbeitsgerät weiß der mehr als ich
ich weiß mehr von moorsoldaten und mördern
freundlich leiht uns ein junger mann eine kettensäge
dazu schlüssel zweitkette öl
vor seinem haus ist eine kleine weiße zugbrücke
er pflegt das weiß
er war noch nie auf dem lagerfriedhof im moor
von seinem haus
bis nach esterwegen
sind es vier kilometer
sein vater hat gesagt
das waren alles verbrecher
der sohn weiß auch nicht den namen ossietzky
er weiß aber von gefangenen russen
die nach der befreiung
im landkreis die frauen geschändet haben

der nachbar und ich reden von schande
jeder kennt schimanski
keiner ossietzky
der nachbar sagt lachend schimpanski
und daß die zonis nie tschüs
immer bloß tschüssikowski sagen
wir sägen gut
tote birne tote esche alte kaninchenställe
allen sterben alle kaninchen
erst werden sie blind

dann platzt die leber
gegen wildschaden pharmaforschung
sagt der nachbar
dann reden wir von der kriegerforschung
vom massenmord do brasil

wir sägen uns warm im frost eines leuchtenden tages
wir können uns aufeinander verlassen
wäre alles so brauchbar vernünftig wie säge und holz
dann wären wir alle schon weiter

schwer zu packen
schwer zu hacken
sind die vorsichten unsrer dummheit
der nachbar
hat seiner tochter
fünfzehn
verboten
nach leer zur demo gegen apartheit zu fahren
da holn sie dich weg mit der grünen minna
und sagt ihr nicht
was er denkt
daß er weiß
was sie will
und er nicht
daß sie im schatten der demo
sich hinlegen will auf liegesitzen
im kleinen stillen dunklen hafen
und sagt aber
daß da jetzt alles so tot steht und leer an den kais
alles verbrecher
so leicht
die werft kaputt
die kollegen im schnee
und der chef kauft auf sumatra sich ein kind
so hübsche dinger
die werden mal was
auch rothaarig affenweibchen
sagt er
beim mittagstee gucken wir sumatra
dann mischen wir das benzin für die säge mit öl
reißen nägel aus den karnickelbrettern
hören den wortbericht eines arztes aus bautzen

erst war der arzt für gefangene gewesen
damit die nach folterverhören haftfähig
blieben
dann
nach seinem schreckensbrief an amnesty
selbst gefangen
sieben jahre lang
viel dunkelhaft
auch die vernichtungsängste im käfig
in dem du nicht stehen kannst
auch nicht liegen
nur hocken
wochen
kein wort lügen konnte ich bei dem mann merken
ich denke
das lügen von leuten hör ich
und also
wer in zukunft das wort kommunismus sagt
und wir werden in zukunft das wort kommunismus sagen
und wer in zukunft die wörter klassenkampf und revolution
und die diktatur des proletariats und der sozialismus
sagt
und wir werden
in zukunft
die wörter klassenkampf
revolution
die diktatur des proletariats
der sozialismus
gerne sagen
weil wir gerne sagen
was notwendig ist
und was notwendig ist
das wollen wir tun
und kein wort lügen
sondern lernen
der weiß nun
daß mörderschatten auf unsren wichtigsten wörtern hocken
ach
weiß
nun
daß wir zu allem fähig sind
zum guten fähig und zum bösen
keine tücke und keine niedertracht

ach kein kaltes abwürgen quälen lügen und schlachten
gehen nicht auch bei uns
und da er das nun weiß
wird er das nun auch sagen
und wird weiter kämpfen gegen das pack
der ausbeutenden unterwerfung
frei für den menschen
der wir erst alle noch werden
arbeitsfähig und liebesfähig
frei von den schändungen der angst
und kein wort lüge.
und wo sie sich meldet
und immer wieder wird sie sich melden
die angst als die macht über menschen
da schmeißen wir sie raus
sonst schmeißt uns der nachbar raus
so einer ist das
und so einer ist von uns.

als wir anfangen
das gesägte holz zu hacken
kommt der zweite nachbar
der schreiber
er hackt nicht mit
er schichtet die scheite
im wetterschatten des stalles
zu einem runden turm
und teilt mir unruhig
und der nachbar vom bau hört ihm zu
über axt und ast
seinen gedankengang mit
in dem er grad läuft und nun festhängt
den er mit vielen von uns
aber bald auf den weg bringen will

alle kapitalfreunde
in der ddr
sagt er
alle stumpf dummen und verletzten und verhetzten
kriegen jetzt
für die wahl im mai
hilfstruppen
einschleichend rat und tat

brahmsee kreuth und oggersheim
reiben die hände
laden durch
schießen zu
drohen und küssen sich ihren lasziven einkauf zurecht
den kauf der beleidigten menschen
die kaufende wiedereinkettung einer verwirrten klasse
ins gitterwerk des kapitals
den mencheneinkauf gegen die marxistische partei
der antifaschisten und antiimperialisten
diese partei ist in einer krise
diese krise ist auch unsre krise
warum aber
sind wir dann nicht ab sofort
mit ihr zusammen im kampf
für den roten mai '90

wir wissen doch
sagt der schreiber
anders bescheid von hier
als die meisten drüben
wir haben erfahrung mit entfremdung und menschenauslöschen
täglich
die die drüben so gar nicht haben können
wir wissen ganz anders als die
warum wir
samt ananas und
ascona
kommunisten geworden sind

das müssen wir doch mal bald weitersagen
und zwar jetzt
wir haben fakten
zuallererst den fakt unsres lebens und lernens
in der maschine der killer
warum bringen wir unser wissen nicht
genau jetzt
und genau heißt
:gut organisiert
rüber
zu all den frauen und männern
die jetzt
aus bonn

geleimt werden sollen
angeleint werden sollen
in das rennen und rasen des menschen gegen den menschen
in die futterboxen
bei tag und nacht licht
zur schlachtung
warum entstehen nicht
jetzt
sofort
agitationsbrigaden
klug ausgestattete
informationstrupps
die rübergehen mit unserm wissen
und die
in kontinuierlicher kritischer planungsdiskussion
mit drüben der kämpfenden partei
von ihr ehrlich unterrichtet
mit ihrer arbeit abgestimmt
losgehen
in betriebe und universitäten
in sender und auf offene plätze
mit unserer freien rede aus wissen
mit unsren texten und filmen
analysen gedichten und bildern und musik
mit unsrer freude und unsrem haß
mit unsrer erfahrung jetzt
von stadt zu stadt
von dorf zu dorf
von platz zu platz
von gesicht zu gesicht
für den kampf der ddr-kommunisten
gegen das lügen der kralle
unser wissen konkret
vom schwein in schale
vom blut im schuh
warum nicht?
jetzt heut noch!
denn
drüben die wahl im mai
die wählt den sozialismus oder die barbarei
das geht mich was an
dich auch
warum gehen wir nicht los?

es klatscht die axt
es fliegt das holz
hin und her wort
vielleicht geht der schreiber bald los
wahrscheinlich geht er allein
zu viele hier wissen
aus frust und siff und taz
'daß alles sowas nichts bringt
und daß wahlen schon gar nichts ändern...'

was ändert was
sagt der nachbar
keine amsel singt
aus farbgiften stinkt
das karnickelholz
und
was ändert der blitz von homburg?
das habe ich dort
nicht gesagt
aber unser tag mit der säge
meiner mit meinen nachbarn
hatte mir gut gefallen
und quer dazu hatte ich aber im ohr die kritik von
genossinnen und genossen
:was ändert dein tag mit der säge?
und
da frage ich jetzt
aus der nachbarschaft
noch bevor ich euch sage
was ich an herrhausen
jetzt
so gefährlich falsch finde
frage ich stur das an euch zurück
:was verändert das verbrennen des bankiers?

26

keiner von uns
seit fast zwanzig jahren
ist besonders gut im verändern
im niederschlagen der macht
im kippen des kapitals

und wir alten
dürfen auch sagen
                    seit vierzig jahren
sind unsre idiotien feigheiten und vergreisungen
                                                            der art
daß wir
bei aller bösen kenntnis
von der kraft und den interessen und also den blutpfoten
der deutschen bank
                    (zb!)
                         (jeder antifaschist hatte das
                         kapiert
                         weiß das seit tausend jahren
                         nicht erst seit homburg
                         ihr meisterschützen
                         verdammt!)
am ende nun des jahrhunderts
grad wieder mal nur
                         zum gespött
                                        werden
klagend die rotbauchunken sind wir
                                        von faz bis taz
und vom rotbuchverlag bis zum pornoröhl
                                   sind wir die fußkranken der
                                                  geschichte
die
     immer noch
                    hier
                         in den metropolen
das herrschende unrecht
den weltzerstörenden unsinn
                              umändern
                              umkippen
                                        wollen
in unentdeckte freie menschentage
werden grad wieder mal fertiggemacht und verlacht
(das bka lacht nicht?
sieht alles anders?
scharf?
jedenfalls mögen sies anders
sie mögen den staatsfeind
wie der panzerkommandant in munster-lager
seinen russen mag

der pfaffe aids
der psychiater gespenster...)
ein gespenst geht um in europa?
ja.
kopflos die linke.

wie kriegen wir den unterm huschhemd wieder nach oben?
wie werden wir fleisch?
denn es helfen gegens konkrete pack
nicht glühende bekenntnistaten
aus gutem geist
es hilft uns
zur sättigung
das ist zur änderung
die uns schmeckt
nur massenhaft festes fleisch
für schwere arbeit proportioniert
haltbar organisiert
im stoffwechsel flink und schlau
im farbton schlicht rot
sonst ändern wir nichts
sonst ändern sie uns in die kiste.
also wie?
den banker pro jahr
den halten sie aus
aber vier oder acht von uns
auf lebenslänglich gefahndet
und dann plötzlich tot oder trakt
das halten wir nicht nur nicht aus
das wollen wir nicht
ihr fehlt
kapiert das
also wie?
der banker wird jedesmal ersetzt
die erpressung geht weiter
die wälder brennen
der nachbar zahlt raten und kuscht
aber ihr
aber wir

hastet nicht weiter!
haltet mal an!
eine von euch einen von euch
ersetzen wir nie

oder sollen wir auch die knarre nehmen
den angriff machen
jetzt heut noch?
und die bank tickt weiter
den kill den kill
tickt weiter tickt weiter?
also wie?

längst würden viele von uns
das weltverhältnis
das schlachthausverhältnis
aus kaufen und klinik und knast und kiste
gern kippen
aufreißen
ändern
und viele haben vieles versucht
von der aurora bis zu den rostafenstern
von stalingrad bis bitterfeld
von stur kpd bis nur dkp
vom thälmannhut
übers mao-buch
bis konspirativ uruguayisch
und alles aber
ist uns mißlungen
(doch
euch das eure auch
gegen das schwein
könnt ihr nichts allein
also achtet mal
wo wir sind!)
der nachbar war nicht dabei

der fragt zuerst nach familie und garten
und dann noch lange und lange noch nicht
wer den und wer die ihm zerstört
sondern
abend für abend
so bald er die mütze vom kopf hat
der griff in die grütze

und eines tages werden wir
noch vor der besetzung der banken
jus primae noctis!

nachts die medien fangen und ketten
die zutreiber für die zentrale enteignung
für den diebstahl und die vernichtung
der nachbargedanken

unser gehirn ist eigenartig
das produktionsmittel unsrer unberechenbarkeit

die wollen sie nicht

es hätte jeder
der seine eigene grütze noch hat
die kapazität des überraschens

sie wollen uns aber nicht überraschend

sie haben ängstlich viel nachgedacht
über den raschen hieb unsrer faust
so bald wir verstanden haben
daß wir uns selbst gehören
                                        nicht ihnen
zuerst wir selbst
unsre hand
one day...

aber eines tages sind wir noch nicht
es sieht eher nächtlich um uns her aus
und das ändert auch gar nicht der homburger blitz
ihr genossinnen und genossen
sondern
          sozusagen im gegenteil
                                             schlägt nachts der blitz
ins offenstehende auge
dann macht er hernach
die nacht uns noch dunkler
studiert mal das zweite jahr biologie
das gesetz der adaptation

all unsre wirkung
auch unsre liebste wirkung
hat materiellen grund

aus dem geschick
erhebt uns kein beten
entläßt uns kein bomben

besser
wir rechnen nach
                    abrechnung folgt
                                        bestimmt
wir können uns auch verrechnen

27

es gibt hier im land
man weiß gar nicht wo
welche von uns von euch
die haben bis heute den druck der texte verboten
allerengstens
getippt
zweihundertsieben seiten prozeßerklärung
der ersten in stammheim
ich habe diese arbeit gelesen
und hätte ich geld
ich würde sie drucken lassen
egal wer nein sagt
so wichtig ist jede seite

seite für seite gründlichkeit
gründlichkeit des wissens
einsichtig der grund
des historisch-materialistisch handelnden wissens
dialektisch gefaßt die logik
vom anfang der westdeutschen metropolen-guerilla
in gefangenschaft
prüfend
nachgedacht und ausgearbeitet
das wissen von den ersten aktionen
genau in welcher welt
wann der impuls zum sprung zum bruch erkennbar
in den erkannten historischen prozessen damals (68/72/76)
die heute ganz andre sind

was sagt uns das?
was heißt das für jetzt anfang '90

das wär mir der zweite grund
diese kollektive arbeit
aus stammheim 75/76
sofort zu veröffentlichen

:um endlich vielleicht dann doch noch
den tapernden wiederholungsdreh abzustoppen
:um endlich vielleicht dann doch noch uns anzustiften
den historisch-materialistischen begriff zu erarbeiten
für das
was wir h e u t e zu tun haben
so wie damals erarbeitet war
was d a m a l s getan worden ist

auch wenn ihr
die rote armee fraktion
im mai neunzehnhundertundsiebzig
winzig allein den bruch gemacht habt
den sprung ins antiimperialistisch angreifende kollektiv
— das euren arbeitsanfang
eure entschlossenheit
begründende historische moment
war für viele von uns
die wir nicht mit euch gingen
aus kräfteeinschätzung
aus feigheit
aus verbindlich ganz andrer
politischer praxis
nicht gingen
gut einzusehen

damals
die welt
war offensichtlich bewaffnet im klassenkrieg
quer durchzogen
durchstellt
von einer kämpfenden front
von chile
eben im aufbruch gegen das schwein
über die afrikaner

bewaffnet im kampf um ihre befreiung
                                        von frankreich und portugal
über palästina und sri lanka
nach vietnam
                    immer wieder nach vietnam
:der imperialismus ist schlagbar
aus den bewaffneten kräften der klasse
                                                wir kommen!

und
in zerstörerischen widersprüchen
                                        doch
                                                dachten wir
solidarisch im klassenweltkrieg
die antiimperialistischen zentren
sowjet-union und die volksrepublik china

das schien uns alles ganz klar

vom mittelmeer und müritzsee
über ladoga und beikal
bis an den golf von tonking
alles arbeitsgenossen der befreiung
                                        dachten wir
und hatten eben noch nah gehabt
im mai 68
die arbeiterkämpfe in frankreich
                                        massenhaft
                                                    revolutionär
nur knapp noch niedergehalten
von den herren und damen der kpf
von den panzern des herrn massu
und waren uns eben jetzt offensichtlich
und also nah
die phantasie und der mut
gnadenlos das klassenbewußtsein
der autonomen betriebskämpfe in italien
die waffen
                wirklich
                        mitten am band
                                    bei fiat!
das alles zusammen machte uns recht
                                        unser klassenrecht

auch in hamburg und münchen zu sagen
zu wissen

und es nicht nur zu wissen
sondern es nun auch zu tun
im gesamtkampf
bewaffnet
eine *fraktion*
heute noch
jetzt!

die guerilla zu entwickeln
in den zentren des kapitals
die partisanen zu sein im feindlichen hinterland
einer weltweit kämpfenden klasse
unberechenbar
nicht zu fassen
weit hinter der front zwischen nord und süd
in den wäldern der großen städte
die waffe im rücken der killer
um deren kräfte zu schwächen
um deren logistik zu irritieren

um u n s r e n hauptkampf draußen
zu entlasten durch hier in den zentren unsern stich
in den nacken des feinds

für uns unser schritt für uns alle!

so war uns das damals denkbar
a u s w i r k l i c h k e i t
so konnten wir das damals sehen
ohne zu lügen
so
und in jedem punkt gründlicher unvergleichlich bewußt
ist es in der prozeßerklärung
der ersten kämpfenden stammheimer gefangenen
ausgearbeitet worden

aber was heißt das
ohne zu lügen
heute für uns?

aus den stammheimer papieren von 75/76
können wir lernen

das grundlegende wissen der damals kämpfenden menschen
ihre weitgreifende strenge methodik
auch ihre liebe
und
aber
dann
        so lese ich das
ihren fehler
die phantastische kräfteverschätzung
als selbstüberschätzung
                und ich sage auch
                wütend solidarisch
die raserei der gerechtigkeit...

das alles studieren
das wär lernen für unsern kampf jetzt
wäre freude
mitten jetzt im desaster der klassenkämpfe
wäre
mitten im händeringenden verrat
jetzt auch einfach unser mut
                    unser stolz
                    unser wissen von uns selbst
von maskenmördern umstellt
sichtbar unser gesicht
aber wäre
mitten darin
auch der schutz gegens tötliche wiederholen
und ich nenne es darum verantwortungslos
            zumal die gefangenen zu ihrer erklärung auf
            seite eins geschrieben haben
            :wir machen das nur
            weil
            was wir hier sagen
            veröffentlicht werden kann:
dies veröffentlichen
dies lernen also
zu verhindern durch das verbergen und verbieten
denn
täten wir heute das uns einsehbare
nach fünfzehn jahren nun ganz andre
weltklassenverhältnis
so sorgsam studieren

und zum grund unsrer schritte machen
sorgsam
wie damals die ersten
es hätte niemand von uns
in bad homburg arbeiten müssen im herbst '89
es wäre ihr
und es wäre ihm
aus der sorgfältigkeit unsres lernens
unsinn gewesen
denn es ist unsinn
um den klassenkampf vorwärts zu bringen
zu lügen.
weiter
was
ohne zu lügen
ist das weltverhältnis
das historische
moment in den internationalen klassenkämpfen heute?
und wo sind wir darin
wie
mit was in der hand
wohin?
es ist
in schärfe verkürzt
der rest steht täglich zu lesen weltweit
aus hundert jahren anlauf
zur revolutionären selbstaneignung der klasse
der rücklauf
brüllzend hinab
hinter alles notwendige
wie das?
so das.
aus hundert jahren machtgeilem fortschrittslügen
vom siegen
in das bittere ohrfett des volkes
sie haben uns buchstäblich alles verlogen
den antifaschismus die arbeit den aufbau
die klasse den krieg und den kummer...
kocht hoch nun aus diesem
das schmalz aller schmerzen
platzt
aus dem kadaver der hoffnung
siffig wie süffig

der ruch alter räusche
trabt an
aus tiefsten demütigungen
die schiere verblödung
                                        barhaupt
und droben
in der kammer aus knochen
wo bisher zart das gehirn lag
gepeinigt zappelt der pawlowsche muskel

und das schmalzen und platzen und traben und zappeln
werden
kundig obszön
in immer neue
                        ach ganz die uralten
                                                aufrichtungen gepeitscht
von den stallhaltern eines schreienden marktes

schmatzend in bunter verkettung
frei gegen allen menschenhunger
der ochse ruft oggersheim

und à la longue
und das ist nun gar nicht mehr lange
wird aus dem rücklauf der rücksturz werden
der absturz in den faschismus der multis
geschäftsmäßig ausrottung
gegen den tiefsten impuls eines jeden lebendigen menschen
frei zu sein
nicht verkauft

und dies ist jetzt von uns zu verlangen
                                                die lage genau so
zu nennen
ohne zu flennen
und aber auch ohne zu lügen vom siegen

wir haben verloren.
wir fangen neu an.
das ist alles.
aber w i e fangen wir alles neu an?
wo seid ihr genossinnen und genossen?

an homburg ist alles uralt
wir brauchen euch neu
wir uns.

28

ich versuche
aus neuer bedingung das neue zu denken
ich schreib es euch auf
ich taste das hin
mir auch

zusammen kämpfen diskussion auseinandersetzung prozeß wechselbeziehung – zusammen kämpfen aus den erfahrungen die aus der agonie zwischen leben und tod heraus hin zu einem entschlossenen kampf für das leben führen

warum tun wir nicht längst
was wir wollen?

wir tun es nicht
so seh ich das oft
weil uns unsre gemeinsame situation
noch nicht brennend
das ist zielgenau
klar ist

unsre situation ist toll
das ist schön
und ist auch ein tollhaus
das ist das zerbrechen
oder
der anbruch in den zusammenbrüchen
das ist
exzessiv
not und gefahr
das ist
exzessiv
lust und chance
wir jetzt
oder schluß jetzt
besser beides

schluß mit den mustern der wiederholung
schluß mit dem kürzesten weg
mit dem run in die identität

wir jetzt aber sofort
grenzüberschreitend sorgfältig schweifend
unverbrüchlich rastlos lernend
gewiß internationalistisch
die klassenarbeit konkret
als endlich doch unsre unschlagbarkeit

uns geht es ums leben
da haben wir recht
was machen wir mit dem recht?

du sollst mit dem
was du von dir weißt
was du bist
aufstehen und die barrieren
die dir ringsum unüberwindlich scheinen
niederreißen
in der konfrontation die stärke entdecken
deine
und so unsre
und so die schwäche der barriere

ich warne den sehr jungen menschen
die frau
die mir das auf ein rotes blatt gesetzt hat
in konstanz
zur kamalatta-lesung
ich warne
vor der unterschätzung der barriere
vor dem zauber der selbstübertreibung
zu viele von uns
hängen schon tot
im holz
ich warne vor geheimen kräften
die kräfte sind wir
oder wir sind nicht
ich warne ums leben
ums leben der kämpfe
die wir hartnäckig arbeiten werden

oder sie schlagen uns tot
jeden und jede allein
deinen kopf und dein herz
zack
ans holz der barriere
schlag auf schlag tod.
wir werden leben
gerecht gerechneten kampf
d a s machen wir mit unserm recht.

wie rechnet gerechtigkeit?
wer gerechtigkeit
die rechnet
nicht will
dem bleibt nur still der knall aufwärts
der kühne sprung in sich selbst
wir nennen das beten
die flucht
die wollen wir kommunisten nicht
sondern
vernünftig wie leidenschaftlich
wollen wir
durch alle zeitgenössischen zerrüttungen
den radikalen aufbau grenzüberschreitender klassenkämpfe
legal und illegal
vielförmig frei konzentriert
einsichtig vorwärts
mit langem atem langatmig nicht
sondern
aus atem
der weiß
die luft gehört uns
und für das pack
eines tages
unsres tages
keinen schnapp
nur noch zuletzt den schluckauf

bloß sind wir noch nicht so weit
eher weit weg
sehr klein
in der neuen ebene endlos
in der ist homburg kein resultat

was macht der blitz
im sonnenflimmer der wüsten verdornung?

kaum eine moritat.
denn es ist da noch nicht mal ein dorfplatz mit blindem sänger
der trauer und schauer und einsame helden singt
keiner da keiner da!
auch gar kein jahrmarktsvolk weit und breit
das dem zuhören möchte
das mit dem blinden weint und lacht und macht
es ist einfach keine rede von homburg unter den menschen
landauf landab kein wort
bloß in paar straighten quartieren
aber die sind nicht das land
und irgendwo ticken paar ticker in paar zentralen
aber die sind schon gar nicht das land

paßt auf euch auf.
das ist alles.
und dann kommt rüber zu uns
wir sind nicht verrückt
ihr seid nicht verrückt
                                        sondern
es ist verrückt zu denken
die klassenkämpfe seien nicht vorher gewesen
seien nicht künftig doch neu
ohne daß ein paar dreißig menschen
alle paar jahre
in ein paar feindliche menschen schießen
(kontinuität?
es geht?
ja
d a s geht immer
aber was geht
das geht nicht deshalb schon vorwärts
                                                                ich habe mal
eine maus gekannt
die war entschlossen
die katze zu töten
                                allein
                                            seither ist sie seltener)

nein.
sondern.
es sind unsre kämpfe als menschenkämpfe
immer
von vielen die arbeit in korrektur

in der genannten prozeßerklärung
der ersten genossinnen und genossen
heißt das so

:die diskussion jeder bestimmung proletarischer politik
ist heute zuerst selbstkritik
die ununterbrochen kritische überprüfung
unsrer eigenen ergebnisse:

ja.
zehnmal kommunisitsches JA.
und erst in der kiste
sind wir den letzten umweg gegangen
dort ists dann still unumkehrbar das nichts.
ja.
aber jetzt leben wir
lebt ihr!
kommt rüber!

wohin?
was etwa ruft da nicht nur
die anmaßung der ermattung?
was ist denn
wo wir sind
außer reden und rasseln?

dann kommt erstrecht!
wir sind erreichbar.
wir sind beweglich.
wir sind wachsam.
wir sind pünktlich.
wir sind bestimmt entschlossen zu lernen.
seid ihr das auch.
kommt rüber!
der kampf geht weiter
ihr seid nicht allein
aber auch nicht allein d e r k a m p f

29

wirklich habe ich manchmal den eindruck
die zeigekraft eurer arbeit sei gestützt
aus eurer vermutung
wir seien blöde
blickten nicht durch
und so müßtet ihr
für uns alle
aus euerm reichtum
unsre blöße bedecken

das geht nicht
das muß auch nicht

wir sind nicht blöde nicht bloß und nicht blind

was wirklich in dieser welt los ist
ist wirklich auch ohne eure beleuchtung hell
wirklich heller
(adaptation studieren!)
(ich weiß ich weiß
es läuft auch andersrum
mit lichtsetzen hier und blumenlegen
euch zu füßen
ach hungerfressen hoffnungsfuttern
schnapp happ der heldentrab
ich hab mal einen alten scene-mann seufzen hören
bei dem hing zwischen vielen blumenarmen petra schelm
streng willi peter stoll
und sagt zu mir der alte freund
ach weltenschmerz
ach hopfen ach verloren bohren
schmerz und märz
das malz der erde
sind sie doch ach

gottseidank
daß es die raf noch gibt!

und hebt den welken birkenfuß
aus kretas ziegenhaar
den beiden heldenbildern dar
dem hohen tod

wälzt sich das flache leben hin
wie sinn —
                    geschenkt!)

seht euch das an ohne blendung
diskutiert das mit uns
wir sind zu finden
wir wollen das jetzt mit euch klären
laßt mal das brennen der masken
wir wissen auch ohne dies flackern
wer im panzerbenz unterwegs ist wohin
wir stoppen den
mit euch zusammen
anders

30

wir sind auf der erde viele
die recht haben
                    massenhaft das recht
auf unser
                kollektiv zu gründendes
                                    auf menscheninteresse
zu gründendes leben
an das wollen wir uns ranarbeiten
gegen diese arbeit
und das ist gegen uns
                        gegen jeden
                                    der leben will
führt das kapital wirklich krieg
und
das nicht
weil
hoch in den stahletagen
dämonisch die bosheit am werk ist
sondern simpel ins werk gesetzt wird
                                        und sonst nichts
die kapitalvermehrung
die nicht geht

wo menschenmassen etwa frei
samt und sonders
gemeinsam
sich bestimmen werden wollen
nach ihrem interesse
nur deshalb
und zwingend deshalb
führt das kapital
gegen seine verschmachtung
krieg gegen uns jeden tag
den wir jeden tag
beantworten werden müssen
in vielen formen
kriegsformen
ja
aber gemeinsam
und nicht hier und da mal ein schuß
wohlgesetzt
und husch ab
sondern wie?

meine gedanken
aus meiner erfahrung erstmal
aber das sind auch erfahrungen vieler anderer menschen
und wir werden die hoffentlich bald
mit euren erfahrungen
vergleichend und vorwärtsführend
diskutieren
(gebt nachricht
wir sind erreichbar)
fasse ich vorsichtig so:
überall in der welt
sind wirklich leute
frauen und männer
die auch genau jetzt
im klassendesaster der imperialen siege
als kommunisten und als kommunistinnen arbeiten werden
menschen
die mitten im schwindel der erpresser und der erpreßten
den kampf um befreiung weiterführen werden
ohne wenn und aber
in der bestimmtheit ihres wissens von den notwendigkeiten

auf dieses wissen von vielen
können wir uns verlassen
müssen wir uns
denn das ist die mitte unserer hoffnung
also unsrer arbeit
verlassen können
sonst machen wir die tötlichen fehler der übereilung
und das sind die fehler der hoffnungslosen
wieder und wieder
kommen nicht vorwärts
dienen verrückt dem feind
machen uns
heroisch klappernd
allein
unser galopp in der trommel
im kreis im kreis
treibt
vielfach verriemt
ihnen die pumpen
günstig
fürs mächtige melken.

das wissen von den notwendigkeiten
ist das wissen
von der notwendigkeit
unserer gemeinsamen radikalen arbeit international

radikale arbeit ist eine
die ihrem arbeitsgegenstand an die wurzel geht
der bankier X ist *nicht* die wurzel
nicht mal
(oder nur auch mal)
die giftige blüte
sondern
der gärtner
und jetzt folgen wir nicht agatha christie
sondern
vernünftig
den genossen karl marx und friedrich engels
wladimir iljitsch lenin und mao tse-tung
und sagen mit vielen
den gärtner schießen
das rührt nicht

den alten weitausrankenden
leim austropfenden
fesseln ausschmeißenden
diebsfrucht abwerfenden
baum
den aber
und nur den
wollen wir anrühren radikal
wir haben mehr vor als den gärtner
wir meinen am liebsten die wurzeln
also
viel kundiges wühlen und hacken
verästelungen tasten
untergraben und schaben
vieles sorgfältig lernen
sorgfältig alles
und dann
der endlich stürzende baum
längst lügenhaft betongespritzt stahlgestützt
gegen den historischen zerfall
erschlägt
wie beiläufig
seinen gärtner gleich mit
denn
wir wollen
und das ist oft falsch gemacht worden
ihm gar keinen fluchtweg lassen

sozialismus oder barbarei
niederbrechend aufflammend
das üble gewächs
erwürgt
zerschlägt
begräbt
seinen barbarisierten pfleger.
gut.

aber gut
so weit sind wir noch nicht
so eben wirft die üppig entfaltete barbarei
ihr tödliches interesse
ausrankend
einschlingend

weltweit aus
noch einmal gewaltig das ränkespiel gegen menschen
gegen massenhaft viele menschen
und die vielen sind immer wir
oder wir haben was falsch gemacht
also werden wir lernen
und ihr kommt dazu
                                        genossinnen und genossen
und lernt mit uns mit
und laßt mal knarre und sprengzeug
wohlverpackt unauffindbar

viele geräte sind wertvoll
das stubbensprengen kommt immer ganz zuletzt
nach dem kahlschlag
                                        der arbeit von vielen
                                                                                fleißig
in deren arbeitsgelände
                                        hier und da
                                                            plötzlich ladungen zünden
das gefährdet
in hohem maße
die arbeit und das leben
                                            von vielen
                                                            im großflächigen terrain
unsern arbeitstakt
                                    mit vielen zu vielen
                                                                    jetzt
das laßt mal
mal raus aus dem wald!
denn was wir zu hacken
und zu untergraben
                                    und dann
zu stürzen haben
das steht nicht rauschend grün still
                                                            das tritt
blank tückisch organisiert
                                                bewaffnet gegen uns
                                                                                vor
am liebsten über uns alle hin
:europa '92
im weltmarktkonstrukt aus abwürgen und
erschöpfung und

verrat
schick das nördliche muster aus knete und knast
gegen das südliche menetekel
aus hunger und aufstand und massenhaft klassenkraft

vermarktung und oder vernichtung
und wir mittendrin
mit einstweilen noch
schwachen kräften

da dürfen wir uns nicht verzetteln
                                                            zerspringen
da dürfen wir uns
in unsrer kraft
nicht verrechnen

um weit verzweigt und vielgestaltig
eine radikale arbeit aufzubauen
                                                        zum beispiel
                                                        bis '92
                                                        den roten faden europa
verzichten wir auf niemand
soll niemand von uns
sich einsam wegkämpfen dürfen
                                                          in kiste oder knast
alles
was lernend
unsere revolutionäre arbeit
jetzt grenzüberschreitend erweitert
                                                                stabilisiert
                                                                                    verknüpft
ist unsre richtige arbeit
was uns aber verwirrt und versteckt und versackt
das ist unsere falsche arbeit
unser ziel
              gegens pack
                                fürs leben
                                                verlangt
daß wir uns verständlich werden
nicht verdächtig und oder verächtlich
daß wir
aus der verständigung

uns aufs ziel hin organisieren
nicht in vehementen einzelsprüngen
nicht in weit weglaufendem einzelgang
                                                  einander verlieren
daß unser ziel
das freie gesicht selbstmächtig
gegen
        ohnmächtig
                            die fratze der waren
kenntlich wird weithin
aus tagfürtag praxis
nicht verkommt zum
                        hier mal und da mal
                                    fremdförmigen
                                                bekenntnis
(doch
auch den kämpfenden menschen im süden oft fremd
das war im letzten herbst wieder deutlich
bei den genossinnen und genossen aus latein-amerika
in hamburg
alle aus kämpfen
alle aus knästen
                    klug)

gegen die agonie
unser entschlossener kampf
ums leben

in dieser zentralen forderung aus erfahrung
muß
     wer die aufnimmt
                                kapieren
daß die bedrohliche phase der agonie
nicht beendet wird
durch das jähe hochreißen des schwerverletzten körpers
— nie geht das so!
  seid ihr verrückt geworden? —
sondern durch die organisierte
                                            wiederentdeckende
heranführung aller
aus klügster diagnose bestimmten
abwehr- und umkehr- und stärkungsmittel

wir haben
gegen die agonie
zuerst
einsichtig für viele
die diagnose zu machen
öffentlich verständlich zu machen
dann
unsre kenntnis der mittel
zugunsten unsrer wiederaufrichtung

bei dieser schwierigen
gefährlichen
erfreulichen
arbeit
werden viele menschen einander kennenlernen
jede und jeder sich selbst
als wir selbst
:unser wissen
unsere kräfte
unsere ängste
unsern mut:

d a s führt zum stoffwechsel
zu strukturen des gegenseitigen austausches
der gegenseitigen verläßlichkeit
zur organisierten
zielgerichteten
selbstmächtigen
gesamtkörperbewegung
zum kampf
der die freie kraft hat
gegen den verordneten tod

anders geht es nicht
nur in unglück
in den sieg der schweine
anders geht nur noch
geheimnisumwittert
die auferstehung von den toten
das wunder
wir wollen keins.
entscheidet auch ihr das für euch jetzt
ihr genossinnen und genossen der roten armee fraktion

entscheidet das jetzt noch einmal ganz neu
nach zwanzig jahren bewaffneter klassenarbeit
die
zwar unvergeßlich
aber
weder nah noch fern
die arbeit der klasse vorangebracht hat

die wollen wir aber vorwärts bringen
was sonst
wer sonst
ja
gnadenlos
vernünftig

ihr auch
fangt an
arbeitet kollektiv
zum 14-5-1990
                              drinnen mit draußen
                              draußen mit drinnen
                                                                  doch.
                                                                  wir finden den weg.
die vernünftige erklärung
eure unsre
die erklärte vernunft
                                    aus zwanzig jahren
erfahrung und analyse
                                      jetzt
                                      eure
aus kämpfen und lernen und toten und lernen und kämpfen
drei textarbeitsschritte

wo kommen wir her
was wissen wir jetzt
                                      aus langer arbeit
                                      aus neuem klassenweltverhältnis
wie wollen wir weiter
anders
warum
mit wem

WIR

die neue entscheidung
j e t z t ohne waffen.
erklärt das
öffentlich
vorwärts
ohne zu kippen
die wendung in der wand
der umweg der lebendigen kämpfe
des langen atems

neulich hat einer
aus einem trakt
mir geschrieben

wo ich jetzt bin
da ist es fürs wenden
verteufelt eng

klar teufelei
der tote fuß will unsere erstarrung
wir knacken die auf
nach vorn

was sonst
wer sonst
ja
gnadenlos
vernünftig!

wir fangen inzwischen
an etlichen plätzen
die diagnose an
in ihr die ersten entdeckungen
der jetzt wichtigen mittel

wir bitten euch
:kommt dazu!:
euer weg in diesen prozeß hinein muß gefunden werden
was im ganzen richtig ist
das läßt sich auch
im einzelnen

nach und nach
richtig machen
wir brauchen jeden
wir brauchen uns alle gegenseitig
wir brauchen keinen besonders versteckt
wir brauchen uns alle
                                        offen verschworen
alle
die nicht aufgeben
und so kommt ihr dazu
unbewaffnet
die waffe *jetzt*
ist unsre kenntnisreiche vielsprachige disziplinierte und
ausdauernde zusammenrottung
in ihr
werden wir vieles neu verstehen lernen
und aus diesem lernen entscheiden
welches werkzeug künftig gilt
an welchem arbeitsplatz
für welches teilstück
unsrer gesamtproduktion

:für die international kämpfende organisation der produzenten
gegen die multinationale ausbeuterklasse:
:gegen alle gefangenschaften:
:für den aufstand des menschen zu sich selbst:

wir sind erreichbar.
seid ihr erreichbar.
ich schicke euch solidarische grüße.

(24-1-90)

Dokument*

„Die revolutionären Prozesse sind die Erfahrungen, die aus der Agonie zwischen Leben und Tod heraus, hin zu einem entschlossenen Kampf für das Leben geführt werden"

Am 30.11.1989 haben wir mit dem „Kommando Wolfgang Beer" den Chef der Deutschen Bank, Alfred Herrhausen, hingerichtet; mit einer selbstgebauten Hohlladungsmine haben wir seinen gepanzerten Mercedes gesprengt.

Durch die Geschichte der Deutschen Bank zieht sich die Blutspur zweier Weltkriege und millionenfacher Ausbeutung, und in dieser Kontinuität regierte Herrhausen an der Spitze dieses Machtzentrums der deutschen Wirtschaft; er war der mächtigste Wirtschaftsführer in Europa.

Deutsche Bank, das ist quer durch Westeuropa und in weiten Teilen der Welt zum Symbol für die Macht und Herrschaft geworden, die überall frontal mit den fundamentalen Interessen der Menschen nach einem Leben in Würde und Selbstbestimmung zusammenstößt. Unter Herrhausens Regie hat sich die Deutsche Bank zur europaweit größten Bank aufgeschwungen und dominiert die wirtschaftliche und politische Entwicklung. Sie hat ihr Netz über ganz Westeuropa geworfen und steht an der Spitze der faschistischen Kapitalstruktur, gegen die sich jeder Widerstand durchsetzen muß.

Seit Jahren bereitet sie den Einbruch in die Länder Osteuropas vor, jetzt steht sie und andere lauernd in den Startlöchern, um auch die Menschen dort wieder dem Diktat und der Logik kapitalistischer Ausbeutung zu unterwerfen.

Herrhausens Pläne gegen die Länder im Trikont, die selbst in „linksintellektuellen" Kreisen als humanitäre Fortschrittskonzepte gepriesen werden, sind nichts anderes als der Versuch, die bestehenden Herrschafts- und Ausplünderungsverhältnisse längerfristig zu sichern, sie verlängern und verschärfen noch weiter die Leiden der Völker.

Es ist weltweit *eine* destruktive Entwicklung, die der Imperialismus zur Sicherung seiner Profit- und Machtpositionen produziert; Völkermord, Hunger, Erniedrigung, Existenzunsicherheit und umfassende Zerstörung schafft eine im Kern einheitliche Situation, die überall existenzielle Dimension angenommen hat, nirgends können die Menschen wirklich nach ihren eigenen

* dieser text wurde veröffentlicht in der taz am 2.12.89 unter dem titel: „RAF bekennt sich zum Attentat auf Alfred Herrhausen".

Vorstellungen und Werten leben.
Aber die Akteure dieses Systems müssen wissen, daß ihre Verbrechen ihnen erbitterte Feinde geschaffen haben, daß es für sie keinen Platz geben wird in der Welt, an dem sie vor den Angriffen revolutionärer Guerilla-Einheiten sicher sein können.
Wir alle, die gesamte revolutionäre Bewegung in Westeuropa stehen vor einem neuen Abschnitt.
Die völlig veränderte internationale Situation und die ganzen neuen Entwicklungen hier erfordern, daß der gesamte revolutionäre Prozeß neu bestimmt und auf neuer Grundlage weiterentwickelt werden muß.
Daran arbeiten wir, und daran wollen wir die Diskussion mit allen, die Schluß machen wollen mit der imperialistischen Zerstörung und die für eine grundsätzlich andere, an den Menschen orientierte gesellschaftliche Realität kämpfen und die diese Auseinandersetzung mit uns wollen.
Neuer Abschnitt, das heißt für hier vor allem auch die Neuzusammensetzung der revolutionären Bewegung, was möglich ist, weil viele es wollen, und es gibt die ersten Schritte dahin schon. Wir stellen uns das vor als einen Prozeß von gemeinsamer Diskussion und Praxis, in dem offen über die verschiedenen Erfahrungen, Vorstellungen und Kritiken geredet wird, um die gesamte Entwicklung zusammen zu begreifen und um zu politischen Bestimmungen und konkreten greifbaren Vorstellungen für den Umwälzungsprozeß zu kommen.
In der Diskussion darüber müssen die Gefangenen Teil sein, dafür und weil das Vernichtungsprojekt gegen sie endlich gestoppt werden muß, muß jetzt ihre Zusammenlegung und damit die Perspektive für ihre Freiheit erkämpft werden.
In dieser neuen Phase müssen wir es schaffen, die vielfältige und unterschiedliche revolutionäre Praxis in *einer* Orientierung gegen das System zu verbinden. Der revolutionäre Prozeß braucht neue Dynamik und produktive Wechselbeziehungen, nur zusammen können die Kämpfe die nötige Kraft entwickeln, um destruktive Entwicklungen des Imperialismus zu stoppen und überhaupt seine ganze zerstörerische Entwicklungsrichtung umzudrehen — nur zusammen, also als eine Front gegen den Imperialismus, können wir hier in Westeuropa gemeinsam mit den Befreiungskämpfen weltweit einen einheitlichen, internationalen und langandauernden Umwälzungsprozeß durchsetzen.
Zusammen kämpfen!

2.12.1989, Rote Armee Fraktion

esterwegen 12-5-90*

mein reden hier war von den veranstaltern nicht vorgesehen. ich bedanke mich, daß ich dennoch gelegenheit bekomme, ein paar worte zu sagen. öffentlich. an diesem wichtigen ort. an diesem wichtigen tag. in dieser schwierigen wichtigen zeit. was ich ihnen sagen möchte, geht kurz.

bei kriegsende war ich sechzehn jahre alt. ich war damals ratlos und bange. jahre später, nach meinem ersten buch, haben mich menschen besucht, die ich bis dahin nicht kannte. sie kamen auch aus dem ausland. von hier nebenan holland kamen nico rost und seine frau.

alle besucher waren viel älter als damals ich. alle hatten gegen den faschismus gekämpft. fast alle waren kommunisten: klare leute.

was meine ich mit —klarheit— ?

ich meine das wissen und die liebe gegen ausbeutung und unterdrückung.

in adenauers ‚freiem westen' waren diese leute damals schon wieder verfolgt. also waren meine besucher mutige, unermüdliche menschen: lehrer. von ihnen habe ich gelernt, mein kriegsentsetzen, meine faschismusangst umzuändern, gründlich umzustudieren in wissen und handeln. von kommunistinnen und von kommunisten habe ich gelernt, daß es eine freude ist, ein mensch zu sein — mitten in allen schwierigkeiten: unsre würde.

aus dieser erfahrung, aus dieser *lebenswichtigen* erfahrung, grüße ich leidenschaftlich die alten genossinnen und genossen hier auf diesem platz! es sind grüße des respektes, der dankbarkeit *und der unnachgiebigkeit*. denn: was ich damals von den besucherinnen und besuchern gelernt habe, das gilt immer noch *und zwar heute erstrecht.*

das sage ich nicht stur aus verbunkerten gedanken. ich sage das mit offenen augen aus meiner wahrnehmung jetzt. denn das ist zu sehen: das imperialistische interesse, das vor nun genau 50 jahren über holland und andere länder hergefallen ist; bald dann über die sowjetunion — diese hochkriminelle interessengemeinschaft der banken und konzerne, die über siebzig jahre lang den ersten sozialistischen aufbruch gewürgt und gewürgt und gewürgt und endlich erdrosselt hat — dies pack, das jetzt feixend einzieht zwischen wismar und wladiwostok, um die menschen

* text zum tag der befreiung anläßlich einer veranstaltung auf dem gelände des konzentrationslagers esterwegen.

nun auch dort sich einzukaufen massenhaft profitabel — dies pack ist der feind, den wir kennen, ist der feind, den die kannten, die hier in den mooren gefangen waren, ist der feind des freien selbstbewußten menschen, ist der feind, gegen den wir, auch heute, mitten im schlamassel, kommunisten bleiben, also menschen, die sich freuen und sich wehren und sich *nicht* einkaufen lassen!

angesichts der gräber hier finde ich es wichtig, daß wir das ruhig und ganz genau wissen.
trotz ozonloch.
trotz abc-waffen.
trotz tschernobyl.
trotz der vergiftung von wasser und erde und luft
hört unser kampf nicht auf.
und auch nicht trotz unsrer schuld.
ja.
trotz unsrer dummheit und feigheit.
trotz — ja! — unsrer verbrechen —
trotz all diesem dreck, der in unserm namen, im nacken der kämpfenden menschen, im schatten all dieser gräber gemacht worden ist, hört dieser kampf um gerechtigkeit, dieser internationale klassenkampf gegen das demütigen und verkaufen des menschen international nicht auf!

das klingt, wenn ich es sage, vielleicht ein bißchen alt. ich sage es aber aus der erfahrung heute mit jungen menschen, mit vielen jungen in vielen ländern, die nicht aufgeben, ums leben zu kämpfen, die nicht mehr zu bestechen sind mit polo und porno und pauschalreisen, die wissen, woher unser sgn reichtum hier kommt: aus der nackten gewalt gegen die weltmenschenmehrheit.

wenn ich also hier sage: wir geben nicht auf, dann sage ich das aus meiner verbindung zu den jüngeren. denen wir alten — und das ist wirklich zum kotzen — eine tief verletzte und verlogene welt übergeben. ich grüße alle jungen leute, die angesichts von so viel blödsinn und gemeinheit den mut nicht verlieren!

allerdings

wer heute aufsteht gegen den dreck der verhältnisse, der steht nicht nur mitten im jahrhundertgeschäft imperialer gewalt, nicht nur mitten im hohngelächter der medien, sondern der schleppt unsre eigene gemeine verbrechensgeschichte nun *auch*. hier ist uns in zukunft kein faules lügen erlaubt. auch also hier brauchen wir künftig mut.

ich sage WIR. denn es ist unsre klassenkampfgeschichte, von der ich rede, und von der wir, jede und jeder, ein teil sind — im elend wie im stolz.
stalin und pol pot sind ebenso aus unserer arbeits- und kampfgeschichte wie
pablo neruda
und carl von ossietzky
und
ja
diese beiden freien frauen aus haarlem:
truss und freddie oversteegen!

ja —
wir kommunisten heute stehen, wenn wir nicht einfach abhauen, einfach umkippen wollen, in schweren widersprüchen. wir reden uns da nicht raus. wir fluchen. wir weinen. wir rätseln. *und:* wir werden es lernen, zu lernen. es geht gar nicht anders. oder die menschenwelt geht vor die hunde. SOZIALISMUS oder BARBAREI — und was sie uns jetzt pausenlos einblöden wollen — berija oder bananen — das ist die alternative *nicht!* das ist nur der trick, mit dem sie uns lähmen wollen, damit sie uns leichter einmischen können in ihre menschenverächtlichen unternehmungen.

nein.

sie kriegen uns nicht.
und als jemand, der in seinen nachkriegsängsten so gerne mal pfarrer geworden wäre, sage ich es jetzt hier so: genau so wenig, wie der ehrliche christ und die ehrliche christin ihr geheimnisvolles wissen von der liebe wegschmeißen angesichts der weltumspannenden verbrechen der christlichen kirchen, genau so wenig schmeißen wir kommunisten und kommunistinnen angesichts von bauzen und widerlich gulag unser zutrauen weg, das wir setzen in den arbeitenden menschen, in seine lust auf ein solidarisches freies leben mit allen.

bestimmt sind wir aus eigener geschichte jetzt verletzt. aber wir sind nicht blind. wir sehen täglich die zerstörung des menschen in der imperialistischen gesellschaft, dies tägliche erpressen und demütigen, verkaufen und für dumm verkaufen, dies irrenhaus aus zwangsjacke, ruhigstellen und abspritzen, suff und bums von dorf zu dorf, und bezahlen, von kontinent zu kontinent. nein, wir sind nicht blind. wir sehen die schande genau. unsre auch. aber der wahnsinn von katyn macht uns nicht so verrückt, daß wir die furchtbaren menscheneinkäufer der deutschen bank (zum beispiel!) akzeptieren. das zeitgenössische reden von der schicksals- und/oder völkergemeinschaft ist der gleiche kriminelle schwindel wie, als ich ein kind war, hitlers (industriegefälliges) dröhnen von der volksgemeinschaft. auch wenn wir jetzt in not, in einer schweren krise sind, erkennen wir immer noch, quer durch die welt, den unüberbrückbaren riß, und lassen uns also nicht reinlügen in deutsche harmonien, auch nicht in das gewalthaus ‚europa'.

die hier in diesen mooren gekämpft haben, geschunden worden sind, nicht verraten haben, die kannten diese herrschaftslüge von der harmonie, vom klassenfrieden, die kannten diesen feind sehr genau. sie haben nicht aufgegeben. so sind sie meine lehrer, meine lehrerinnen geworden. so haben sie mir mut gemacht.

ich wünsche mir, daß auch wir uns mut machen heute hier auf diesem armen platz. denn mut werden wir bald wieder brauchen. die herrschaften bauen gegen uns, gegen jeden kämpfenden klassenmenschen, die europäischen gefängnisstrukturen soeben sorgfältig aus. es wird daher, denke ich, darauf ankommen, daß wir uns *bald* gut und genau und unnachgiebig und grenzüberschreitend miteinander verständigen.

ES LEBE DIE INTERNATIONALE DER ARBEITENDEN MENSCHEN, DIE SICH NICHT AN DEN IMPERIALISMUS VEKAUFEN!

ES LEBE DER AUFSTAND DER BELEIDIGTEN UND ERNIEDRIGTEN WELTWEIT!

ES LEBE DER KOMMUNISTISCHE KAMPF FÜR DIE LEBENSNOTWENDIGEN DINGE!

die frage nach uns selbst*

da ist kein frieden
wir sind nicht verrückt.

wir haben verloren
wir fangen neu an
das ist alles

schluß mit den mustern der wiederholung
gewiß internationalistisch die klassenarbeit konkret

heute ist inge viett verhaftet worden.
eine woche zuvor susanne albrecht.
wir wissen noch nicht, was daraus wird.
in beiden verhaftungen fällt aber etwas auf.
nicht nur der dreck, der deutschdeutsche verrat. sondern auch: beide frauen aus dem bewaffneten kampf, grenzüberschreitend gefahndet, arbeiteten bis zu ihrer verhaftung längst legal. unbewaffnet. ohne, soweit bis jetzt bekannt, auf die gegenseite überzugehen. aktiv selbständig beständig in den aufbauversuchen eines sozialistischen staates. beide haben also ihre politische praxis gründlich geändert.
was ist das?
welche erfahrungen haben zu dieser veränderten praxis geführt? warum wissen fast wir alle nichts von diesen erfahrungen, dieser entwicklung, diesen entscheidungen, diesem prozeß nächster menschen? wir kommen hier auf eine lücke unseres wissens, in ihr in einen widerspruch. während zur stunde jüngste genossinnen und genossen den schritt in den bewaffneten kampf vorbereiten, arbeiten die, die in diesem kampf gründliche erfahrungen gemacht haben, im physikalischen institut, im stahlkombinat. haben, so sieht es in diesem moment aus, ihre politische arbeit zentral korrigiert, *ohne zu kapitulieren. ...*
es gibt aus all den vergangenen jahren und kämpfen noch viele andere, die, ohne auf die gegenseite zu kippen, klar in internationalistischer feindschaft gegen diesen klassenstaat, aus der bewaffneten arbeit weggegangen sind, nach knast und knast und knast, in legale widerstandsarbeit hier jetzt mit vielen. auch ihre

* dies ist der entwurf zu einer öffentlichen initiative. den aber dann niemand in meinem umfeld unterschreiben wollte.

lernprozesse sind fast immer von schweigen umgeben.
was ist das?
wir sagen jetzt: dies schweigen ist falsch. manche sagen: dies schweigen ist eine schweinerei. es gefährdet den prozeß, den wir wollen, den prozeß im bruch vorwärts.
wohl gibt es immer mal leise gespräche, wohl regionale debatten, aber sie werden, so scheint es uns deutlich, nicht zum politischen prozeß, den, besonders jetzt, wir alle, die nicht aufgeben wollen, die das richtige machen wollen, brauchen. oder mal so: wären die wichtigen erfahrungen von inge viett oder werner hoppe oder ilse stachowiak oder siegfried haag uns allen zugänglich, nicht verschwiegen sondern gründlich in solidarität von uns allen durchdacht worden — wären dann die jüngsten in die frankfurter börse gegangen voriges jahr — und nun für lange weg in knast und isolation?

aus diesem ansatz schlagen wir vor, daß *alle* erfahrungen aus den letzten zwanzig jahren, aus dem bewaffneten kampf und genau so aus der legalen und der „legalen" arbeit, zu einer ehrlichen, langanhaltenden, gemeinsamen, zuverlässigen diskussion gebracht werden. oder ist es uns jetzigen, euch jungen jetzigen, egal, was margit schiller vom bewaffneten kampf weiß, was verena becker weiß, was ronald augustin weiß? oder was eine postarbeiterin von ausdauer weiß, von anstrengung, lernen und widerstand, was ein lehrer, eine ärztin, ein e-schweißer, ein redakteur oder eine frau im frauenhaus von der gewalt des klassenalltags wissen? all unser wissen entweder verschweigen oder es ‚straight' mißachten — das halten wir heute für eine politische verantwortungslosigkeit. die wollen wir nicht.
laßt uns — das fordern wir von uns, das fordern wir von euch, das fordern wir genau jetzt von uns allen — das schweigen aufmachen und losmachen in einen allgemeinen solidarischen lernprozeß.
wir schlagen folgende schritte vor.

erstens: die ihren politschen kopf, das ist ihre politische praxis hier im land oder sonstwo geändert, aus bewaffneter praxis geändert haben in sozialrevolutionäre lern- und widerstandsarbeit ohne knarre (jetzt) (und das sind, schätzen wir mal, inzwischen etwa grad so viele wie die, die die bewaffnete arbeit noch weiter machen), die treffen jetzt endlich mal von allen seiten an einem platz zusammen, um öffentlich aus ihren erfahrungen und schlüssen lernbereit, kritisch wie selbstkritisch, miteinander und

also mit vielen hier draußen zu reden. da sollten sich endlich versammeln — wir sagen das so aus schnellem unvollständigen erinnern, etliche werden wir vergessen, aber die wissen dann schon —: manfred grashof, margit schiller, till meyer, angelika speitel, siegfried haag, roland meyer, ilse schwippers, verena becker, gaby kröcher-thiedemann, jürg wehren, brigitte asdonk, ilse stachowiak, inga kreuzer, roland otto, irene goergen, karl heinz roth, christian möller, enno schwall, gerd albertus, ronald augustin, rolf pohle, astrid proll, marianne herzog, christine berster, andreas vogel, monika berberich, wolfgang grundmann, klaus jünschke, christoff wackernagel, werner hoppe, claudia bislin.
der künftige kampf (denn wir geben nicht auf; da ist kein ‚frieden'!) braucht ihr wissen, ihren schmerz und ihr entsetzen, ihre ausdauer, ihre liebe zum leben. einfach ihre erfahrungen im kampf ums leben.
zweitens: zu dieser debatte werden zusammengelegt alle gefangenen aus widerstand, rz, 2. juni und raf im stammheimer knast, also von irmgard möller bis stephan feifel und jetzt inge viett, damit sie alle an dieser langwierigen wie lebenswichtigen debatte aktiv teilnehmen können.
drittens: die jetzt draußen noch bewaffnet arbeiten, kommen mit ihrer stimme und erfahrung *und zielsetzung* und also analyse genau dazu. es wird ein weg gefunden werden, der sie nicht gefährdet. wir wollen, daß das geht.
viertens: diese diskussions- und entscheidungsarbeit beginnt am 1. september 90. ziel: ‚europa-amnestie 1992' für alle politischen gefangenen.
sagen wir jetzt.
was die vollversammlung schließlich als ziel rausarbeiten wird, das muß sich erst noch selbständig zeigen. das können wir hier jetzt nicht wissen. denn das muß in dieser unserer initiative ganz klar sein: niemand bestimmt hier das resultat — heimlich etwa oder offen — vorweg. unser gemeinsamer prozeß ist immer auch *ein prozeß der überraschenden entdeckung. sonst ist es kein menschenprozeß sondern ein trick, ein befehl, ein dreck der macht — die tücke, die wir nicht wollen.*
fünftens: ab sofort bundesweit eröffnung einer öffentlichkeitsarbeit vehement zur durchsetzung dieser permanenten konferenz, zur gewinnung einer breiten öffentlichen stimme für diese *unsere* arbeit.

zum schluß: wir haben jetzt keine lust mehr, auf das von trauer und tücke und unterwerfungsgelüsten schwer belastete wort *amnestie* erklärend und/oder ‚rechtfertigend' einzugehen. auch nicht auf den *unterschied zwischen kapitulation und korrektur*. auch nicht auf moralisch-abstrakt *die gewaltfrage*. die wird immer bloß von der andern seite her uns dumpf draufgehängt. die haben wir gar nicht selbst. sondern wir haben ein interesse, unseres, zu lernen. wir wollen uns gegenseitig nach allem fragen, damit wir gemeinsam auf alles kommen, was künftig für unsere arbeit wichtig ist, *zu tun*. und das werden keine ‚versöhnungs'taten sein. so vergeßlich sind wir nicht. wir leben im krieg. wir sind nicht verrückt. sondern mitten in internationalen kämpfen die übrigens vor der raf längst wirklichkeit waren und die auch ‚nach der raf' unweigerlich wirklichkeit sein werden) fragen wir neu nach uns selbst.
die frage nach uns selbst ist die frage nach unserer arbeit. was eine tut, das ist sie. was einer tut, das ist er. in verdammt schwierigen, künftig bald noch schwierigeren zeiten.

(juni '90)

peter weiss wäre nicht erstaunt

als der zürcher tages-anzeiger mich bat, das thema meines beitrages zur peter-weiss-tagung anzugeben, habe ich ihm geantwortet in fünf kurzen zeilen.

max hodann hat es gewußt.
peter weiss wäre nicht erstaunt.
unser kampf geht weiter.
ohne zu lügen.
es bleibt der schmerz.

das war von mir spontan notiert. ich will nun dieser spontaneität nachdenken und das resultat hier veröffentlichen. (erstes resultat: im dritten kurzsatz ‚unser kampf geht weiter', möchte ich für das wort —kampf— das wort —arbeit— setzen. besser, in aller schärfe, wir kommunisten reden jetzt leise.)

da es mir wichtig ist, darauf zu achten, daß eines jeden denken und eines jeden entscheidung ihre wurzeln haben in eines jeden geschichte, will ich skizzieren, woher ich komme.

ich komme aus einer ganz gewöhnlichen freundlichen hamburger nazifamilie. durch die hin allerdings ein riß lief. der vater steht still streng allein in den langen (bürger-)stiefeln der SA; die mutter liest uns josef conrad vor und raucht pfeife. meine zuversichtliche mutter war aus polen, über dresden, in eine wohlgeordnete hanseatisch ehe gegangen.

als später der deutsche vernichtungskrieg gegen das polnische volk losgebrochen wurde, fanden wir sie von nun an oft versunken in aufmerksamkeit; eigenartig wach verstummt vor den liedern der schubert'schen *winterreise*.

wir hatten damals in der familie plötzlich ein grammophon. und viele kostbare platten. es ist zu vermuten, diese schönheiten kamen (über das redet ein deutscher kulturbürger nicht) aus dem ‚nachlaß' vertriebener jüdischer nachbarn. (wir kinder waren mit meiner mutter, ohne den vater, zum abschied der nachbarn an den zug nach amsterdam mitgegangen.)

unsere polnischen verwandten, die wir kinder lieber mochten als die braven an der elbe, waren entweder bald kollaborateure, oder bald auf der flucht, bald gefangen. und eines tages war der eine totgeschlagen von den nazis in einer der außenstellen des konzentrationslagers neuengamme (neununddreißig kilometer luftlinie bis zu unsrem garten), der andere totgeschlagen vom nkwd in den wäldern um katyn. ein dritter, der jüngste bruder meiner mutter, war vor dem krieg schon totgeschlagen worden, als kommunistischer kulturfunktionär, in den kellern der stalinisten.

mein vater ist, als nazi-unteroffizier, gegen kriegsende, an der ostfront, vermutlich von polnischen zwangsarbeitern, die sich endlich hatten befreien können, totgeschlagen worden auf einer pommerschen wintersaat nahe belgard an der rega (jetzt westpolen, bialogard). ich erinnere einen schmalschultrigen, zärtlich scheuen, zugepanzerten, oft in ein selbstgeflüster weggewandten vater. einen deutschen mann im krieg. einen nazi. er tut mir leid. er hat mir angst gemacht. er hatte angst.

angst ist gewalt.

so bin ich, als er tot war, bald katholisch geworden.

im raum der sakramente war die liebe des vaters mir zugesagt. auf immer und ewig. halleluja. alle gewalten in guter hand.

bis ich verstehen konnte, wen diese liebe sich einkauft zu welchem geschäft. an welche gewalt diese liebe verkauft ist. bis also ich einsehen konnte das handeln der vatergewalt als den handel zugunsten von herrschaft über den menschen.

auch die liebste liebe also ein *deal.*

das fand ich eine schande.

einfach gegen mein menscheninteresse.

inzwischen hatte ich — aus eigener schreibarbeit schon ein bißchen geschützt — lust auf freies menscheninteresse; lustiges interesse an der befreiung des menschen zu sich selbst. so kam unvermeidlich auf mich die frage: wer bindet den menschen überall fest, peinigt ihn, schneidet den hals? wer hat was von seiner verstümmelung, seinem verschleiß profitabel, seiner gemütlichen einweisung weiß ins hüpfen und lallen, in den massenhaften hospitalismus der selbstentfremdung?

gegen diesen schmerz hat jeder mensch seinen traum von der schönheit der freien sachen, von der lust des eigenen inmitten von uns allen. wer aber hat das bewußtsein von diesen sachen, das wissen vom schönen frei-sein; vom sein, das tanzt?

es war, aus der geschichte antifaschistischen mutes, aus der geschichte antiimperialistischen kampfes, logisch, daß ich nun kommunisten gefragt habe; daß ich nun meinen wunsch und mein wissen, gegen angst und dummheit und gewalt, *für* die klugen vielfältigkeiten unserer befreiung, verbunden habe mit kommunistischer arbeit; mich internationalistisch organisieren wollte gegen den transnationalen pakt der militärisch-industriellen institute.

aber dann dort, wo in der kleinen westdeutschen verbotenen kommunistischen partei ich ein kurzes stück zeit mitgearbeitet habe, fand ich die arbeit bald unsicher und unaufrichtig. in der mitte mißtrauisch. unsicher in der zielbestimmung. unaufrichtig in der öffentlichen aussage wie in der eigenhistorischen einsicht. und in der mitte von alledem mißtrauisch gegen den menschen im prozeß seiner befreiung, das ist: seiner selbstentdeckung.

es wurde vieles verdeckt.

es wurde viel gelogen.

in bester absicht.

„in bester absicht."

auch wer nie kommunist war, kennt das von sich selbst. aus gutem traum der faule schaum der mogelei. so fand ich die arbeit in dieser partei zum scheitern verurteilt.

so bin ich auch von dieser arbeit weggegangen, auf der suche nach einer arbeitsbewegung, gemeinsam mit vielen, die uns, gegen die herrschenden vernichtungsmechanismen, voran bringt ohne das hilfsmittel (später: die dauerdroge) des selbstbetrugs; auf der suche nach einer ausdauernd angreifenden lernbewegung, in der wir nicht lügen.

heute sage ich: in der wir *nicht lügen vom siegen.*

jeder, der das leben, die schönheit des lebens (heute bin ich geneigt zu sagen: die heimliche schönheit des lebens) liebt, bangt auch; sieht ja nah den rasenden unsinn der herrschaft; ist, um nicht zu verkippen ins entsetzen, in gefahr, zu lügen: einmal endlich möge doch schluß sein mit elend und unrecht. einmal *wird* alles ganz wunderbar heil.

so geht das liebe lügen jedes mal los.

es geht aber keine liebe, die lügt.

also lassen wir das. entweder. oder auch unser neuer arbeitsschritt, unsere notwendige klassenarbeit demnächst, jetzt, heute noch, *trotz allem,* nun erstrecht, gegen mächtig öffentlich ausgespreizt weltweit die kralle der eigentümer, wird verrecken in spott und schanden.

hier nun *max hodann.*

warum sage ich: er *hat es gewußt.* was hat er gewußt? er hat gewußt den zusammenhang von selbsttäuschung und katastrophe. und also hat er gewußt — und das betraf ihn, und das betrifft nun mich und viele andere — den zusammenhang von kommunistischem lügen und kommunistischem scheitern.

und
hat darin
gewußt: *das scheitern unserer revolutionären arbeit —*

für selbstbestimmung,
für zuallererst die selbstaneignung des menschen,
die kollektive produktion seiner selbst
in der voranführung seiner selbst
in die freie assoziation des WIR —
das scheitern dieser kühnheit, die es wagt, den flug ältester hoffnung auf menschenfreiheit bindend zu verbünden mit den gesetzen des steins, mit der trägheit im material — das lied zu verbünden dem schlag! — hodann hat gewußt: wo uns das zerbricht, da werden auf alle menschen verheerende erfahrungen zukommen, heute ergänzen wir zeitgenössisch: verwüstende.

das straucheln unserer schwierigen arbeitsschritte, die verrechnung, das selbsttäuschende, machteilige überrechnen des wirklichen materials in der eisüberzogenen wand — *ach unser schwindel,* das wußte hodann, wird der entscheidende beitrag sein zur stabilisierung des imperialismus, zum ausbau all dieser weltweiten nutzungen des todes; wird das tor aufstürzen für die freien einflutungen der weißen barbarei.

unser kommunistisches scheitern ist die voraussetzung zu unserer allgemeinen niederhaltung in vereinzelung.

allgemein sind wir menschen.

und noch etwas wußte hodann damals schon für heute uns. es ist zwar unsere vereinzelung die bedingung für den vollzug herrschender manipulation, aber das lügen vom WIR, unsere verschworenheit ohne eines jeden, ohne einer jeden entdeckende einarbeitung ins kritische selbstbewußtsein, was immer wir in unserer menschensache lügen, es magert uns aus. den feind des menschen, den einkäufer, macht es fett.

das ist erstmal der stand.

hodann hat das schon vor fünfzig jahren gewußt.

nun heißt es nachsitzen. lernen. ohne zu mogeln.

auf das komme ich noch unterm kurzsatz vier.

der marxistische psychoanalytiker max hodann geht durch die ganze große arbeits- und klassenbewegung der *ästhetik* als die gestalt einer zerbrechlichen wie unnachgiebigen wachsamkeit. als ein mensch, als ein genosse, am ende als ein zu tode verzweifelter mann, der gewußt hat.

um meinen ersten kurzsatz zu füllen, will ich aus der ästhetik jetzt nur den bereich hodann'schen wissens zitieren, der einem aus meiner generation — bei kriegsende eben noch nazisoldat; bei der befreiung eben erst sechzehn jahre alt — besonders wichtig sein muß; zentral wichtig hätte werden sollen schon vor fünfundvierzig jahren.

wie für ihn (hodann) soziales denken verbunden war mit individueller verantwortung, so war ihm auch eine stellungnahme nur etwas wert, wenn sie ihren grund im eigenen urteil hatte. gerade dieses land, das millionen menschen in den tod getrieben hatte, bedurfte jetzt derer, die des zweifelns fähig waren ... er konnte kein vertrauen aufbringen für die, die gewillt waren, die dogmen ihrer partei auf neue generationen zu übertragen, es durfte nach der befreiung nichts mehr von absolutismus geben. was kommen müßte, habe einzig eine epoche der selbstprüfung zu sein. geduld war erforderlich für die kommunisten, um mit kleinsten gruppen zu reisen, um sie aufzusuchen, in den wäldern, bei der landarbeit, in ihren baracken, an einzelne, die noch schwankten, lange briefe zu schreiben, ihnen den werdegang zu erklären ... (aber) hodann sah nur, wie auf die jungen leute eingehämmert wurde, was getan werden müsse, was sie falsch gemacht hätten, wie man ihnen ins gewissen redete, wie schon einmal, nur unter anderen vorzeichen. damals war es das verkehrte gewesen, jetzt sollte es das richtige sein, aber wie hätten sie dies unterscheiden können ... nur wenige äußerten, was wir alle doch wußten ... daß dieses volk, mit seinem kadavergehorsam, neben seinen herren, denen es die treue geschworen hatte, bis zu deren letztem röcheln ausharren, dann, wenn die stärkeren kämen, diesen zuwinken und ihnen seine dienste anbieten würde, als sei nichts geschehen. ekel überkam hodann beim gedanken an dies von grund auf verdorbene land.

so genau wußte max hodann *auch vom heutigen*, vom deutschen desaster; vom zusammenbruchs- und lügendesaster kommunistenweltweit.

auch heute, in meinem land deutschland, kann ekel aufkommen. so viel dummheit, so viel mächtige dumme zerstörungskraft, so viel unbrüderliches lügen und trügen. so viel lieblosigkeit des vergesens.

bei christa wolf, ich glaube, im *kindheitsmuster*, gibt es die notiz: *lieblosigkeit ist ein schauerliches geheimnis*. auch das wußte hodann.

oder ich sage es so:

ich könnte uns heute in manches deutsche zimmer bringen zwischen husum und konstanz, zwischen frankfurt und frankfurt, in einsame arbeitszimmer, in runde wohngemeinschaftsküchen, in die starrenden augenblicke einer frau, die ihr kind ansieht, eines mannes, der sich selbst ansieht, in die kammern der rätsel der ohnmacht, in denen, von jungen leuten, die fragen der emigration diskutiert werden. ekelentsetzt die erwägungen der flucht bei jungen leuten des widerstands, der selbstentdeckung, der emanzipation. was haben wir falsch gemacht.

aus hodanns arbeit lerne ich: wir wollten das schwierige subjekt nicht sein, nun sind wir das leichte objekt. auch nun wieder das objekt öffentlicher hatz. denn es werden verfolgungen einsetzen. sie setzen schon ein. und zwar, — durchaus mitverschuldet aus unsrer, kommunistischen, geschichte der vergeßlichkeit, der feigheit, des verbrechens, angeheizt von den medien tag und nacht, stunde für stunde, — setzt ein die uns deutschen vertraute verfolgung gegen marxisten, gegen den klassenwiderspruch *praktisch,* gegen den klaren aufständischen menschen, gegen simpel die lust des menschen auf seine befreiung. und an alles dumpf hin patscht die platte entstellung aus oggersheim.

hodann würde jetzt sagen: was in oggersheim nistet, das nistete längst auch in pankow.

dies dumme aus lügen sich mächtig machen, diese blase als scheingestalt, hat er bekämpfen, abwehren, wirklich auslernen wollen. das ging nicht. das hat ihm das leben genommen.

so ist das.

so ist das gefährlich, was wir am liebsten wollen. die sich endlich frei, mit allen, von gleich zu gleich, ihr leben nehmen wollen, nehmen manchmal am ende ihr leben sich allein.

ich wünsche mir daß wir uns entscheiden, von hodann zu lernen. beizeiten. um gemeinsam zu leben.

erstens.

jetzt zwei.

peter weiss wäre nicht erstaunt.

sondern, wie wir ihn aus seiner arbeit kennen, würde er heute parteilich mitarbeiten als kommunist im klassendebakel international. er würde die schande, unsere, die schweinereien, unsere, trug und jammer und wut, alles unsres, ansehen mit offenen augen. er würde nachsehen, nachgehen, nachfragen, nachdenken. er würde von sich, von uns, fordern, zu lernen, was los ist. er würde sorgfältig (bestimmt nicht ohne entsetzen) abtasten dieses wirre kippen der wirklichen fronten im sturm der militär- und industrieprogramme des kapitals. auch zu packen versuchen das wegrutschen aus den dünsten parteiförmiger angst vor dem menschen in zynisch das überlaufende wächtergelächter gegen das leben selbst.

denn das hörte er heute, wär er noch hier, denn das höre ich heute, auf deutsch, von alten genossinnen und alten genossen, nicht selten: *der mensch ist ganz anders, als wir mal dachten, seht euch das an, bierbrüllz und pope und porno und deutschlandlied — der mensch ist mies!*

was ist das aber?

sie haben als *leitende kader* den menschen schief gezogen, und nun rufen sie, peinlich empört: seht euch das an, das läuft schief! und das, schon wieder von oben herab, sie hatten noch nie die freude von gleich zu gleich, labern die, die vierzig jahre zeit hatten; die vor fünfundvierzig jahren endlich die macht sich genommen hatten (mithilfe von allerhand bruderpanzern ...), dem arbeitenden menschen wissen und lust zu machen zu sich selbst. aber sie haben ihn klein gemacht und dumm und feig. und nun macht er genau so seinen neuen schritt — ja, und sie auch: dumm und klein und feig.

(so machen es übrigens bei uns hier die großen medien längst. ich habe viel für die sender gearbeitet: jahrzehntelang trommeln sie dreck; dann schmeißen sie den so vertrommelten leuten scheiße zum fraß hin und sagen: so ist der mensch, das schmeckt dem affen. sieh mal die einschaltquoten! und zeigen auf ihn. und denken sich, aus dieser geste frech resignierenden wissens, flink entschuldigt).

wir sind aber nicht entschuldigt.

und flink schon gar nicht.

sondern wir sind verantwortlich, langsam.

wir kommunisten, klar auch wir kommunistischen schriftsteller, sind verantwortlich als die, die mutig und stolz und stur, auch unter blutigen opfern (unsere besten kollegen und kolleginnen sind opfer geworden; unsere schlimmsten kolleginnen und kollegen haben opfer gemacht; dochdoch: schweigen ist machen), gesagt haben, geschrieben haben, getan haben: uns menschen gehört die welt. wir nehmen sie in die hand. alle zusammen. wir machen es gut.

wir haben es aber oft schlecht gemacht.

also lassen wir mal das geheul gegen die, die dabei schlecht geworden sind; denen dabei schlecht geworden ist. seien wir jetzt mal nicht so von oben herab erstaunt.

peter weiss wäre nicht erstaunt.

er, wie *keiner* meiner kollegen im westen, hat solidarisch gegen das abwürgen, abwimmeln, abrichten unter uns kommunisten gestritten.

wo ich längst wütend aufgegeben hatte die hoffnung auf einen gemeinsamen kampf mit den frommen rechnern der engen büros, längst neue wege gesucht hab in der reinen lehre der kleinen, kämpfenden gruppe, da ist er, durch den dreck der denunziationen, durch den mief der angst, durch lügen und schielen und trott hin und her gereist, hat nicht locker gelassen, wollte *uns,* unsern internationalen kampf, unsere genauigkeit, unsere lust am lernen, *die nicht kapituliert.*

die hier versammelt sind, wissen, von welchem mut, von welcher hartnäckigkeit gegen kränkung, von welcher schönheit — o sehr begründeten schönheit! — des klassenbegriffs, von welcher strenge des lernens alle arbeitsschritte des peter weiss geprägt sind.

ich will aber sagen, daß es nicht nur gut, sondern wichtig ist für den neuaufbau unsrer künftigen kämpfe international, gründlich den ganzen prozeß unsres versagens *und* unsrer hoffnung noch einmal bei weiss zu studieren. besonders wichtig ist das, denke ich, für junge kommunistinnen und kommunisten heute in diesem deutschland, in diesem peinlich mächtigen deutschland, in diesem mächtig peinlichen täuschland. ich denke da an die (hoffentlich) vielen jungen leute in den vormals antifaschistisch denkenden ostprovinzen, die noch nicht fassen wollen, noch nicht einschlucken wollen den schnapp der dompteure, die noch zögern zu lernen die lügen der zähmung, die weisheit der feisten, die denunziationen der habgierigen, energisch kriminellen leitungsfiguren im benz, nach deren verheuchelter mitteilung tag für tag, allseits mediengestützt, der antifaschist erich honnecker nichts war als ihr mattes pendant: habgierig, kriminell, dumm. bei der lektüre von peter weiss' *ästhetik des widerstands,* also ohne beschönigendes lügen, werden sie kapieren, *daß das nicht stimmt.*

(aber warum schweigen in dem nun verkauften land die, die die verantwortung hatten? warum sagt nicht mal *einer*, warum sagt nicht mal eine scharf und treffend und also selbstbetreffend kritisch und also unter schmerzen und scham und stolz, wer er war, als er die leitung hatte, wer sie war, als sie die leitung hatte, in welchem land, im bündnis mit wem, aus welcher erfahrung, in welcher hoffnung gegen welchen rasenden feind? woher das schweigen? was denn haben die alten genossen und genossinnen, so nah dem tod, noch groß zu verlieren?)

peter weiss hat aus arbeitsgesprächen viele leitende parteiarbeiter persönlich gekannt, mit vielen gestritten. sie ernst genommen. ich zitiere aus den notizen.

ich versuche im gästehaus (des zentralkommitees der sozialistischen einheitspartei deutschlands) zu erklären, daß meine bemühungen um dieses thema (trotzki) nicht im widerspruch zu meiner sozialistischen parteilichkeit ständen ... es gab indessen nicht das geringste entgegenkommen in dem punkt ... trotzdem war das gespräch nicht von feindseligkeiten geprägt ... was den vertretern des politbüros in jedem fall deutlich werden mußte, war mein wunsch, trotz unserer verschiedenartigen grundeinstellung die hervorgerufene trennung zu überwinden.

in der misere sind
im gleichen elend
alle
in gleicher grundIdee befindlich

ich wiederhole das letzte lieber noch einmal.

in der misere sind
im gleichen elend
alle
in gleicher grundIdee befindlich

denn so ist das.

so ist das auch heute unter uns kommunisten.

sind in der misere — in gleicher grundIdee befindlich.
haben viel zu kapieren.
und was ist die grund'idee?

uralt die freude auf den menschen.
und entschlossen die feindschaft gegen die, die ihn kaufen und oder vernichten.

hier sind wir von altersher merkwürdig gewarnt. auch gestützt. das schlechte ende derer, die ihre *seele verkaufen,* droht durch alles erzählen der völker. das ist gut, und nicht schlecht, hätte mao tsetung gesagt (auch einer, den wir vergessen, verkaufen sollen). ein mensch sagt dem andren, durch jahrhunderte hin, singend oder flüsternd, bescheid: *verkauf dich nicht!* und wir, in der kommunistischen arbeit, wollen das künftig nicht flüstern, auch wohl erstmal nicht singen, aber bestimmt vernünftig laut öffentlich sagen. und die bedingungen dafür erarbeiten, die notwendig sind, um herbeizuführen, was wir alle brauchen: daß den eigentümern doch noch ihr menscheneinkaufen mißlingt; ihnen nicht nur auf die füße fällt.

so kommen wir zu meinem dritten kurzsatz, der hieß ‚*unser kampf geht weiter*‘, der jetzt heißt: unsere arbeit geht weiter.

hier zuerst gleich noch einmal peter weiss.

die amerikanische form des faschismus kann sich noch eine gewisse liberalität leisten. apologetische unternehmungen wie ‚freie presse‘, ‚freie meinungsäußerung‘ usw verbergen (aber) nur dürftig das darunter liegende muster der brutalen gewalt ...

sinnlos, überrascht oder empört zu sein über die unaufhörlichen gewalttaten des imperialismus ... wir leben im zustand des krieges. der kampf gegen den kommunismus wird mit äußerster perfidie geführt ... also davon ausgehen: es ist ein kampf um leben und tod. keine gnade. nur vernichtung.

das ist die harte klarheit eines schriftstellers in klassenkämpfen. (die ist auch heute von großer arbeitsbedeutung für die frau und den mann, die arbeiten wollen, die schreibend arbeiten wollen aus wirklichem am wirklichen wissentlich in liebe. — das ist eine arbeitsempfehlung — gegen blutzuber, treibeis und intimspray.)

in zwei weit voneinander liegenden notizen habe ich bei peter weiss eine konkretisierung dieser klarheit gefunden, die mich aus meiner geschichte besonders angeht, anrührt aus meiner arbeitsgeschichte.

die eintragung 1, aus dem jahr 1972, heißt:

es werden jedoch die reaktionäre nicht verhaftet,
sondern die revolutionäre

und weiss fügt in klammern zwei jahreszahlen hinzu: 1790 und 1972. und mir fällt auf: 1972 wurden gudrun ensslin und holger meins und andreas baader und jan carl raspe und ulrike meinhof verhaftet, auch irmgard möller und klaus jünschke und wolfgang grundmann und manfred grashof. alles menschen aus der *roten armee fraktion;* heute die einen tot, die andren auf den tod ihrer identität isoliert in knastsonderbehandlung; drei von ihnen sind frei.

aus der eintragung 2 legt sich mir nahe, daß peter weiss genau diese gefangenen von 1972 gemeint hat. die zweite eintragung ist von 1978 und heißt:

alle führenden als geisteskranke schildern
aber ihr system so tief in uns eingedrungen, daß auch wir verrückt sind. die einzigen, die sich wehren, sind die ‚terroristen'.
mit ihrer ‚vernunft' lochen die geisteskranken die vernünftigen, als ‚terroristen', ein —
gelächter

peter weiss kannte schon damals das gelächter, das heute um die welt schwappt gegen kämpfende menschen. und er wußte auch, daß es beim gelächter, sofern wir uns nicht wirklich totlachen lassen, nicht bleiben wird.

es könnte nun jemand mir entgegenhalten, dies zitieren sei der mißbräuchliche umgang mit den arbeitsnotizen eines kollegen, der unsere heutigen wissensdaten, zehn fünfzehn jahre nach seinen eintragungen, nicht mehr korrigierend, neues lernend, gar absagend, berücksichtigen kann.

und wirklich mag mancher sich fragen, was heute die politische position von peter weiss wäre, heute, in den zeiten zynischer abschwörerei, besonders findig wendig hoch oben in den feineren etagen der kultur ...

es kann ja, was wir täglich erleben, uns wirklich traurig machen und böse und matt:

: der genosse staatsgrenzer verkauft seinen bauchladen, stempel für stempel, an souvenirjäger am todesstreifen
: leninistisch vergatterte volksoffiziere treten an für eine natorente
: die großväter der betriebskampfgruppen zersägen ihre kalaschnikow zum anglersitz
: die bullen hüben und drüben schließen sich zu interessenverbänden zusammen
: und die stasi macht ihr großes geschäft offen auf den ausbeutungsmärkten der multis
: und die sed-eltern warnen den sohn, jetzt endlich die linken parteien zu meiden
: und die kämpfende schwester und schwägerin und tochter ermordeter antifaschisten hofft auf sozialpartnerschaft mit den vormals straflagerhaltern an main, rhein und ruhr
: und mischa wolf taucht ab, sagt kein wort zum internationalismus, zum antiimperialismus, zur (klassen-)vernünftigen solidarität, die ihn einsichtig einst (das vermute ich; das hoffe ich kommunistisch) verbunden hatte mit den ehemaligen genossinnen und genossen der roten armee fraktion
: und kein arbeiter kämpft um seinen betrieb gegen die deutsche bank
: und keine arbeiterin schnappt sich die knarre gegen das pack der erpresser
: und honnecker, *lächelnd*, berichtet *bild*, sagt im pfarrheim zum tischgebet leise *amen*
: und wenn jetzt in pankow das schulkind fragt: *mammi, wo ist denn onkel erich geblieben?* dann kriegt es aufs maul: sowas tut man doch nicht! nimm mal die hand aus der hose!

nein. ich weiß nicht, was peter weiss zu alledem heute sagen würde. ich habe ihn persönlich nicht gekannt. ich halte für möglich, daß er fähig war, über schweinereien zu weinen.

ich halte aber nicht nur für möglich, sondern ich weiß aus seiner getanen arbeit: die klassenkriegsgeschichte als nolens volens unser aller geschichte war für ihn nie schickes ereignis auf zeit, nie intellektuelles gewichs, sondern war sein prozeß, also angst und freude und schmerz, lernen und liebe, und wissen. und wissen und wissen. und schönheit. und wo es so steht — nein: so sich bewegt aus klassenkämpfen in eines produzenten kopf, da hat alles medienlügen vom klassenfrieden null chance; da gilt das gesicht des menschen; und der kampf, die arbeit gegen die, die ihre waffen gegen es richten.

und so kommt es zu meinem dritten kurzsatz, *unser kampf geht weiter*. unsere arbeit als kampf, unser kampf als arbeit; einfach die selbstrettung des menschen, gegen das pack, geht weiter. denn ganz simpel:

es geht noch immer, nein: nun erstrecht! um eigentum. mitten in der schreibarbeit *auch*.

es geht immer noch um die enteignung der produktionsmittel, positiv: um ihre selbstaneignung seitens der produzenten. mitten in der schreibarbeit *auch*.

denn das zentrale produktionsmittel —

das wird zu selten betont —

ist des menschen gehirn.

genau deshalb geht es längst um unsere enteignung — öffentlich mächtig rechtlich betrieben — in diesem bereich.

kommunistischer kampf, lieber sage ich auch hier: kommunistische arbeit geht immer — mal getrost, mal gefährlich — ums leben. das ist seine freude und das ist sein elend.

in kommunistischer arbeit gehts immer um die selbstaneignung des menschen.

selbst ist der mensch in seinem gehirn.

wer sich des menschen gehirn aneignet, der hat ihn. der hat den mann, der hat die frau, der hat das kind. der hat ihn entselbstet. und hat so, und das ist der liebste sinn der herrschenden medien, den kampf, die arbeit des menschen um sein leben, die kommunistenarbeit also, zerstört.

es geht der kampf ums eigene nur eigenartig.

sie wollen uns aber, sonst ticken bei ihnen die rechner ins leere, fremdartig, das ist: in ihrer funktion. einfach in der funktion ihrer geldvermehrung als ihrer machtvermehrung. das ist: in der funktion *gegen* selbstbestimmtes eigenartiges menschenleben. denn das, das wissen sie, tickt nicht mit; das geht ganz anders; unberechenbar; und dieser freigang muß weg. sagen sie.

aus diesem ständigen angriff auf uns ergibt sich unsere charakterisierung, die kontur des WIR. WIR sind die, deren gehirn sie noch nicht enteignet haben (das sind weltmassen!); die noch auf sich bestehen (das sind in den metropolen die bestimmten).

einer von den bestimmten wäre heute auch peter weiss. also wird auch er bald einer von denen sein, die sie so gern nicht mögen; sie werden ihn denunzieren. gehässig werden sie trachten, ihn ins vergessen zu drücken. so wird es, in zukunft erstrecht, drauf ankommen, daß wir uns nicht vergessen; daß wir es doch noch lernen, durchaus und genau wir schriftsteller auch, den enteignungskampf, den sie gegen uns aufbauen und längst führen, gründlich ausdauernd endlich doch wirksam schlau gegen seine urheber umzuwenden.

ohne zu lügen. viertens.

das ist schwer.

nach meiner erfahrung sind rettungen ohne zu lügen kaum zu haben. (eine zeile aus der arbeit des schwäbischen dichters christian peter mohn heißt: *keine rettung verliert das obszöne.*) als seien wir rettungslos, scheint alles retten in seinem grunde schon denunziert, verberge sich ins verbogene, verlogene.

was ist das?

es scheint der trug, eingeschlossen und allem voran der selbstbetrug, das ganz gewöhnliche mittel aller rettenden behauptung.

und zwar, das rettend richtige *behaupten,* das kann die lüge ja auch. allerdings, das rettend richtige *bestimmen,* das kann die lüge nicht. sofern wir das bestimmen nicht auffassen als ein befehlen, sondern als die klärende und (in aller vorsicht sei das hinzu gefügt) ordnende und (noch vorsichtiger) anwendbare entdeckung des wirklichen. kann sein der liebe. bis in den traum.

schriftstellerarbeit.

ein prozeß ohne ende: das rettende bestimmen.

selbst bestimmen.

selbstbestimmung ist ein prozeß ohne ende erstrecht. und aber wenn wir die selbstbestimmung nun auffassen als die rettung, die gelingt, als die rettung des menschen, die, gegen seine (beabsichtigte) entfremdung, *gelingen muß* — dann läßt sich nicht nur ahnen, dann wissen wir, wie genau hier jetzt es darauf ankommt, nicht zu lügen. es würde die selbstbestimmung als die selbstaneignung, auf die wir kommunisten doch alles setzen, im nur behaupteten gelingen zur aneignung einer lüge verkommen, deformieren zur selbstlüge.

sowas soll es unter kommunisten, auch unter uns kommunistischen schriftstellern, gegeben haben.

ich gehe weiter, ich erinnere noch einmal an max hodann, ich sage: an ihr, der rettenden selbstlüge vom gelingen, gar gelungen sein!, ist unsere erste sozialistische arbeitsphase der vergangenen siebzig jahre gescheitert. (hier lasse ich ein einziges mal aus, was wir kommunisten nie vergessen werden: gegen uns siebzig jahre erpressung und geiselnahme und mord und massenmord und geiselnahme und erpressung ununterbrochen. bis heute. der herren hausen kriminell gegen die befreiung des menschen. nein, wir vergessen das nicht. auch nicht beim nachdenken über das, was wir falsch gemacht haben. was wir zuschanden gebracht haben.

so. und jetzt reden wir weiter vom lügen.)

eine lüge unter uns kommunisten interessiert mich besonders, interessiert mich sozusagen mehr und mehr: die lüge vom siegen.

woher kommt die?

wohin damit?

manchmal wissen kinder bescheid, wo wir alten tappen. als meine kinder, vor zwanzig jahren, die internationale singen lernten, lehrten sie sich die alte gute sache ins richtige neu. sie haben gezwitschert: ... auf zum *nächsten* gefecht.

siegen ist kindern wohl fremd. sie haben lust auf die liebe, nicht auf die siege. sie seien gelobt!

aber wir?

auf uns ist gerichtet, aus eigentümerinteressen, ein siegesverlangen, das in bedrängnis sich enthüllt als ein todesverlangen. so unterm angriff, dauernd, der herrschenden gewalt ist es schwer, sich aufzustellen ohne das bild, den begriff, das ziel SIEG.

ist es nur schwer? oder ist es anders nicht möglich? ist das leuchtbild, die flammende rede, vielleicht nur das heimliche pochen vom sieg unerläßlich für die bewegung der kämpfenden menschen, unterwegs zu sich selbst?

harro schulze-boysen, unter den deutschen haken von plötzensee, wußte, er hat es zuletzt gesagt, der kommunismus wird siegen. und hans coppi wußte. und horst heilmann wußte. und hilde coppi wußte. und lotte bischoff wußte. —

und was wußte libertas?

und was marcauer?

und was die mutter?

und was also hodann?

meine erfahrung mit kämpfen und siegen sind sehr begrenzt. physisch mit leib und leben weit vorn im frontbereich war ich noch nicht. aber ich lebe schon ziemlich lange. und das war manchmal ein kampf, und ein sieg war das nie. eher so war es: die rede und auch die schreibarbeit vom SIEG machen nicht nur die stärksten kräfte los, auch die schlimmsten, die der zerstörung und selbstzerstörung. es scheint dem menschen — ich war, bestimmte arbeitsphasen ausgenommen, immer nah mit anderen unterwegs; daher die verallgemeinerung — es scheint dem menschen, aufs ganze, das ist: auf sein ende hin betrachtet; und wie dürften wir diese betrachtung vermeiden? — es scheint dem menschen das reden und denken in siegeshoffnung unbekömmlich. als überschreite er da sein maß, verdirbt der siegesgedanke die gestalt seines handelns. ich weiß noch nicht den kern der sache. aber ich weiß, daß anmaßung uns die arbeit versaut.

aus dieser erfahrung kommt meine warnung: unser kampf geht weiter, unsere arbeit geht weiter — *ohne zu lügen vom siegen*. oder er stürzt ab. oder sie stürzt ab. und aus unserer kommunistischen geschichte wissen wir nun wirklich allerspätestens jetzt: am lügen vom siegen kann man — und, ja, kann die frau — verrecken.

und doch –

vor augen täglich die bilder öffentlicher niedertracht — fällt es schwer, in der täglichen arbeit gegen das pack auf das bild vom sieg zu verzichten.

als kommunistischer schriftsteller sehe ich mich mit meiner arbeit (sehe ich auch die arbeit von peter weiss, heiner müller, christa wolf, franz fühmann, um hier nur die mir wichtigsten zu nennen) — sehe ich unsere arbeit als eine in sprachprozesse, sprachentdeckung, sprachschritte gewendete, also in schönheit auch konzentrierte teilarbeit im gesamtarbeitsprozeß, in der gesamtentdeckung der weltkämpfe gegen die eigentümerordnung. die häßlich ist. die falsch ist. erkennbar gegen den menschen. genau heute erkennbar.

(daß zur zeit viele weiße menschen des nordens diesem untatensystem sehnsüchtig zujubeln, spricht nicht gegen den fakt, nicht gegen die kennzeichnung —falsch—. ich habe als junge in hamburger straßen hunderttausende nachbarn deutsch sehnsüchtig den mördern zujubeln sehen. nein. sie wußten vom mord. wir wußten. alle. —

jaja, wir wußten nicht auschwitz. vielleicht. kann sein. aber wir wußten jede und jeder die lager nah, den mord in der region. wir hamburger sagten *kafu* oder *bergedorf*, die thüringer sagten *buchenwald,* die allemannen *heuberg,* die berliner *sachsenhausen, prinz albrecht, plötzensee,* und die münchener *dachau.* ganz klar. ganz frei und frech deutsch. ich war dabei. es war bekannt das unrecht gegen menschen. *aber:* das angebot der eigentümer zur teilhabe an der beute — *das* war die freude. am falschen. das hat aktualität. wer sich heute sein neues auto holt, der weiß nicht nur den tödlichen schaden, der weiß auch, der kann es ganz genau wissen, aus welchen konzernen die panzer bezahlt worden sind gegen die kämpfenden kupferarbeiter in katanga; und wer sich mal eben zum frühstücksei die jaffa greift, der weiß die rassenhatz, den kill gegen den palästinensischen bauern. aber: das angebot der eigentümer zur teilhabe an der beute aus hatz und kill — diese freude ist stärker, als das wissen vom falschen.)

wo so falsches bewaffnet uns gegenüber steht, offen gegen uns raushängen läßt den plan der vergewaltigung, der *multinationalen sicherheitskooperation* gen süden — moment —

meine rede von der *vergewaltigung* ist nicht etwa dichterisch frei nur ein treffendes bild für heute die imperialistische weltmachtplanung. es ist einfach auch genannt die wirklichkeit zu dieser stunde. vor tagen meldete in ruhe mir der deutschlandfunk in die küche: mindestens sechshunderttausend kinder in thailand, nur in thailand (wo sind denn im süden die us-europäischen konzerne *noch* überall die herrschende moralische kraft?) also allein im kleinen thailand sind zur zeit sechshunderttausend kinder in die prostitution geschickt.

und warum?

die eltern der kinder sind hungerarm. verkauft an nördliche konzerne, drehen sie dem mann aus bottrop preisgünstig den musikknopf ins ohrfett, fädeln der frau in kreuzberg das tangahöschen, spannen für den süßweißen bengel in butzbach den federballschläger. das reicht aber nicht zur begründung. der deutschlandfunk sagt: der weiße tourist hat angst vor aids. also fordert er in seinem fickurlaub von seinen vertragspartnern immer deutlicher, immer schärfer die *anlieferung von sauberem material.* in den einschlägigen journalen der weißen flüstern die anbieter übrigens schon von nicht nur der reinheit, auch von der *urtümlichen robustheit* sibirischer kinder.

dies zu der ‚methapher‘ von der vergewaltigung.

ich wiederhole nun den von mir unterbrochenen gedankenansatz: wo so falsches sich zeigt, sich gewalttätig gegen uns raushängen läßt, sicherheitskooperativ *gegen seuchen und terrorismus,* da fragt man, da fragt frau sich wohl, ob wir gegen das wirksam auf die beine kommen ohne die harte, große, enge rede vom SIEG? wie sollen anders menschen den mut finden, sich zu wehren, außer in der schönen zielsetzung unserer endgültigen befreiung?

es ist schön, das gelingen des menschen zu träumen gegen das gelingen der untat.

aber –

aus allein schönheit (und härte und strenge) ist noch kein mensch, noch kein ding, noch keine arbeit, auch noch keine absicht schon richtig.

bei aller schönheit (und härte und strenge) –

im traum des gelingens, des sieges hockt die tücke der behauptung von der *endgültigkeit* unserer befreiung.

wer so unseren traum packt, in unseren traum geht als in unseren weg zum sieg, den geht der traum, der ist gepackt, der wird verrückt. der produziert verrücktes unglück, die untat, unterwegs noch und noch. und mit der deutschen sprache ließe sich sagen: produziert aus träumerischer behauptung enthauptung konkret.

von was rede ich denn?

hintergedanken des lernens, bevor kommunisten jetzt weiterarbeiten. –

wir kennen jene wichtige arbeit des francisco goya. einer – ja. ein mann. – liegt hingeworfen; niedergeschlagen unter die eigenen arme. in seinem rücken erheben sich gestalten des grauens. ungetierschatten.

goyas titel für diese arbeit ist bedeutend zweideutig.

el sueño de la razon produce monstruos.

das eindeutig deutsch zu fassen, geht nicht.

el sueño, das ist im spanischen nicht nur der schlaf, es ist auch der traum.

so kann, was in allen deutschen ausgaben, die ich kenne, heißt: *der schlaf der vernunft weckt ungeheuer* – auch heißen: der traum von der vernunft weckt ungeheuer.

aus der französischen revolution und den ersten spanischen guerilla-kämpfen gegen napoleons besatzungstruppen hatte goya anlaß für genau *beide* gedankengänge.

und wir, hier heute, aus unserer neuesten geschichte, auch.

war das monströse lügen und nackenschießen in moskau 1937, war das große grubengraben im zwielicht der wälder um katyn, war das einmauern von millionen deutschen antikommunisten –
– aus dem schlaf der vernunft?

oder etwa aus dem traum von ihr?

kam das alles aus blutversoffener dämonie, aus psychotischer lust am knechten, oder etwa war das geträumt, waren das im traum geschaut die bilder vom sieg der vernunft, vom sieg der rechnerischen machbarkeit einer richtigen welt, also auch niedermachbarkeit der falschen?

ich will der letzte sein, der unsere vernünftigen kräfte denunziert. ich bin kein modist. das könnte den mördern, die gegen uns stehen, grad passen.

nein.

ich will uns aber warnen.

wir haben nie wieder den traum von unsrer befreiung zu nennen, ohne die ungeheuer auch.

aber desweiteren nie haben wir die ungeheuer zu nennen, ohne den traum von unsrer befreiung auch.

nein. wir sind nicht zu retten.

aber wehe denen, die aufhören, unsre rettung zu suchen, an ihr zu arbeiten, um sie zu kämpfen.

hier rühre ich an das, was ich genannt habe, fünftens, *es bleibt der schmerz.*

ich will mich dem nähern und weiß doch, es gibt keine brücken. gerade wir weiterarbeitenden kommunisten müssen uns dem nähern, und ich weiß doch, nicht viele von uns wollen mit. in den schmerz.

auch hier wußte peter weiss; wäre nicht erstaunt im zeitgenössischen schmerzenvertreiben, schmerzenfliehen, in den anästhesiekampagnen der märkte, auf denen sie menschen verhandeln, verwandeln in ware.

ich erinnere sie: eine frau hat gesehen, dahingetrieben, gepeitscht, den zug der gefangenen menschen, den wald, den schnee, in der erde das loch, ins kalte entblößt die menschliche gestalt, im rücken das ungeheure, das ungeheuer, der untaten untier, ledern metallisch ohne gesicht, die unfigur, die widergestalt der herrschaft, die heißt — — — nein: für die wir keinen namen mehr finden; die, wie die schriftstellerin karin boye bei peter weiss es sagt, *unser aufnahmevermögen übersteigt.*

peter weiss, in der mutter zu beginn des dritten bandes der *ästhetik,* läßt keinen zweifel daran: es gibt wirklichkeit, die uns, auch uns kommunisten, überwindet; die wir nicht mehr begreifen, greifen können.

das *ist* schmerz.

erstrecht für uns kommunisten ist das schmerz. denn wir haben die lust zu begreifen, um mit lust, was falsch ist, zu greifen, anzugreifen, zu ändern.

und also beginnt, im gleichen arbeitsabschnitt bei peter weiss, die liebevolle, schützende, ordnende arbeit zu beiden seiten der verstummten frau, der mutter. nicht, daß die beiden männer, der mann der frau und der sohn der frau, nicht schmerzen kennten, selbst hätten; aber sie bestehen darauf, daß uns der schmerz nie ganz hat.

und reißen nun durch die finsternis der verstummung den riß, den blick auf die, aus deren interesse, aus deren materiell rechenbaren machtmitteln das leder kommt, das metall kommt, die peitsche, der schuß, das gas: die untat.

die waffen von der ruhr, aus kassel und münchen und oberndorf — wie heute. das leder, die peitsche, der schuß: aus der planung von bank und chemie — wie heute.

sie möchten gegen das namenlose die wirklichen blutigen namen nennen. denn was keinen namen hat — das ist eine alte männerweisheit — das hat uns, das frißt uns auf.

und da ist ja was dran. sagt der mann.

aber sagt auch: wohin führt das, führen wir uns, wenn wir, was sich nicht finden läßt, seinen namen nicht hergibt, dennoch nennen, also falsch nennen und fürderhin, als in einen SIEG, laufen wir jämmerlich falsch?

ich frage mich manchmal jetzt ängstlich, ob denn etwa wir kommunisten unterwegs sind gegen schmerz und tod.

was gar nicht geht.

und machen also auf all unsern kampfwegen immer mehr schmerz, immer mehr tod — ?

was soll dieser unsinn?

ich meine den unsinn meiner frage. denn was denn wäre seit eh und je in unserer welt los, gäbe es in ihr nicht unausrottbar die, die heißen coppi und heilmann und dellwo und bischoff und hössler und meinhof und kuckhoff und stöbe und möller und hübner und weiss und mensch und mensch und menschen und menschen, die die verletzte welt wahrnehmen, nicht wollen, also *die* angreifen, die die verletzungen machen, wirklich machen den tod dieser liebsten einzigen welt? wir können doch freies leben von gleich zu gleich, die freude des lernens und das lernen der freude nicht runter*beten* in den vergifteten acker, in die verödeten menschenzimmer (und -betten!), in die verblödeten arbeitsziele und kindercomputerspiele.

wir müssen es machen.

aber: wer ist der macher, wer ist die macherin?

wer sind wir denn?

heute sind wir, auch wir kommunisten, leute, die wissen, die zu kapieren haben, daß uns menschen, also auch uns kommunisten, nichts unmöglich ist. auch das schlimmste nicht. keine widerlichkeit, keine niedertracht.

nichts.

wir sind so frei.

das kann stumm machen.

das ist, spätestens ab jetzt, der schmerz in der arbeit. die wir für richtig halten. die wir nicht nachlassen werden.

peter weiss konnte noch, als er vom menschenabschlachten zu reden hatte, vom horror der entstellung, den namen *babi yar* sagen. wir kommunisten heute, wir antifaschisten heute, wenn wir von menschenverachtung und blutrausch, vom untier zu reden haben, werden immer *auch* den namen *katyn* zu nennen haben. und wer die *stammheimer morde* weiß, der hat von nun an gefälligst zu wissen *bautzen.*

seit wann ist das so?

seit eben erst jetzt?

wir konnten es früher nicht wissen?

ich sage zu mir, und ich sage es vorsichtig auch zu der arbeit von peter weiss: doch. wir konnten es früher wissen. wir wollten es lieber nicht wissen. oder nicht so laut. oder es wissen — und schweigen. *denn alles sollte gehen gegen den infernalischen feind!*

alles?

da geht das mit der lüge dann los.

ja.

nichts ist unmöglich.

auch uns nicht.

das ist der schmerz, der bleibt.

und ich füge dem jetzt hinzu: der bleiben soll.

schmerzlos wären wir harm-los.

das sind wir nicht.

einfach, weil es ums leben geht.

(1-11-90)

wir sind überall

1. Frage: Künstlerisch stimme ich Ihrem Text* voll und ganz zu und über weite Strecken bin ich gebannt von der expressiven Kraft Ihrer Beschwörungen, um Gleichgesonnene um sich zu scharen. Was aber, wenn sich außer Schalck-Golodkowski, Markus Wolf und Egon Krenz kein anderer bei Ihnen meldet?

2. Frage: 1968 gab es einen Bruch in Ihrer Vita. Weshalb schieden Sie als Herausgeber des „Kürbiskerns" aus?

3. Frage: Sie haben die Existenz der DDR mit Sympathie begleitet. Jetzt gibt es sie nicht mehr. Fehlt Ihnen nun was oder sehen Sie den Untergang der DDR wie viele andere an als die gerechte Strafe für begangene Verbrechen?

4. Frage: Sie leben heute in Dollart an der Nordseeküste. Ist das Ihr Fluchtnest?

5. Frage: Sie nennen Ihre Prosa: „Wir erklären die Feindschaft". Wen meinen Sie mit „wir"?

6. Frage: Weshalb haben Sie sich nach anfänglichem Zögern nun doch bereiterklärt, mir einen Text zu schicken?

1. warum sollten antikommunisten sich bei mir melden? bei mischa wolf rätsel ich noch. der wußte mal, daß krieg *ist*. der wußte mal, daß auf tod und folter gefahndete militante internationalisten, daß praktizierende antiimperialisten, samt fehlern und irritierungen *selbstverständlich, das ist: klassenverständlich* von uns geschützt werden, die chance kriegen fürs lernen ... aber er schweigt. ich rätsel. sitzt ihm die angst auf dem maul? das ist nicht gut. kommunisten können auch aus der illegalität klipp und klar das ihre sagen. und tun.

im übrigen: *bei mir melden* ist eine falsche perspektive. stellen sie sich vor: wir melden uns beieinander. längst. von poznan über parchim und pirmasens bis porto. wir sind nicht blöde. wir lassen uns im schlamassel nicht allein. wir haben lust. gegen das pack. jetzt erstrecht. wir sind viele. aber stimmt schon: es ist eine bürgerliche eigenart, sich einsam zu fühlen, darin besonders, fein gehoben, dunkel. das macht den pfiff. im wald.

2. das freie kommunistenwort, gegen die panzerweisheiten, für den freien kommunistischen prozeß, war uns verboten worden.

* nd-interview, die rede ist von dem romanfragment „wir erklären die feindschaft", vgl. hier S. 279 ff

von führungskadern, die sich inzwischen, schon wieder weise, das Rot vom blazer putzen wie einen falschen fussel.

3. ja. mir fehlt was. auch wenn ein genosse zusammenbricht als lügner und verbrecher, fehlt er. auch wenn eine liebe sich verkauft, fehlt sie. auch wenn ein wissen zur blockade verkommt, fehlt es. gegen — eben in dieser nacht! — das händereiben der multinationalen mörder brauchen wir den genossen, die liebe, das wissen. das ist doch einfach.

4. ich zahle am dollart für ein haus mit obstbaumacker zz 228,- kalt. für das bekomm ich in meiner heimat hamburg noch nicht mal eine versiffte wg-kammer. und: ich mag die fülle der stille. woanders hör ich oft meine stimme nicht. woher sollte ich aber arbeiten, wenn ich meine stimme nicht mehr hör? und auch aber: es geht keine flucht in deutsche dörfer. da ist kein frieden. da sind verblödung und unrecht und kummer offen, die tägliche mißhandlung, *die nutzungen des todes*. nest? bestimmt. wo immer ich hause, egal wie arm, schlag ichs mir erstmal warm aus.

5. uns. ich kann uns nicht alle nennen. sind viele. nicht umzukippen in die allgemeine verkaufe. einfach sorgfältig in arbeit ums leben. man wird noch (viel gutes) von uns hören. manchmal hört man schon was — aus einem gebirgswald, aus einem knast, aus einer kirche, aus einem fischerboot, aus einer redaktion, aus einer schlachterei, aus einem kinderzimmer, aus einem zelt in der wüste, aus einem labor der pathologie. aus meinem pflaumenbaum den gesang des hauptschülers ubbo gegen den altnazinachbarn. wir sind überall. wir freuen uns.

6. ich brauch das geld. erstens. und: ich möchte gern eine gute arbeitsverbindung zum ND. und: ich fand es richtig, daß mein zitat *wir erklären die feindschaft* genau zum krieg, zu diesem gottverfluchten krieg der entsetzlichen bourgeoisien, öffentlich wird. im vergangenen sommer habe ich gezögert, weil ich nicht gern teile rauslaß aus einem ganzen, das es noch nicht gibt.

(14-1-91)

brief im krieg*

(28-1-91) liebe. wir danken dir für die übersendung des berliner materials. ich muß dir sogleich dringend dazu ein bedenken sagen.

: es fällt uns leicht zu verstehen, klarzumachen, zu hassen, daß der imperialismus, dies pack der eigentümer, ‚seinen' rohstoffen auch künftighin und ja längst nachzujagen, sie zu gewinnen und sich einzukrallen trachtet mithilfe von menschenmassenvernichtung. unser feind, *aus materieller gesetzmäßigkeit (nicht aus irgendeiner dämonie des bösen;* so auch wird unsere kraft gegen ihn materielle gewalt sein und nicht, trotz seiner schönheit, der lichtblick des guten menschen ...), funktioniert aus kill. anders geht ausbeutung nicht. — zieht nun dieser feind in den krieg, um selbständige rohstoffproduzenten ‚in ihre schranken zu weisen', ihnen ihr recht auf die selbständige verfügung über die rohstoffe zu zerschlagen, sie zu binden, sie niederzurotten, einfach zu töten massenhaft, dann ist der, dann sind die der imperialen vernichtungsplanung ausgesetzten menschen die unseren. noch und nochmal und ohne wenn und aber: die unseren. sind WIR. geht, sage ich, der angriff der killer wirklich weltweit gegen uns. — so sind wir — und wir wissen warum: da die menschenausbeutung international funktioniert, wird unser kampf um den selbstmächtigen menschen international sein — so sind wir internationalisten. auch genau jetzt. genau heute. entweder oder. die barrikade hat immer nur zwei seiten. ‚es gibt keinen freundlichen dritten platz zwischen mündungsfeuer und aufschlag.'

ABER WAS IST DAS?

genau heute kommt aus dem irak die stimme: *ich* habe das öl ins meer gedrückt. *ich* werde israel vernichten. *ich* habe für diese vernichtung chemische und biologische und atomare sprengköpfe bereit ...

und dazu, auch heute, jetzt eben, die stimme der plo: erhebt euch, kämpft für den irak, für ‚die ehre' des irak.

das heute. soeben. (und aber auch: längst wissen wir vom massenmord an den irakischen kurden, von folter und mord gegen irakische kommunisten, jahr um jahr um jahr ...)

WAS IST ALSO LOS?

auf beiden seiten der barrikade durchgeknallte massenmörder?

* dieser text richtet sich gegen ein linkes flugblatt, das einseitig zu einer parteinahme für den irak aufforderte.

auf welcher also aber arbeiten dann wir kommunisten?
auf keiner?
doch: auf unserer. denn es ist der kill hier gegen den kill dort ein kampf *auf der gleichen seite der barrikade.*

auf unserer seite, auf der es um den entwickelten freien menschen *geht, gibt es nie massenmord, nie folter, nie gas gegen kurden und juden. also niemals ‚solidarität' mit einer von diesen sachen! niemals. morden brennen und vergasen auf ‚unserer seite'? da brauchen wir dann gar keinen kommunistenkampf mehr. nichts mehr. sind wir einmal mörder, brenner und vergaser, dann können wir schwarz alles weitere fahren lassen — unsere freude, unser wissen vom menschen, unsere kenntnis von wirklichkeit, unsere lust aufs viel bessere* — alles. weg damit (hier genau solidarische grüße von tapp, kamalatta 40/41, und von uwe kock und anna, kamalatta 493-495!) — wenn das nicht ab sofort in unseren kämpfen — na gut: in unseren kampfpapieren — unübersehbar bitter mit freuden klargemacht wird, können wir unseren kampf ebensogut auch ab sofort beenden. *wir hätten den menschen nicht mehr zum ziel, sondern, per lüge und blut, die macht über menschen, wie das pack. nicht mehr freude wär ‚unsere fahne', nicht freies lernen, die selbstermächtigung kollektiv von gleich zu gleich, nicht einfach die schönheit, von der wir geheimnisvoll immer wissen, wäre unser gesicht, sondern blind die maske aus haß, die verzerrung, die niedertracht des unterwerfens — wirklich die fratze, der feind.*

unter welchen umständen, drohungen, abscheulichkeiten auch immer — es gibt keinen sieg unserer menschensache in der gestalt von massenmord. furchtbar, wer sich abgibt aus seiner geschichte, *aus seinem liebsten begriff — ‚um der sache willen'. ach, furchtbare feigheit der straightness!*

nein.

unsere, die internationale front verläuft nicht zwischen bourgeoisie und bourgeoisie, nicht zwischen dem mörder aus fort bragg und dem mörder aus bagdad, sie verläuft, da wir kommunisten sind, da wir die befreiung des menschen wollen, wirklich wollen müssen gegen die barbarei, zwischen mördern und menschen. es ‚nützt' in den künftigen unvermeidlichen weltweiten klassenkämpfen kein pakt mit irgendeiner seite der macht (wir beiden sind grad alt genug, blitzartig die momente der klassengeschichte zu nennen, in denen, um kampfeskraft zu behalten, die partei der massen paktiert hat mit den mördern — bis eben heut zum zusammenbruch all ihrer apparate —

bis in frischen verrat jeder gegen jeden!)

nein.

es nützt allein unser pakt massenhaft mit uns selbst, mit international unverbrüchlich den arbeitenden und entrechteten und lebendigen leuten, also mit der klasse.

ließen wir uns, dem entgegen, erpressen in die ‚solidarität' mit killern, rissen wir all unseren künftigen kampf (schon wieder schon wieder!) nieder in den dreck, wirklich nur noch in den grund und boden ihrer zerstampfungen.

(und nun? habe ich auch dich verloren? habe ich? das kann doch nicht sein! — aber doch. es kann. uns armen menschen ist nichts unmöglich.) c.

winterdeutsch

ich will dieser flugschrift ein motto mitgeben. die bewegung aus einer niederlage.
franz jung hat sie aufgeschrieben in den klassenkämpfen der deutschen zwanziger jahre.

Sie atmeten alle noch nicht.
Sie gingen in die Stube, in den Winkel,
wo es dunkel war, und nahmen sich bei der Hand.

winterdeutsch
jarama zwo elf neun drei
ihnen den widerspruch erweisen
jetzt erstrecht
*der eiserne schuh**
flugschrift nummer zwei

1

(zwei vorbemerkungen. erstens: dies hier ist mein versuch, unsere freie kommunistische situation zu kennzeichnen, darin ein erstes ziel zu nennen mit zeitbestimmung. ich denke, ohne scharfe zielauffassung jetzt und darin uns bindenden zeittakt gehen wir vor die hunde, die weißen. wir hassen die. aber ein haß, der sein ziel nicht weiß und pünktlich packt, geht sich selbst an den hals. zum kotzen. und dann zum sterben. zweitens: ich höre, hier in der nähe in den ersten diskussionen um die endfassung dieser arbeit, daß mit dem text ich mich mehr denn je zuvor öffentlichem gelächter aussetze. wir haben überlegt, woher meine lächerlichkeit kommt. es sind, finden wir, die ohnmacht und die vereinzelung, in der ich arbeite. der gesang vom brunnenboden hinauf hinauf fern in den roten stern. in der isolation können liebste gedanken zu traumtänzen sich verzaubern. und zauberei, klar, uns kommunisten ist die lächerlich. also müssen wir mehr werden, viele, vernünftig wie vergnügt. die sache und der traum. dann gehts. — und aber wir haben auch

* friedrich hölderlin, in seinem frankfurter plan zum EMPEDOKLES, notiert dort im letzten satz ‚die eisernen schuhe (des furchtbaren wanderers), die der feuerauswurf aus dem abgrund geschleudert hatte ...‘

diskutiert aus dem text den sound der anmaßung, der selbstübertreibung. ich möchte den nicht. ich bin nicht verrückt. und doch und doch schwingt er sich manchmal hoch auf den zaunpfahl und kräht und kräht. der hühnerhahn vor der schlachtung. sehr allein. nicht schön. vielstimmig brandend unser konzert wär mir lieber. das ist klar. und da setz ich also aufs gekrächz gleich noch eines drauf: krächzten wir endlich doch massenhaft, wären wir doch hunderttausende im weißen europa der killer, die endlich sich anmaßend übertreiben, *antreibend fest verbunden in lernen und handeln mit den kämpfenden menschen jenseits der miesen paar metropolen* — klar wär mir wohler. aber so ist es noch nicht. es ist noch verteufelt still um den lebendigen menschen. also fang ich hier meins mal an. mit allen fehlern. meine hoffnung und mein wissen von uns.)

2

gegen das, was auf uns zukommt, uns schon verrechnet, uns schon feindlich getickt umstellt, sind der kampf für das selbstbestimmte wohnen, sind das exemplarische zündeln und rauben, sind das rasche einsame töten, sind knastbesuche und zeitungenmachen und bücherschreiben und filmedrehen und jobberschulen, sind studieren und demonstrieren und kongressieren, sind reisen nach cuba, manila und kurdistan
schon was
schon was.
sind aber, denke ich, doch noch nicht *das.*
nicht das, was den mördern und mörderinnen im hause das lachen austreibt, ihnen den atem nimmt. *es fehlt* dem allen *das ausgearbeitete ziel und, von uns organisiert, der zeittakt, es zu erreichen.*
ich sage nicht, daß etwa ich weiß, wie uns alles ab jetzt bestens gelingt. aber ich sage, daß ich das lernen will, zusammen mit vielen. jetzt erstrecht. *ihnen wirksam den widerspruch erweisen grenzübertretend.*
ich weiß, wenn wir es richtig machen, dann wird unser widerspruch viele gesichter haben. immer unser gesicht. verbindlich einsichtig organisiert, weil bedacht und beschlossen, von kinderzimmer bis zu depot x, von knast bis kirchenkeller, von pripjet bis porto in vielen tätigkeiten *ein* ziel: unsere entdeckung von gleich zu gleich gegen unsre zertreibungen und zuschüttungen aus ihrer macht.
wir wollen nicht mehr ihren deal.

wir sagen nein.
und wir wollen es lernen, das zu tun, was wir sagen.
aus der negation in die position.
ich träume das leicht.
ich fasse das schwer. ich bitte die leserinnen und leser, nicht die geduld zu verlieren. vielleicht schimmert im dickicht was durch. im geschrei ein gesicht. im knoten das messer.

3

oder so: laßt uns, damit sie uns nicht immer weiter wegwirren (und oder gar weggirren) in einzelschrott, in den trug ihrer geschickten verohnmächtigungen, ein genaues ziel setzen und die zeit bestimmen, in der wir es erreichen wollen. mein ziel heißt: PKK, unsere freie Permanente Kommunistische Konferenz zur erarbeitung der bedingungen unserer gegenfront gegen den fetten europatanz 92/93. meine zeitbestimmung heißt: ab 21. januar 1993 sind wir grenzüberschreitend, rot europäisch, in aufmerksamer verknüpfung mit dem kämpfenden trikont, organisiert aus bestimmtem wissen; in vielen eigenartigen tätigkeiten, einander kenntlich an der entscheidung *jarama*, der feind unserer feinde.
wie das denn?
wir kriegen das raus. oder sie kriegen uns
warum *jarama*?
was ist der 21. januar 93?
das kommt genau weiter unten.

4

wir sind umstellt.
bis mitten ins maul mauern.
das geht nicht. das geht nicht so weiter. wir müssen unser wort zunander hin freikriegen. *auf ins offene*. frei sprechen. vom feind sprechen. und von uns sprechen. und wohin mit uns. jetzt. endlich. im destaster genau. wir müssen, auch die eine ganz allein, auch der eine ganz allein, anfangen auszusprechen, was wir wissen, was wir wollen, wann, mit wem. offen unterschreiben. es ist an der zeit. es ist an der zeit, einander erkennbar zu werden. auch auf gefahren hin *ins wort gehen*. es ist an der zeit. weg mit den blockaden. es ist nicht egal, ob wir es sagen oder ob wir es flüstern oder ob wir es schweigen oder ob wir es schreien oder ob wir es schmeißen

oder ob wir es schreiben oder ob wir es schießen.
: die todfeindschaft und die freude.
: unser ziel in der zeit.

5

kein denksystem, kein handlungsvorhaben faßt den menschen so folgenreich gemein, so dumm und so falsch wie das denksystem und das handlungsvorhaben der bande des ausbeutenden eigentums.
was aber, wenn dieses system, aus historischem verlauf, aus der aufdeckenden logik seiner abalternden ausarbeitungen, nun auch noch todkrank ist?
was ist seine „krankheit“?
wirklich, neuerdings noch einmal toll erhoben, ist der kapitalismus kauend der kretin als das inferno; tief idiotisch ratlos in allen wichtigen dingen unseres lebens ist er nur noch die lüge.
lüge ist der ausdruck einer krankheit.
(seht ihn euch an. abend für abend. aus tücke marode. ich muß keine frau nennen und keinen mann. es sind aber name und anschrift bekannt.)
egal, was sich auftut, in erscheinung tritt, kühn oder wüst, falsch oder schön — das pack an der macht weiß keine antwort mehr als den kauf; die organisation der vernichtung glatt. sein vernichtungswille fällt zwar zuletzt immer auf die eigentümer selbst, die richten ihn aber soeben noch einmal über uns plump gegen uns auf. *sie denken uns als eine ware* zu verhandeln, als ihre ware transnational. *das* denken ist der ausdruck ihrer tiefsten erkaltung. allerdings kalt verrückt in blitzender bewegung, in hitzigem anritt an alles, was lebt. und allerdings, soeben, nach vierundsiebzig jahren würgetritt brandritt weltweit, jauchzend der sturz der opfer dem pack vor die hufe. alle unsere kämpfe um das gesicht des menschen stürzen in diesen tagen ins kalk ihrer flächen. ach, sonnig der siff ihrer fälschung, samten die pest ihrer macht, lüstern die hitze ihrer gewalt.
das ist ein ekel jeden tag.
das ist auch aber die chance. deutlich die letzte, aber deutlich eigenartig frei jetzt besonders *unsre*.
die wir nicht kennen?
wir werden uns kennenlernen.
oder sie werden uns unser gesicht zerschlagen.
unser gesicht ist ihr feind. es hebt den eignen blick. es sieht, wer

wir sind wo. es sieht uns in feindes land. es sieht genau hin. es faßt sein ziel auf.
also brauchen sie uns blind.
wir sollen nicht sehen den kauf, das grauen, die lieblosigkeit: unsere entwürdigung. (denn es geht ohne liebe keine würde; das gilt übrigens auch für noch das härteste moment in den von uns aufzubauenden kämpfen.)
sie wollen uns heimisch im unheimlichen, brauchbar gelöscht, fremd verfügbar in ihren nutzungen des todes. wir wollen uns aber genau so nicht; genau so uns nicht fügen. was aber wollen wir denn?

das über uns gegen uns fiebert wirr. gesindel des unsinns. wirr — mehr wissen sie nicht, mehr wissen sie nicht — faselt sich das die welt in den deal; einzig ins warenhaus weiß.
das geht nicht. geht nie.
kein warenhaus, keine lagerstatt, keines ihrer vernichtungsprogramme faßt uns ganz.
wir leben.
wir sind unberechenbar.
aber wir sind erst unberechenbar, sobald wir uns entschließen, genau zu rechnen.
wir entschließen uns.
erstaunlich.
unnachgiebig.

6

wie in den februartagen
jarama zwo elf neun drei
der ganze fluß gehört uns

kein deutscher herbst
geschenkt
wir fahren schon winterreisen

laufen uns warm
arm ins kalte geredet
aber es brennt

die damen und herren
von glashaus zu glashaus
werfen das netz

fischin aber und fisch
eisloch bis salzwüstentümpel
lernen sich selbst lernen

gegen knoten und strick und haken
die zange den sprung
stille und

die geduld das signal den kuß
oder wir fallen in sand
an schenkelstulpen ans messer

7

wollen wir lieber einfach reden?
ganz einfach?
einfach *viel gut* den *fight?*
power durch die mauer hafen bleibt?
huba huba aus lall mach knall?
nein.
das. wollen. wir. nicht.
mal schluß mit der lutschergrammatik.
mutter und vater sind tot.
das ist gut und nicht schlecht.
das ist die schwierige chance zur umsicht ins wirkliche verhältnis.
jetzt sind wir, in aller anstrengung und auf allen umwegen, selber dran. wir sind allein.

8

(bürgerliche verhaltensforscher haben einst käfigaffen und käfigäffinnen ein bündel bananen, ein leuchtendes, ein duftendes, den gegenstand der allerliebsten sehnsucht draußen vors gitter gelegt, auch stangen zum angeln der affenhand, der äffinnenhand zugeschoben (alle stangen ein bißchen zu kurz). und aber frei hinten fern leise haben sie die große käfigtür aufgeklappt.
von tausend affen und äffinnen einer, vermutlich eine, konnte, einsichtig weitsichtig mutig, so frech wie diszipliniert, sich entschließen, vom stangenangeln, vom reißen und schmeißen und gitterbeißen, von ach unserem liebsten kürzesten weg zu den zielefrüchten abzulassen.
bitteren herzens heiter tickte nur einer, vermutlich nur eine, den

richtigen weg, schaffte, gegen den schnellen schnapp, die harte perspektive der wirklichen konstellation, zielgewiß den weiten umweg, weit von der frucht weg zur frucht hin. die andren alle blieben eifrig ach geifrig am gitter kleben, schließlich erschöpft verklammert, dumm selbstmitleidig verjammert, *power durch die mauer, viel gut,* banane *bleibt!*)
wir müssen viel klüger werden.
wir lernen unser lied als eine arbeit.
wir lernen unsre arbeit als ein lied.
ohne eile nicht aufzuhalten.
oder es siegt die canaille, die nichtswürdigkeit.

9

‚wer denn — wir —?'
wir haben keine lust mehr auf dummlinke abfragerei. sie kaschiert nur kaum, auch in hannover kaum noch, auch in freiburg im breisgau kaum noch, und in der wohlwillstraße schon gar nicht mehr die abmattungen der immer feineren kämpferinnen und kämpfer.
oder es sagt uns jetzt mal *nazim hikmet,* wer WIR sind:
es darf keinen einzigen menschen mehr geben, der hungert. keinen, der arbeitslos ist. keinen, der nicht schreiben und lesen kann. keinen, der vor dir oder vor mir angst haben muß. jeder soll essen und trinken, lesen und schreiben und es sich nach herzenslust gutgehen lassen können. das alles wird bestimmt möglich sein. (und ich ergänze sofort: wird bestimmt möglich sein *massenhaft arm, wir alle.* erstens. und ich ergänze, ausführlicher, zweitens: wir wollen das möglich machen, jetzt an die arbeit gehen, ohne nun nochmal und nochmal und nochmal auf die weiße deutsche betriebsarbeiterschaft *zu warten.* (wer von ihnen den kampf aufnimmt in lernen und tätigkeiten, der sei, die sei, die alle seien unverbrüchlich gegrüßt *als die unerläßlichen.* das ist ganz klar. aber auch ist ganz klar:) wenn irgendeiner in den vergangenen hundert jahren seine klasse verraten hat, wenn irgendeine in den vergangenen hundert jahren ihre klasse verraten hat, dann dieses fleißige völkchen. und so macht das kaputt seinen weg kaputt. anpassungsgeil schlau schamlos nagt das abend für abend sich seine weiße *grundversorgung* ein, haßt *offen* den kampf des menschen um sich selbst. beliebig wo. (ach leipzig — geschenkt!) neulich in einem hamburger krankenhaus: im fernsehzimmer elf deutsche männer, alle schwer krank, draußen hart frost. die abendschaukamera draußen fährt tausend

wartende menschen ab, schwarze und weiße und braune, alte und junge und kinder und wickelkinder. in einer viele-stunden-warte-kette stehen in hamburg und starren all diese menschen um ein obdach, um asyl; viele ohne mantel; alle ohne dach. im freien frost weiß die freiheit. dann schnitt — es kommt ein bus. noch einer und noch einer. die reise in ferne provinzen des landes beginnt, pommern, brandenburg, emsland.
die läßt du am besten zufuß marschieren. das reicht dann schon bald.
alle (in worten: alle) stimmen dem todkranken (blasenkrebs) fachmann zu. nachbarlich deutsche fachkraft insachen *todesmärsche*. nun mach ich geschrei. nun schließt sich um mich ein ring aus eiter und blut und blödsinn, aus feindschaft. mitten im sterben der haß auf die rettung des menschen. und ein prostatakrebs im joggingkleid signalfarbenflott packt mich am hemd: *und du hörst hier jetzt mal ganz fix auf mit deiner humanität!*
nein.
sondern anders.
sondern ab sofort, genossinnen und genossen, organsieren wir ergreifend angreifend unsere humanität gegen dies weiße gesocks. nein, sie sind nicht opfer. sie sind erwachsen. sie sind verantwortlich. *sie wollen den kill, so lange sie was davon haben.* (und eben genau auch aus dieser geliebten verkauftheit werden demnächst in den metropolen der unterwerfung, aus den weißen stämmen der lüge berufsarmeen aufgestellt und trainiert werden, lechzend sattgefressen geballt die stoßtruppen der verblödung, aus schottland wie aus der rhön und aus der toscana, aus riga und rönne und bad reichenhall und von rhodos, aus ost und west nördlich wirr die untäter aus automaten, hochgelobt blind ihre tötungsbereitschaft auf höchstem zivilisatorischem niveau, *eine errungenschaft, in der viel mühe und viel zeit steckt, in der der raum für zivilität durch anstrengung erobert und verteidigt werden wird, diesseits von gut und böse.*)
in den angezielten zivilitären zweidrittelgesellschaften der weißen herrenmenschen (und damenmenschen) wird es hinlänglich ärmste geben und dümmste und kälteste auch, ihre verkommene wut, ihre giftig verwendete knechtung und demütigung. und so wird von (nun also wieder!) st. petersburg bis lissabon, über berlin, london, paris und madrid, jedes land sich leicht seine hundstruppe aufstellen können, fit für jede *mission*, für jede *multinationale expedition*, männer (und frauen) lustlos böse schick für jeden bluttum zu haben, zu jedem profitkill

bereit, dumpf gespannt auf jedwede gewalt; feindlich gegen das freie gesicht, gegen alles, was noch lust hat, was aufsteht.

manchmal springen schatten voraus
stolpern aus dem versprecher verbrecher.

inzwischen sind ihre verbrechen an uns versprechen.
sie sagen öffentlich männlich gewiß die gruppengewalt, die sie treibt gegen die schönheit der freien gestalt, *gegen den menschen, der kommt.* sagen ihren entschluß: bis an die zähne bewaffnet die vergewaltigung: grenzenlos ‚die völkergemeinschaft' des nordens, die weiße des mordens; gegen den rest der welt sondereinheiten, besonders geschickt gegen den untergang der herrschenden klasse, die ihrerseits panisch längst weiß, daß ihr nichts mehr gelingen kann, nur noch mächtig die selbstvernichtung: *die moderne.*
vor monaten, zwischen florenz und bologna, fuhren mit mir im ic-café italienische fallschirmjäger in urlaub. ich habe mir notiert, was da saß.

das kann ich sehn
es lacht der tod

in jeans ein kirschenmaul
das leder blauer augen
glänzet filz

greift glatt
aus kurzen händen ferkelei
mir nah ans herz
nackt hackt
feixt trab
sein kleiner tritt
tanzt mir die zunge ab

schwarz zerrt der vogel
schwingt mein blut
vom trassenstein nach oggersheim

lacht mir der tod
das kenn ich schon

für uns kein guter anblick, sondern das schauerliche, die feindschaft; vergeilt in die aggression der angst gnadenlos scharf der weiße mann krank; sein traum vom stoß, dem nichts widersteht; dem flüchtend zuerst, dann flehend, im ende stumm alles anheimfällt.
fällt wer denn was denn fällt?
die folter ist der fall.

wir wollen es anders. verflucht anders. den fluch über das. wir wollen uns alle von gleich zu gleich frei. wir wollen uns *möglich sein.* der weiße rest lebt gefährlich.
ende der zweiten zusatzbemerkung zu *nazim hikmet.*)
wir werden uns bestimmt möglich sein.
die das wissen, die das bestimmt wollen und zusammen bestimmt weltmöglich machen wollen, *das* sind WIR.
wir werden uns über uns freuen. die liebe. stell dir das vor. so einfach. die liebe, die weiß. stell dir auch das vor. so ungeheuerlich schwer.
: sie treten uns in das gesicht. *das* sind wir.
: wir sehen das ganz genau. *das* sind wir.
: wir stellen uns hin. *das* sind wir.
: wir zielen. *das* sind wir.
das ist bitter.
das wird das leben sein, süß die schönheit.
wir sagen *jarama, das* sind wir; und was daraus folgt. und was daraus folgt?
die antwort ist länglich, etwa wie leben so ungefähr.

10
was wir wissen, was wir wollen, wann, mit wem.
oder wir fallen ans messer.
wir wissen *jarama.*

in den schneestürmen des winters 1936/37 kämpften am fluß jarama, nahe madrid, spanische frauen und männer, seite an seite mit den internationalen roten brigaden, unter den allerbittersten bedingungen eine offensive der faschisten nieder; den mordplan der eliten des kapitals. später ist diese gute kampferfahrung über grauenaufreißende niederlagen in unsere zukunft geschleudert worden, in schweres lernen (und scheußliches lügen); ist aber aufgehoben worden in einem wichtigen lied.

und einmal dann
wenn die stunde kommt
und wir alle gespenster verjagen
wird die ganze welt
zur jaramafront
wie in den februartagen

das war damals eine nahe zuversicht. das ist heute, wenn wir unsere situation richtig verstehen, eine ferngreifende einsicht in das notwendige jetzt.
der mordplan der eliten des kapitals jetzt hat neue dimensionen.
es sagen die damen und herren das öffentlich so:
der freie markt ist eine errungenschaft der menschlichen zivilisation ist die neuordnung der kulturellen verantwortung ist die kooperative mobilisierung gemeinsamer menschheitsinteressen. visionär wird von nun an weltweit präsent sein präventiv aus dem krisenbewußtsein die wehrhafte zivilität der menschlichen überlebensgemeinschaft. in einer einzigen weltinnenpolitik reicht moskau die hand zum globalen bündnis gegen seuchen und terrorismus gegen hungersnöte und drogen und gegen den bruderzwist der unterentwickelten massen im süden. spezialeinheiten auf höchstem sicherheitsniveau hochflexibel nach außen und innen sind bereit den anpassungsprozeß im kopf durchzusetzen und ihn umzusetzen in den waffengang die mission die expedition die intervention die kampagne den chirurgisch sauberen eingriff supranationaler kompetenz.

sie sagen scharf was sie wollen.
was sagen wir schärfer?
sie werfen offen das netz, sagen nackt ihr profitinteresse als ihr unterwerfungsinteresse. das ist zum einen das einfach nur alte, böse klasseninteresse der eigentümer multinational; in seiner imperialen tötungsbereitschaft freilich noch nie so durchsichtig deutlich, so deutlich ins laszive enthemmt wie jetzt. aber das ist zum anderen, kompliziert verlogen, dumpf gedopt, das mischinteresse der metropolenweißen des nordens insgesamt. (japan, mitten dabei, sorgt längst sich in seiner geschichtslosen rackerei um das weißeste weiß, das es je gab.) dies ausgedummte herrenblutblond packt nun in einer letzten, platt pornografischen herrschaftsgeste den riemen gegen den rest der welt, gegen den riesenhaften lebendigen rest aus hunger und stolz, aus klage und arbeit und wissen und tanz.
so treten die weißen ins beben.

sie wissen, der mensch gegen sie kommt bestimmt. so oder so. (und kommen nicht nur zu paar zig tausend die handvoll vertäuscht nach bari. sondern kommen einfach viele millionen, frei entsetzt; *im recht im recht tritt auf den plan die gepeinigte und beleidigte ahnung des weltmenschen von sich selbst.*
das ist ein hunger!)
und wir kommen wie genau wann?
lügen oder rackern oder töten weiß
oder
tanzen und hungern und messern und arbeiten *uns*?
es ist nicht mehr viel zeit.
wo, genau tätig wer mit wem, ist unser platz zwischen massenvernichtung und menschenkämpfen?
das weiße pack öffentlich täglich sagt seinen frontaufbau, einfach den aufbau der weltgeschäfte, darin den weg der verkauften, oder auch den für die, die sich nicht verkaufen. entweder billiglohn mit beuteanteil; oder die löschung.
und tun das auch schon.
und wir?
sagen von uns und tun täglich öffentlich endlich was?

wir, bald, *das schlage ich vor,* das will ich, quer durch alle erschöpfung und wirrsal und denunziationen, sagen jetzt öffentlich, ein für alle mal, den aufbau der gegenfront an. und tun den auch. *ohne panik in von uns bestimmter zeit. jarama.* menschenwelt, die sich nicht kaufen läßt. ab januar '93, mitten in ihren gemeinen feiern, sind wir soweit, frei grenzüberschreitend, diszipliniert verschworen vergnügt WIR, *von eisloch bis salzwüstentümpel* (es gilt sprachen zu lernen, genossinnen und genossen!), *siempre internacionalistas!* bis ihnen das lachen vergeht.
das werden ersteinmal winterreisen sein hier rings in der weißlichen feindlichen heimat, neu gefaßt genau gepackt vielförmig verknüpft zielbewußt geführt *der rote faden europa.* das und nur das, schlage ich vor, ist unser nächstes und unser einziges und unser liebstes ziel ab jetzt.
(denn auch wenn das eben nun krumm und dumm und versaut und verdorben und verraten durch alle straßen, in die märkte der herren- und damenschaften trabt (und getrabt wird), *wir haben unsere erste liebe nicht verlassen* (offb 2.4). da hätten wir uns ja selbst verlassen. da hätten sie uns. sie haben uns aber nicht. nie ganz. egal wen sie fangen und töten. das ist das gute.)

wir
aufbau
gegenfront
wo denn
wieso denn
    oder wir gehen drauf
    so einfach geht das

    klar schneesturm
    wir laufen uns warm

    weit winterreisen
    mitten in feindesland

es pocht
die asche auf meinem herzen
sagen in flandern
gegen den feind
zueinander nele und ulenspeegel

11

überall wo ich war mit *kamalatta* und *dissonanzen,* überall zwischen leer und lindau, hüls und hof, sind frauen und männer, die sagen, die hocken, die wüten und wühlen: *so nicht; so ohnmächtig machen wir nun nicht mehr weiter.*
aber was machen wir wirklich?
schon haben wir verstanden, daß es nicht reicht, die negation bloß zu denken, zu reden, zu schreiben; erst der *getanen* negation (zur rechten zeit; und gar nicht beliebig das mittel!) erschließt sich die neue position.
ja.
wir haben lust auf die neue position. unsere.
wir passen auf.
wir lernen.
wir wenden
auch noch den flug der asche
mitten ins ziel.

12

ziel ist wichtig.
und die zeitbestimmung, es zu erreichen.

kein produktionsprozeß —
und das sind immer hervorführungsprozesse, herausführungen;
also ist produktion
auf allen ebenen
genau das, was wir wollen —
kein produktionsprozeß, und erstrecht der wichtigste,
unser liebster nicht, der prozeß der befreiung, geht ohne scharfe zielsetzung und ohne zeittakt gut. erst auf das erkannte und deutlich genannte ziel hin werden am produktionsgerät uns die hände sicher. ich denke an viele geräte, an viele hände, an vielgestaltige produktionen. manche sind einfach. manche sind schön. manche sind schwer. manche sind widerlich, nur notwendig. manche sind falsch, nur dumm. manche beängstigen den einen und aber machen die andere besoffen.
das sind widersprüche.
produktion geht nur aus widersprüchen.
steckt darin.
was nun?
in widersprüchen, obgleich sie im produktionsprozeß der kostbare kern sind, haben sich schon ganze generationen von genossinnen und genossen gegenseitig totgeschlagen. es geht aber auch anders? wo uns gemeinsam ein geliebtes ziel klar ist, endlich klar genannt, gut verstanden und kühn geküßt (doch, das geht!), da haben wir, denk ich, das sicherste mittel gegen totschlägerei, *gegen den tuschelsiff straight, dies elend der linken abstecherei.* unser jammervolles wegrutschen eben jetzt in lauter feigheit und faulheit und mystik und denunziationen, ins nägelbeißen und haaredrehen und menschenzerfleischen, all diese weltweiten schweinereien wie kleinereien unserer, ja genau unserer linken tage und nächte, hätten viel weniger chance, wären wir alle klar kühl erfreut auf unser gemeinsames ziel unterwegs und aufs ziel hin treu verabredet grenzenlos in verbindlich getickter zeit. (oder würden denn etwa wir eben jetzt, sommer '91, tuscheln und tasten und tratschen, streiten, abstreiten, drehen und wenden die geisterpapiere aus loch oder loch oder lochte, wenn wir, gemeinsam tätig streng pünktlich heiter in guter aussicht auf unser aller befreiungsziel hin grenzüberschreitend schon unterwegs wären? da hätten wir besseres zu tun als uns abzutanzen und oder anzupissen insachen gefangenschaften, *denn da wäre die befreiung aller gefangenen, mit ihnen zusammen!, sowieso im zielkonzept ganz vorn mitten drin jeden tag und jede nacht* — was denn sonst?) aber wir haben dieses zielkonzept noch nicht klar. und drum blödeln wir bloß, knödeln ziellos weißlich sehr häß-

lich unser straightes tam-tam, einer gegen den andern ... laßt uns also einander arbeitsbereit unser liebstes ziel nennen, zielen verschworen.

alles tränennebel? suffschatten? lügendunst?
gar kein rotes ziel mehr in sicht?

ich sehe dein gesicht. und deins. und deins. (und deins lieber nicht.) und deins. und meins. und aber ihr feixen, die kralle, den *haken*, den *strick*. ich sehe unsere lust und aber ihr lügen. ach, irgendwo irgendwo irgendein irgendein einziges kind hat recht hat recht gegen die herrschenden plagen! und aber wir hätten dieses recht nicht? plötzlich alles verdreht und verraten? kein recht mehr auf sättigung?
ach, was!
auch wenn unter uns in dieser ganz weiß verdorbenen zeit viel geweint und gerotzt und geglotzt und auf die augen geprügelt wird — in der hauptsache dürfen wir schleunigst nicht länger blind sein. aus der hauptsache zeigt sich das ziel, für das wir gemeinsam aufstehen, für das einer den andern, eine die andre aus unsinn und unglück hievt, wir einander nun nicht mehr loslassen: aus der *hauptsache klassenleben international* zeigt sich das ziel unserer feindschaft und einfach das ziel unserer freude. aus der gewaltigen *menschenlandschaft* unserer freude spreizt sich dumm ihre maske aus kill. und aus den kammern und kellern der löschung unauslöschlich erhebt sich unser gesicht.
es ist für den kampf des menschen um sich selbst, für den kampf, der sich heute deutlicher denn je als notwendig abzeichnet auf den brand- und schandstätten ihrer menschenmärkte, es ist für die *arbeit ums leben* zentral, daß wir unsere ziele genau und unverbrüchlich kennen und einander nennen. das ziel unserer freude: arm eigentumslos unser freies leben weltweit von gleich zu gleich; und das ziel unserer feindschaft: die macht der eigentümer über den menschen, über fisch und vogel, licht und stein. (und in alledem ihre macht, uns zu belügen, wir seien in ihren strotzenden erniedrigungen glücklich satt. wir sind es nicht! es ist massenhaft mitten in den metropolen ein hungern und frieren ums leben, aus ihm ein kaltes verrücktwerden in immer lebensgefährlicheren formen. an unserm hunger wird man uns erkennen? an unserem hunger werden sie verrecken! das ist ein schöner gedanken. aus dem stehen wir gerne auf, von grund auf vom grunde aus gründen. klar, kühl und erfreut. *die internationale aus hunger*.) es tickt. wir rechnen genau.

13

(die zielbestimmung und in ihr die zeitbestimmung ist lebenswichtig für den fortgang einer freien produktion, für den produktiven gang der befreiung. aber: *ziel- und zeitbestimmung werden lebensgefährlich,* buchstäblich mörderisch falsch (wir roten wissen das spätestens jetzt; aus eigenem mord aus eigenem mord ...) *in ihrer aufrichtung zu heilsgewißheiten.*
nichts wissen wir heil.
die klarheit der freude aufs ziel hin ist kein trip; kann aber, anmaßend faul, sich dorthin verstammeln und so allen menschenprozeß, der in seinen entdeckungen und entfaltungen widerspruchsprozeß ist und unermüdlich korrektur, uns tödlich verrammeln.
wahr und endgültig heil geht gar nichts.
mit all unserm mut, in aller trauer und hoffnung und klugheit bleiben wir immer im bruch.
alles ziel, das wir angehen und erreichen, ist immer nur teilziel. von zielbestimmung zu nächster zielbestimmung das risiko bleibt: am zielort jedes mal die neuen fragen und fragen und plagen und plagen, das neue lernen der schritte. auch, ja, der schrecken.
(wer endgültig heil ankommen möchte, der muß das kreuz nehmen und hängen.)
wo wir ankommen — als revolutionäre kommunistinnen und kommunisten — genau dort werden wir auch wieder aufzubrechen haben.
prozeß im bruch ist der prozeß im aufbruch; das lernen unserer selbst, das nie dichtmacht. und das ist *das lernen in tätigkeiten.*)
(ich lese eben in einem buch aus der haute savoie das zitat aus der arbeit eines malers, eines freundes lenins im moskau unserer ersten sozialistischen revolution: *Das Kunstwerk ist nur ein Innehalten im Werdenden und nicht ein erstarrtes Ziel.* das ist gut. und ich füge, aus unserem heutigen erfahrungsstand, gern hinzu: wir revolutionären menschen sind ein kunstwerk, sind keine schraube!)
aber was tun?
ich schlage vor, wir schnappen das ziel in der zeit, wir bereiten vor: *jarama zwo elf neun drei.* und tun das dann auch.)

14

ich denke, der mächtige countergang europäisch, sein mittentritt herrenhaft deutsch, braucht von uns her, mit lust und liebe pfif-

fig bestorientiert, treffend die rote europäische antwort. braucht, sage ich mit freuden, als könnten wir alle schon fliegen, den gründlichen aufbau *jetzt* der roten arbeit international; braucht, quer zum blutigen markt, den roten menschen von land zu land (doch doch. wir sind immer noch überall. seht doch die angst, die sie vor uns haben! ach, überall gegen uns ihre gesetze der angst!); braucht die frau und den mann, den körper aus uns, der vielgliedrig aufsteht, der die schlachter und lügner, die lügnerinnen und schlachterinnen nun gar nicht mehr und immer noch gar nicht mehr haben will, sie austreibt. mit offnen augen. ruhig. freundlich verschworen. haßerfüllt langfristig arbeitsfähig. unablässig. ohne zu mogeln.
jarama zwo elf neun drei.

15

den fluß jarama nennen und die zahl zwo elf neun drei, das ziel in der zeit, heißt nicht nur (gern) den sturz der steine nennen, das fluten ohne umkehr, das licht im grund, und im uferdickicht unseren ruf; den fluß nennen und die zahl — das konturiert auch, nicht ohne bangnis, den begriff des notwendigen als den notwendigen begriff. den dürfen wir keinesfalls wegdrücken. auch nicht wegtanzen. sonst verliert unsere arbeit ihre ausdauer und ihre klugheit. sonst verlieren WIR.

aus fluß und zahl der weiterführende begriff, über das zeitzielsetzende weit hinaus, heißt, aus all dem, was, vernünftig erfahren, jetzt von uns zu durchdenken ist und dann also zu tun ist, so: gegen die hochorganisierten ausbeutungsabsichten und unterwerfungsbereitschaften und tötungsrituale der transnationalen eigentümerklasse denken und handeln, heißt *grenzüberschreitend den internationalen klassenkampf denken und tun,* ach denken und tun über künftige generationen hin das massaker ums klassenleben als unseren kampf gegen die verrückten. heißt wirklich bitter auf leben und tod *ravensbrück gegen multi,* wir gegen die, endgültig. (ja. doch. *unumkehrbar.* ich habe das korrigiert.) heißt jetzt wörtlich fassen, begreifen und aufnehmen das nun radikal *letzte gefecht* langhin langhin ... wir arbeiten unsere liebe welt entweder in unser aller freies leben, oder bald zerkippt sie tot in das gemüll der verfluchten.
das zu denken, verletzt zunächst einmal scharf eines jeden nor-

malen menschen freude, unseren friedlichen menschensinn simpel.
aber und dann?
auch ich kann das ungeheuerlich finden, *den weltkrieg der klassen,* den kampf der unversöhnlichen interessen, und kein ende in sicht ...
aber sind was denn wer denn die ungeheuer?
die, die den menschen transnational lebenslänglich tötlich erpressen (doch. auch genau hier im nördlichen weiß: den arbeitsmenschen in folgsame dummheit, in diesen medienfolgsamen kretinismus (und der ist bald wieder blutig gehorsam bis in jeden schnee, bis in jeden wüstensand!) zu pressen, heißt ihn töten.)?
oder sind ungeheuer die, die sich hinstellen, die frau und der mann, zur befreiung aus diesem terror international?

wir stellen uns also ungeheuerlich hin.
jarama zwo elf neun drei.
und aber dann?
egal, wie ichs dreh und wende (oder ich lüge mich an), *es geht* auf der welt in der anführung der ereignisse, in ihrer hervorführung, ihrer produktion, *nur das eine oder das andere, das mencheninteresse oder das kapitalinteresse. die lust zu sein entweder oder der zwang zu haben.*
hier die vermittlung reden, frieden schmieren, lügt, schwankt zu tode, rutscht in vernichtung.
kein kompromiß.
so hart.
so die bangnis.
so der notwendige begriff aus der begriffenen notwendigkeit.
entweder *wir* werden untergehen; manchmal eine noch, manchmal einer noch aufrecht einsam erschlagen, erwürgt, weißlich gelöscht; fast alle wir anderen aber niederverwandelt in die ware, von der uns gesagt und gesungen ist, wir kauften sie, — oder *sie* werden untergehen; am erwiesenen widerspruch; *am widerspruch, den wir ihnen erweisen.* so, denke ich, ist es recht. das leben, das zu sich selbst will, hat recht.

und was recht hat, hat macht?
noch längst nicht.
aber macht, kollektiv organisiert, seine kämpfende arbeit, seinen arbeitskampf zu sich selbst; wird sich haben von gleich zu gleich vielfältig frei im prozeß eigenartiger produktionen. die noch

niemand kennt. den noch niemand kennt. den wir wollen. die wir wollen. jede sie selbst, jeder er selbst, als WIR selbst.

das ist eine hoffnung?
laßt alle hoffnung fahren
quer durch feindes land
auf euch zu!
jarama zwo elf neun drei.
(woher die zahl?

16

am einundzwanzigsten januar siebzehnhundertdreiundneunzig, das ist der 21-1-93, das ist *zwo elf neun drei,* wurde in europa ein könig in klassenkämpfen totgeschlagen. in vorlaufender erinnerung faß ich es gern knapp so: EUROPA 93. der herr war erwischt worden auf transnationalem schlich, auf der reise zu oben den sicherheitskooperationen gegen unten den aufstand. ein guter tag. herrschaften stürzen. *zwo elf neun drei.*
wir lernen aus der geschichte.
wir kennzeichnen unsere künftige europäische klassenarbeit aus unserer europäischen klassengeschichte. unsere geschichte, denn das ist die geschichte einer befreiung, ist für uns lebenswichtig.
so werden auch wir aufmerksam die reisewege beachten, wachsam die lügenwege, flink den schlich der herrschenden klasse transnational.)

ab ende zweiundneunzig alle grenzen europas offen durchtickt vom interesse der mörder? so wollen sie das. wir wollen es anders: ab einundzwanzigsten januar dreiundneunzig, still gründlich vorbereitet (das sind heute noch schöne siebzehn arbeitsmonate, genossinnen und genossen), alle grenzen offen für unsere arbeit; gegen ihr feiern unser losgang von pripjet bis porto (das geht über parchim und pirmasens); mitten im weißen feindgebiet multi-europa unser menschenarbeitsanfang deutlich rot: *jarama zwo elf neun drei:* der fluß und die zahl. sie sind die kennzeichnung unserer absicht und unseres wissens.
der fluß, weil wir den sich ausweitenden prozeß wollen permament, und die zahlen, weil wir, wenn wir nicht, konkret und tag für tag, sorgfältig rechnen, scheitern werden.
wir wollen nicht scheitern.

das gehört mitten in das ziel der liebe.
aber was tut die liebe?
gegen knoten und strick und haken lernt die liebe die zange, den sprung, die stille, die geduld, das signal.
und den kuß. man (und frau) will es nicht für möglich halten. aber wir werden auch das noch lernen: uns, ganz ausdrücklich uns selbst, für möglich zu halten.
(es ist eine der wichtigsten funktionen der herrschaftsmedien gegen uns: wir sollen uns, abfällig entweder oder entsetzt, unmöglich finden.)
laßt uns jetzt daran gehen —
endlich; es ist an der zeit; *die ebene* liegt furchtbar frei; soeben werden über weite flächen europas die organisierten arbeitsabsichten der kommunisten mal wieder verboten; nun denn; nur zu; jetzt erstrecht —
laßt uns jetzt daran gehen, eine arbeit zu entwickeln, aus der wir uns über uns selber zutraulich sind; einander arbeitsschritte zumessen, deren maß aus uns kommt und sonst nirgends her; aus unsrem wissen, aus unsren verlusten, aus unsrer lust aufs ziel: menschengesichter frei!
entweder wir sind uns selbst die zuversicht, das unergründliche gesicht der notwendigen möglichkeiten, oder wir lassen einfach mal all unser radikales reden und denken und schmerzen und kerzen und legen uns hin in den weißen tritt und lassen uns ficken. *wie das gesetz es befahl.*
nein.
sondern viel lieber stehen wir auf. auch im dunkeln. auch im kalten. freie kommunistinnen und freie kommunisten (endlich gibt es die wieder weltweit; eigentümlich neugierig unterwegs winzig!) laufen sich warm, tauen sich selbst die fenster auf, lernen den tollen ausblick, die eigene sicht, unser gesicht: die freude. und, ja, die fremde.

dort hinter finster schwerem gebirg
liegt das land der sonne brach

und sie meiden ganz selbstverständlich selbständig unfromm die innenhöfischen gebetsrundläufe tröstender oder und klagender betrachtung. trachten nach wirksamer tätigkeit. in fester absicht weitsichtig. ohne aufsicht. denn nur *nichts* sieht auf uns herab, genossinnen und genossen. oben ist nichts. nothing. *nobodaddy*. (auch nicht oben gefangen. WIR sind gefangen, und wir befreien uns. es ist unten das eine und es ist unten das andre.)

unten bestimmt sind knoten, strick und haken. aber unten, bestimmt, sind wir.
wer ist das jetzt wann wohin mit wem?
ist die zange, die packt, die vielseitig führt, die schneidet. ist der sprung, der zersprengt, licht reinläßt, rettet. ist die stille, die konzentriert aufs ziel, auf die bedingungen dorthin. ist die geduld, die lernt, die weiß. (die was weiß? die ungeheuerlichkeit.)
ist das signal, auf das wir zu achten haben, die warnung und die eröffnung.
und der kuß?
ist das geheimnis.
aber ich will das konkreter sagen.

(19-8-91)
(streikende kumpel mit panzern zurück in die sibirische kohle jagen, das hat mit sozialismus, das hat mit unserm gesicht, mit unserer freude von gleich zu gleich kollektiv, so viel zu tun wie schwarzkopfs killing computer mit freiheit. es sind menschenverächter mächtig unterwegs. die hassen wir. so geht unsere arbeit weiter. die will, die erarbeitet sich jarama, quer gegen gespenster, gegen die machteliten aus mördern; gegen den packt von pack.
ja.
alles noch unser anfang.
sachte die lust auf unser ziel nicht aufzuhalten.
unser prozeß im bruch.
wir fangen ihn an.)

17
klar. konkret.

und einmal dann
wenn die stunde kommt
und wir alle gespenster verjagen
wird die ganze welt zur jaramafront
wie in den februartagen

hier ist die rede von *unserer* stunde.
das ist die stunde ohne gespenster.
das ist die stunde von ganzer welt.
menschenstunde.
gegen das arme sausen der toten.
und so schlage ich vor, wir fangen unsere stunde jetzt an.
für diesen anfang, denke ich, nehmen wir uns zeit, bestimmte

zeit, begrenzten zeitraum, von uns bestimmt, die zeit von nun an bis zum 21. januar 1993.
was geht in dieser zeit?
(wer geht?
warum du, du bist doch schon alt?
wer sonst?
denn wäre ich auch schon nah am tod, es wäre, stell ich mir vor, ein übles sterben, so ratlos die wegknickende verbiesterung unterm hecheln der herrschaft. das freisterbende auge des menschen, wenn es denn mal so weit ist, hat, denk ich mir, lust auf den blick ins ganze; ist neugierig auf noch deutlicher mehr; sackt nicht matt ab, sondern hebt sich frei auf. *alles los alles los!* und zuletzt, nach regenstürzen, hielte es ausschau, obs endlich doch hell wird bei uns. (keine befreiung geht ganz ohne ein lied von *baal.* * *)*
also hell. jetzt erstrecht.)

18
ich schlage vor, wir bereiten uns ab sofort (deutscher herbst mal ganz anders) koordiniert vor auf eine, unsere, bewegliche konferenz international. das ist eine konferenz in *verschiedenen regionalen zentren europas,* permanent über genau ein jahr, vom 21. januar 1992 bis zum 20. januar 1993, mit inhaltlich genau verabredeter, gemeinsamer bestimmung, parallel an acht oder zehn europäischen plätzen, in von uns gemessener zeit, punkt für punkt *auf beschluß hin nach vorn,* unsere Permanente Kommunistische Konferenz. PKK.

„was ist das denn woher denn?"
„das klingt ja besoffen!"
kann sein. das ist aber nüchtern *das nur erste moment* des jetzt notwendigen. ich denke dem notwendigen nach und stelle mir vor, stelle uns vor: es finden sich alsbald, sehr alsbald, hier im großen vaterland, zehn mal zwei leute zusammen (quartier und küche für 20 leute zusammen weiß ich), am besten jedesmal eine frau und ein mann, also zehn mal eine genossin und ein genosse, zwanzig leute mit sicheren krankschreibungen und guten papieren und guten sprachkenntnissen; ausgestattet, aus dem interesse ihrer zusammenhänge, mit geld für 50 tage weit reisen (nicht

* der junge bert brecht, in seinem ersten stück, gibt dem sterbenden baal als letzten satz: *ich horche noch auf den regen.*

auto; da stehen dann die personalausweise immer gleich vor der tür) und wohnen und essen und trinken satt. diese so befähigten (wir haben unter uns stabile genossinnen und genossen (ich kenn tatsächlich für jede sprache schon mindestens eine und oder einen) mit russisch, mit dänisch und spanisch und kurdisch und türkisch und englisch und französisch und italienisch und niederländisch und griechisch und portugiesisch und schweizerisch) treffen sich in verabredung auf ein politisches arbeitspapier (*zum beispiel* (in worten ZUM BEISPIEL) meine vorschläge in puncto kommunistische arbeitsthemen jetzt, weiter unten), stimmen die es enthaltenden konferenzarbeitsthemen ab auf *ein* gemeinsam begriffenes und beschlossenes papier (ca zehn seiten), übersetzen das in die sprache des jeweiligen reiseziels und reisen los.
sie sind vorbereitet auf das zusammentreffen in der ihre sprachkenntnisse betreffenden region mit bestimmten freien kommunistinnen und kommunisten, also menschen, die noch nicht gekippt sind. sie lernen einander sorgfältig kennen, frauen und männer, hoffentlich junge *und* alte. sie führen den diskussionsprozeß in den 45 tagen so konzentriert, daß sie erstens von dort was lernen, daß zweitens am ende der diskussionswochen drei oder fünf oder fünfzehn menschen *dort* die konferenzvorbereitung, anhand der themenverabredungen, für ihre region anpacken. menschen, die wollen, so wie die angereisten, wie also wir es auch von uns wollen, daß von januar 92 bis zum januar 93 die fragen, die problemfelder aus dem arbeitspapier, dort und dort und dort und dort, *beschluß- und organisationsfähig* diskutiert und ausgeklärt werden.
sind diese reisen gelungen, werden ab anfang 92 überall in den jeweiligen regionen diese beratungen, wirklich täglichen arbeitskonferenzen, PKK-konferenzen, beginnen; thema für thema, neun monate lang, stur und unermüdlich, *denn ein ziel soll erreicht werden.*
dann ist september vorbei.
von dann an treffen sich bis januar aus all den regionalen konferenzen beauftragte an einem ort, ziehen die gesamtsumme all der gruppenarbeiten, erarbeiten aus ihr ein neues *europäisches manifest freier kommunistinnen und freier kommunisten.* das ist ein analytisches wie heiteres wie haßerfülltes arbeitsheft für künftiges europäisches arbeiten, oder sag ich mal: für unsere *erste* europäische arbeitsphase zum sturz der ausbeutenden eigentümer. erstens. und zweitens werden, zeitgleich mit der vielsprachigen veröffentlichung des neuen manifestes, also am 21-1-93

(zwo elf neun drei ...) kommunistische tätigkeiten ganz verschiedener art vorgestellt und eröffnet in den verschiedenen regionen, tätigkeiten eigener art, aber alle *langfristig langfristig* organisiert auf die machtfrage hin; rot oder weiß; der mensch oder seine verkaufe. oder, in zeit und ziel, unsere permanente kommunistische konferenz (PKK) nochmal so: am 21. januar 1993 gibt es öffentlich quer durch europa mehrsprachig ein büchlein, das mitteilt, was wir nun gar nicht mehr wollen und warum nicht, und mitteilt, was wir bestimmt wollen und warum; und nach und nach *wie*. und sagt gründlich das vernünftige wie lustige wie haßerfüllte denk- und erfahrungs- und hoffnungsgesetz dieses unseres kollektiven willens; unsere logik; *die sache und den traum.* und sagt bewegungs- und organisationsgesetze, die wir für unsere arbeit wollen, und warum, und die künftighin lebenswichtig für uns gelten.
schwarzrot die nachricht vom glück?
heute sage ich lieber: die nachricht der klasse gegen die klasse; des menschen gegen seine vernichtung.
und so gehört ins konferenzziel, in unerläßlicher produktion aus dem erarbeiteten wissen von uns, die nun einsetzende praktische tätigkeit. mitten im 21. januar 1993, am zweihundertsten jahrestag der enthauptung des königs in frankreich, in gutem europäischen klassengedächtnis, in feindschaft gegen europas herrenfeste und damenfeste eben dann, in freude auf unser rotes europa, an vielen europäischen plätzen zeitgleich, beginnt unser produktionsvorgang *jarama;* beginnt in freier kommunistischer absicht, in vielfältiger wie strenger verabredung, grenzüberschreitend zwischen perth und palermo, zwischen odessa und oggersheim und oradour, also lehrreich kollektiv lernfähig, also erstaunlich, die offene kennzeichnung unseres gesichtes gegen die herrschende fratze; unser lied gegen das würgen der masken. leise leise. nicht zu fassen.
und in jeder arbeit von uns von dann an, in jeder teilarbeit, in noch unserer kleinsten (und das kann sein bittersten) organisationsbewegung erkennbar unser gesicht, *die freude, daß wir leben, daß wir recht haben.* daß sie uns nicht kriegen. in jeder, auch der härtesten klassenarbeit, die liebe zum leben unübersehbar.
und die ist kein bioglück, sondern eines des befreiten bewußtseins in unserer hand; eines wissens mit hand und fuß; eines bewußtseins, das unseren fluch kann und unseren flug auch!
trotzdem: ich will hier unbedingt noch was zu meiner vorstellung von den konferenzteilnehmern sagen.

es werden zwar allerschwierigste erfahrungen durchforscht, tendenzen untersucht, bündnisse diskutiert, methoden erwogen, techniken studiert, ziele gesetzt entweder oder zerstört werden müssen auf der PKK, aber es werden dort forschen, untersuchen, diskutieren, erwägen, studieren, setzen und zerstören weder forscherinnen noch forscher, weder untersucherinnen noch untersucher, kein diskutierer, keine erwägerin, kein studierer und keine setzerin und auch kein zerstörer, sondern es werden konferieren, *in der bestimmtheit ihrer zeitlichen verabredung mit uns allen,* genossinnen und genossen; alle einzig auf *ein* erstes europäisches rotes, also praktisches ziel hin, hin auf den arbeitsbeginn *jarama zwo elf neun drei.*
klar, es wird vieles schwer sein in dieser arbeit, sauschwer!, oft genug auf messers schneide; auch praktisch höchst schwierig wird es sein, die verbindung, die austauschende, lernende, antreibende, warnende von regionalkonferenz zu regionalkonferenz aufrecht zu erhalten und genau zu praktizieren in den zehn monaten PKK. aber das notwendige ist nie einfach, finde ich.

19
ich ordne mir hier jetzt die vorstellung dessen, was wir in dieser vorbereitung zu tun haben werden, weil es notwendig ist. gegen die mauern im maul ins wort gehen. weg mit den blockaden der angst. es ist an der zeit die feindschaft und die freude.
(denn das, noch einmal, soll allen uns hart und klar parat sein: unser arbeitsjahr PKK fragt nicht nach kleinigkeiten, kongressiert nicht, wer wir linken (gar wir westdeutschen linken) wohl seien und wie *radikal,* sondern sagt: wir machen das rote europa grenzüberschreitend gegen das weiße; *stetig ausweitend verbunden in die aufstandsarbeit der proletarisierten weltmenschenmassen.* jetzt erstrecht. und fragt aus dieser absicht und klärt aus diesen fragen und beschließt aus diesen klärungen einige erste gründliche langfristige verbindliche tätigkeiten, die uns der freude unserer gesamtabsicht JARAMA erkennbar näher bringen werden. *die ganze welt zur jaramafront.*
‚absichten? aus der hinsicht auf welche utopie denn? es gibt noch nun gar keine mehr, die greift!‘
ach, ihr kaputtniks, ihr faulen *mäuschen vom heimatspeck!* es werden euch unsere ‚utopien‘ bald in tätiger schönheit, in schöner tätlichkeit frei durch alle eure abgesoffnen horizonte sausen, in sorgfältiger zielsetzung, in zielesetzender sorgfalt einfach ergreifend! denn es sind absichten auf leben und tod, niedlicher

geht es inzwischen nicht mehr, es ist die hinsicht auf den tod ihrer macht, auf also genau unser liebes leben.)

20

unser prozeß im bruch
prozeß, den noch niemand kennt.
wir fangen ihn an.
ich stelle mir anfänge vor. *arbeitsfelder PKK.*
ich stelle mir arbeitssektoren vor, in die wir widersprüchlich und also streitend und also entdeckerisch, jedenfalls mit der sturen entschlossenheit reinmüssen, reinwollen, in bestimmter frist ein resultat zu erarbeiten, daß der eröffnung zwo elf neun drei nützlich ist; unser resultat, uns nützlich! wer dies ziel liebt, wird unsere dreihundertsechsundsechzig tage nicht zerquatschen. wer am liebsten will, *wirklich lieber will als alles andere,* daß wir freien kommunistinnen und freien kommunisten klar und tätig auf die beine kommen, wird keine lust haben auf beinewegschlagen, wird sich nicht redselig räkeln in die kissen seiner leiden, aufstrecken in die käfigstangen seiner schlauheit; wird nicht von flügeln was phantasieren, sondern wird schritte analysieren, *die gehen.*
aber doch verdammt viel werden wir nachdenken und vordenken und querdenken, reden, schreien, flüstern und endlich verstehen müssen, um all den weißen wahn, der uns anspringt, um all das rote weinen, das uns absingt, uns in den vernünftigen griff zu schaffen. aber so lange wir hände haben — warum nicht schaffen und greifen, begreifen und *dann* angreifen die nichtswürdigkeit?
so verschwören sich hand und fuß mit dem kopf zu unserer zeitbestimmten konferenz mit dem ziel *jarama zwo elf neun drei.* und fragen allerdings angestrengt bang: was alles müssen wir klarkriegen, das heißt zielrichten, das heißt debattieren, kritisieren, korrigieren, sortieren, abweisen und beweisen, das heißt zuspitzen brauchbar auf den beginn, die eröffnung?
was denn alles?
und was noch denn alles?
ich gebe
als einen vorschlag von mir
der sucht nicht allein zu bleiben
der vorwärts will gegen die pest aus weiß
ich gebe zu durchdenken
(und zu ergänzen)

(und zu verwerfen ins richtigere)
die folgenden arbeitsfelder PKK.
ich sage sie so, wie sie mir in den kopf kommen, also noch nicht nach überprüften gewichtigkeiten geordnet.

(26-8-91)
(nun also eben werden flächendeckend pflegeleicht ost *die kommunistischen organisationen verboten. in moskau heißt ab heute die kpdsu eine verbotene verschwörerische organisation (und sollen wir etwa sagen: nun endlich wieder?). so springt uns das offen an aus den uralten löchern, aus blut und boden und betgebimmel,* gegen seuchen und terrorismus. *in ordnung. in ihrer ordnung. wir werden also bald gejagt werden vom prenzlauer berg über petersburg bis peru, in der taiga genau so (oder noch tötlicher dort jetzt?) wie in der toscana. aber klagen wir nicht, genossinnen und genossen, das hält bloß auf. und es täuscht auch das klagen, als gäbe es frieden im krieg. den gibt es nicht.* das imperialistische weltverhältnis ist das kriegsverhältnis gegen den menschen, ist die katastrophe als das normalverhältnis. *wer dieser norm widerspricht, lebt noch. wer dieser norm widerspricht, wird verrückt genannt werden. wer dieser norm wirksam widerspricht, wird verboten werden. das ist objektiv weltweit der stand jetzt. da gibt es gar nichts zu meckern. da gibt es viel zu lernen und viel zu tun. der antikommunismus hat wirklich nun glockendröhnend weltumspannend blankgezogen. das ist alles. und wir werden klug werden, damit sie uns nicht schnappen. wir lernen unser lied als eine arbeit, unsere arbeit als ein lied. ohne eile nicht aufzuhalten. oder es siegt die canaille, der schicke tod.)*

also jetzt hier meine konferenzthemen.
als ein vorschlag.

die knäste.
es geht kein revolutionärer prozeß, der sich nicht mitten in aller fortschreitenden zerstörung des herrschenden eigentumsverhältnisses immer auch richtet auf die zerstörung der knäste. ich sehe zwei arbeitsrichtungen in dieser sache: die von denen drinnen und die von uns draußen. beide arbeiten meinen befreiung, langfristig und oder plötzlich. hier ist viel von uns zu lernen, viel trick und technik und gefahrenbewältigung, sehr viel geduld ... und wohl wäre gut zu lernen die beendigung der klagen, der empörten rechtsbehauptungen gegen das böse. gegen das pack steht unser recht nicht geschrieben, sondern steht auf. oder nicht. wer wundert sich über folter, der die todfeindschaft gegen uns weiß. laßt uns arbeiten, daß wir bald anders staunen. (und nicht mehr lügen.) (müssen?) apropos lügen und zwang: wir werden

in unserm vernünftigen arbeitsjahr PKK bestimmt aufnehmen und durchhalten müssen den arbeitssektor

marxismus-leninismus-stalinismus-maoismus,
aus welchen ursachen welche praxis; welches gelingen, welche fehler, welche zerstörungen, welche verbrechen. oder so: wie wird aus dem aufbruch der klasse international das verschlossene büro; in seinen kellern der leise knall kalt. oder einfach so: wie kommt aus unserer revolutionären disziplin der gehorsame killer, die gehorsame killerin? ach, wie wird denn aus unserer freude der menschenfeind, verdammt!
ohne gründlich geführte schwerarbeit, diese fragen, dieses elend und diese hoffnungen und diese verwirrung betreffend, brauchen wir gar nicht erst anzufangen. können wir zwar weiterhin, das ist schon klar, jeder zeit durch bankenfenster jumpen, demos hopsen, je nach einfall und anfall soli-büros arrangieren, sprühen und lallern und ballern, in baskenbergen oder in belfast bombenarbeit bewundern, in kampfkellern krampflösung kiffen, nächste genossen und genossinnen verlachen und oder uns helden und heldinnen phantasieren — aber *wirksam* einen einzigen schritt weiter gegen das pack, diese absicht können wir dann mal lieber vergessen. also schluß damit.
und auch wenn wir allesamt zehnmal keine lust haben auf philosophie, mitten im schlamassel keine lust auf die bärtigen fragen der ethik und der moral — kein weg, nur die lüge von der flinken piste, von der flotten verkürzung, führt uns vorbei an den knotigen fragen nach unserer

revolutionären moral.
denn, wie schon eben gesagt, aus unserer geschichte, aus der ganzen (und aus der ganz nahen!), haben wir alle, hat jede und jeder von uns anlaß genug, genau was zu lernen. wenn wir hier nicht zu neuen sicheren maßstäben kommen, müssen wir gegen das pack gar nicht mehr aufstehen.
wir müssen also was, wir müssen also uns ändern. vor allem, denk ich, gegen das lügen. ja, gegen das lügen in unseren eigenen quartieren ...
(ich sag mal nichts weiter. wir wissen alle bescheid. doch. alle. oder mal nur ein einziges beispiel jetzt hier: die in der ddr gefangenen genossinnen und genossen aus der raf waren, als sie losgingen, aus wissen, aus erfahrung und aus mut ganz klar raf. ich habe die meisten von ihnen damals persönlich aus arbeit gekannt. heute verbreiten, sie seien eh nie recht was gewesen, ist

lüge; ist die lüge gegen uns selbst. damit wir uns selbst nicht ändern. ich nenne das *talm.**)
aber was sind denn lügen? was sind ängste? was verkriecht sich da vor uns? was sind die ängste des umdenkens und oder des verlorengehens?
weites feld.
aber bestimmt nun zu ackern gegen *alle* steine. anders bringt unsere sache nichts. nur eben den verdorbenen haushalt. wie grad jetzt.
apropos

ökonomie.
selbstverständlich haben, zielgerichtet, wir alle viel zu lernen und zu kapieren, vieles neu zu lernen und neu zu kapieren insachen weltweite eigentümerwirtschaft heute und vielleicht auch noch übermorgen. fachleute her, die kämpfen wollen! nur wenn wir lernen, genau verstehen, wo, genau auch jetzt im trampelnden sieg, die macht der weißen metropolen draußen weit draußen (und nah hier in chrom und glas) noch oder schon ratlos ist, deutlich undicht, schon offen zerrüttet, werden wir den riß finden, den bruch für unsern sprung vorwärts oder für unsern schlich. all unser bestes läuft nicht läuft nicht über heiße herzen allein. (nur die verschwitzte selbstübertreibung gegen die wand geht ohne zu lernen.) das, was wir wollen, will auch, um voran zu kommen, die kalte rechnung. *die kultur der langfristigen kalkulation.* anders werden wir uns bald festrennen gegen mauern.
apropos

festung europa.
unter der wucht aus wut und elend werden gegen die riesige ‚peripherie' und gegen die verelendung *innen* die weißen metropolen des nordens mauersysteme, labyrinthe der erstickung auf-

* zwei gefangene genossen haben nach — winterdeutsch — mich gebeten, einen neuen namen zu finden. es sei der zunächst von mir gewählte die vermeidbare personifizierung eines zwar übel gültigen, aber allgemeinen politischen problems. das aber sei personalisiert nicht zu fassen. richtig. ‚richtig'? ich habe den namen geändert. aber ich sage: manchmal sind einzelpersonen ein allgemeines übel. einfach indem sie selbst sich übel öffentlich verallgemeinern. auch stalin war ‚eine struktur', die figuration eines allgemeinen politischen problems. aber stalin war *auch* eine furchtbare und furchtbar einzelhaft zu kennzeichnende, verantwortliche person. was für ein WIR wäre denn das, in welchem nicht jede und jeder genau und gänzlich eigenartig verantwortlich ist? — naja, man siehts eben jetzt, mai '92 ...

bauen. wir werden, sofort jetzt, zu kapieren haben, was das für uns freie weiße kommunisten heißt. wie das, was wir kapieren, in tätigkeiten aufsteht. hier muß von uns eingesehen und verstanden und eindeutig tätig beantwortet werden das sich aufbauende gemetzel der weißen ausbeutungsgesellschaften gegen die weltmenschenmehrheit. ich sage: gegen die furchtbare kultur aus hunger und stolz, aus der geschichte der erniedrigten und beleidigten. apropos

kultur.
was in unseren aufbrechenden kämpfen, was im neuen freien kommunistinnenleben und kommunistenleben wird eigentlich ein buch sein (ich lese in diesen tagen ein buch des griechischen genossen *jannis ritsos*, darin die erfahrung: ‚Inmitten unseres Schweigens warten Mengen von Vögeln. Sprich sie aus.'), was wird ein bild sein, was ein celan und was ein constable? macht kunst den bruch noch *vor* uns, oder macht sie ihn uns begleitend nur *nach?* und wo sind unsere lieder aus *unseren* kämpfen? oder ist schon diese frage abgrenzend ausgrenzend national borniert? geht der kurdengesang gegen die natointeressierte auslöschung eines dorfes auch für den raubzug durch ein hamburger kaufhaus? was überhaupt ist denn lesen und sehen fürs lernen? und was, für unser gemeinsames lernen, ist das gesungene lied, die fassung unseres körpers, unseres gesichtes im bild? es wäre gut, bestimmt besonders für einen wie mich, hier sicherer zu sein. um sicherer zu arbeiten. auf keinen fall, das ist klar, dürfen wir uns diese arbeit abnehmen und oder wegnehmen, erledigen lassen von den herrschenden

medien

kamerun killt
ab jetzt ist gift im spiel
unser bomber reißt sich los
ganz deutschland springt vom sofa
milla der killer hat einen hauch deutsches blut in den adern
er hat den kondor ausgetanzt
jetzt schießt er den träumer ab
als alles gar ist, frißt kameruns oberlöwe
den feind einfach auf
er sagt, wir können noch einige gegner verspeisen
die afrikaner riechen
wenn der gegner reif ist für den biß

hochtrainierte burschen
die sich die angeborene geschicklichkeit
und ihren buschinstinkt
erhalten haben
die disziplin ist nur eingepeitscht
sie sind mit allen ölen gesalbt
sie sind gefährlich
europa muß bluten
wenn der anteil der farbigen länder
wirklich akzeptiert wird
wir werden das übel an der wurzel bekämpfen
die deutsche stärke ist der schuß
(o-ton der zivilisierten.)

in unserer arbeit gegen die herrschenden medien wird für mich im bereich unserer permanenten kommunistischen konferenz (PKK) eine besondere bedeutung liegen, denn ich hasse es, daß sie dem menschen ins gehirn fassen. *dem und der, denen sie alle produktionsmittel, die allein aus ihrer massenhaften arbeit kommen und nirgendwoher sonst, geklaut haben, denen enteignen sie, damit sie, die beraubten, den raubzug nicht mehr durchblicken können, nun auch noch das allerwichtigste, das allereigenartigste produktionsmittel überhaupt: seinen und ihren kopf.*
hier begründet sich mir eine todfeindschaft spezial.
hier weiß ich besonders bescheid. noch knapp *vor* den banken sind die medien in herrschaftshand die übelste kraft gegen das selbstbewußtsein des menschen. sie töten, und lassen aber die abgedrehten weiterleben. das ist furchtbar.
(‚verschwörungspanik'? ach, was! einfach taghell die ordnung der funktionsknechte und der funktionsknechtinnen (achtet mal auf den sedierenden funktionston weiblicher sprecherinnen bei den verkehrsdurchsagen ...) des kapitals. das nichts hecken kann aus gehirnen, die *bei sich* sind. und so, was sich seine grütze nicht anfassen läßt, muß weg, wird weggemacht werden. (bald, sage ich, bald schon haben wir die besondere überwachung all derer, die ihre ‚grundversorgung' verweigern. das voraussehen, ist nicht panik, sondern die einsicht in interessen.)) also die wüste, des

feindes land.
das müssen wir gründlich diskutieren und verstehen lernen, in allem künftigen bitter berücksichtigen. damit wir uns nicht

täuschen im gelände unserer sehnsucht nach breiter, warmer normalität. unsere nachbarn werden sich gegen uns wehren. fast alle. sie werden um die fremde, in der sie zappeln, kämpfen wie um ihr leben. in was immer sie verkauft sind und verknebelt, verglotzt verraten verschrieen und verschossen — sie werden, erfinderisch tückisch gewalttätig mordbereit wie der suchtkranke, nein: *als* der suchtkranke und als die suchtkränkin, die ihren *schuß* suchen und keinen mehr finden können, gegen unsere befreiung wüten und hetzen und niedertreten. sie werden verschreien, am liebsten verbrennen, was noch lust hat gegen die herrschaftsnadel, gegen den dauerdeal, der sie fixt; gegen die entwürdigung. *jedes* mittel, *jeder* terror, *jeder* schuß aus dem hinterhalt wird ihnen plötzlich da einfach recht sein. das weiße land NORD ist drogenkrank (der arme osten kriegt eben seine freien proben zur übung), vom transnationalen clan der dealer also erpreßbar; klar erpreßbar zu mord, zum freien henken derer, die den clan angreifen werden, um ihn zu kippen. sie wissen: das sind wir. und ahnen auch schon: wir sind

die armut.
das ist seltsam. das klingt zynisch weißlich verträumt. es hat aber, denke ich, überhaupt keinen zweck, von unsern schäden und scheiterungen (siehe den verlauf des ersten revolutionären sozialistischen arbeitsversuchs), von menschenzukunft, von unserem liebsten leben zu reden, *ohne von künftiger armut zu reden.* ich bin kein philosoph und bin kein ökonom, aber ich weiß (und hab übrigens auch schon mal jahr und tag nicht richtig zu fressen, einfach jeden tag hunger gehabt), und viele andere wissen das auch, daß in diesem bereich, zentral für alles weitere menschenleben, aus wissen und würde, etwas zu klären und etwas zu lernen und etwas *rücksichtslos gegen das weiße pack nord* zu tun sein wird. ich zitier mal aus einem portugiesischen buch.

die welt der zukunft wird arm sein. weder verlassen noch unwissend, besiegt oder siegreich — aber arm. für fast alle, die heute leben, scheint dies ein unerträglicher gedanke zu sein. er stellt eine art von beleidigung dar. so sehr verbinden wir mit der armut einen uralten makel, einen niederschmetternden fluch. wenn das ausland portugal das armenhaus europas nennt, gebraucht es diesen ausdruck hämisch und stellt uns auf eine tiefere stufe. und doch wissen wir alle, daß etwas in der unteilbaren solidarität der menschen zur armut führt. und daß sie in zukunft die einzige form menschlicher distinktion (auszeichnung, würde, cg) sein wird, welcher der mensch noch glauben schenken kann.

ich ahne hier erstmal nur was.
ich bin überzeugt, wir müssen hier alle noch viel mehr wissen, noch viel mehr verstehen. verstehen, was wirklich los ist. und so sage ich erstmal nur so: fern von aller romantik der holzlöffel und der lamamützchen für unsere körnerfressenden kleinen, nennen wir nur noch *die* menschen vernünftig, die sich nicht mehr reinkaufen lassen in den allgemeinen hirnlosen weißen verschleiß. die sich fundamental verantwortlich finden und sich in zukunft, auf zukunft hin, der reichen zerstörung verweigern. aber ich merk schon, hier gehts philosophisch wie ökonomisch durch viel gekeller, in komplizierte konstruktionen, in aufgrabungen des mutes und der unverschämtheit. wir müssen aber, sofern wir öffentlich sagen und öffentlich tun wollen, wer wir sind, also was wir wissen und was wir wollen (und das ist ein hauptzweck unserer konferenz PKK), diese neuen fremden räume samt schreck und sehr unfaul durchblicken, durchklettern, sie in ihren grundlagen und berechenbarkeiten und ausblikken erkennen und das erkannte klärend weitersagen lernen, erkennen und erklären auch genau dies, im anfang unserer freien kommunistischen tätigkeit europäisch am 21-januar 1993; dem pack quer in sein lügen und trügen unser wissen stellen, zornig, neugierig, entschlossen, wohlwissend, *arm*,

WIR, aus unserer jüngsten geschichte.
das ist zum einen die klassenkampfgeschichte von anfang an, jetzt neu bis zur illegalisierung der kpdsu, die hoffnungs- und verfalls- und selbstzerstörungsgeschichte des europäischen staatssozialismus zwischen 1945 und 1985. das ist dann auch die europäische 68er-geschichte der träume und der tänze und der toten, des lernens und des lügens, der arbeit und der arbeitsverweigerung, der entdeckung und der erblindung, der treue und der trauer. und ist die geschichte des bewaffneten kampfes in den weißen metropolen. bis heute. (manche und mancher sagt (und ich sage das auch): bis heute *unsre* geschichte.)
menschengeschichte, erstrecht die geschichte von emanzipatorisch kämpfenden menschen, ist kompliziert. also ist unsere geschichte kompliziert. das heißt, sie ist widersprüchlich, lehrreich und liederlich, ein lied aus schönheit und aus schande.
was aus dieser geschichte wir nicht bald, nicht endlich genau erkennen, sicher nennen können, das rennt, das rinnt, als gift, als eine täuschung, als eine anrüchige verklebung, als eine wirre

verfärbung, gar als *ein falsches rot,* uns nach in jeden nächsten schritt. macht ihn dumm.
gegen unsere dummheit
zum lernenden aufbau neuer freier kommunistischer tätigkeiten dauert die permanente konferenz PKK ein ganzes jahr.

aufbau.
zentrales arbeitsgebiet sowieso, ja. und quasi zuallererst und dauernd als lernprozeß durchzuhalten von uns. und andauernd riskant in der balance zwischen kadaver und kollektiv, totenruch und traum. schwierig, einfach weil ohne organisation keine produktion geht, keine. erstrecht nicht die voranführung unserer befreiung. ABER genau in organisationen, in organisiertheit ist das leben der menschenkämpfe schon x-mal erstickt, verblutet, zuschanden geworden. wir sind nicht so kaputt, daß wir das nicht wüßten.
dennoch.
dennoch.
also denke ich, innerhalb des arbeitsfeldes *geschichte* brauchen wir unablässig und ungewöhnlich vielseitig die forschungsgruppe *organisationsgeschichte.* wir brauchen am ende der konferenz, zu beginn unserer europäischen roten arbeit, hier ein festes wissen und aus diesem wissen verbindliche, brauchbare *entscheidungen.*
(die organisations- und aufbaufrage steht allerdings gewiß von anfang an mitten in der konferenz selbst als eine frage, ohne deren lösung die konferenz gar nicht gelingt. auch wenn ich den leidenschaftlichen wunsch, *jarama zwo elf neun drei,* als den in das ziel uns richtenden organisatorischen faktor hoch achte — auch und besonders die wucht unserer besten wünsche braucht die vernünftige ausrechnung und durchrichtung unserer arbeitstage und arbeitsstunden; *die bändigung der wucht ins wirkliche, des wunsches in wirksamkeiten.*) ohne organisation, die wir einsehen, die wir sind, an die wir uns zuverlässig halten, *deren verabredungen zutiefst sind die verabredungen mit uns selbst,* geht schon die konferenz nicht, geht nichts danach.
dennoch, ich kenn den schauder.
dennoch, ich will, daß wir ihn packen.
ähnlich wie die aufbau- und organisationsfrage geht noch ein anderer lern- und klärungsprozeß *durch das ganze* konferenzjahr PKK. oder wir können freie kommunistische arbeit für die zukunft gleich lassen. durch *alle,* auch durch die ausdrücklich

technischen konferenzbereiche, geht als schwere arbeit, als bestes entdeckungsgetümmel

triple oppression (die grundlagenarbeit gegen kapital : patriachat : rassismus)
einerseits braucht dieser fragen- und erfahrungsbereich durchs ganze arbeitsjahr hin eine eigene entwicklungs- und forschungsgruppe. zum andern brauchen wir jeder und jede dieses denken, nachdenken, zerren, zerstören und aufmachen buchstäblich täglich und stündlich durch alle arbeit der konferenz — *: mit vergnügen wachsam in jeder sache der revolution:*
denkbar wäre sogar, daß die große konferenz PKK, die unseren neuen kommunistischen arbeitsanfang kennzeichnen wird und also aus der allertrübesten situation klarmacht, wie wir eigenarbeit international zielgerichtet weiterarbeiten, — denkbar wäre, daß die konferenz das erfahrungs- und daraus wissens- und daraus kampfmaterial und handlungsgelüst aus der kenntnis der *triple oppression zum ausgangspunkt, zur grundlage der gesamten konferenzbewegung* macht. es könnte sein, daß im denkkern ‚triple oppression' wirklich die eröffnung alles dessen steckt, was wir entdecken und machbar machen müssen, wenn es bald frei rot weitergehen soll hier im engen weißen gefeix; entdecken und machbar machen müssen von moral bis

logistik.
denn was ist ein guter gedanke ohne eine gute hand, was ein fester schritt ohne festen boden, was eine heimliche liebe ohne verstehbare zeichen, was ein hunger ohne tisch und teller. was ist ein angriff ohne ein gerät, das greift. was eine feindschaft ohne einen freund.
oder so: wer wären wir ohne einander. was ist unsere arbeit in feindes land ohne, im rücken des feindes, kreuz und quer, unsere organisierte verläßlichkeit.
es wird also darauf ankommen, daß wir in unseren künftigen kommunistischen tätigkeiten, den funktionen des angreifenden und oder lehrreichen, bestimmt befreienden vorgangs entsprechend, uns grenzüberschreitend präzise verabreden. und dann allerdings auch bindend verabredet *sind;* in unserer sache sind, in unserer sache *jarama.* wie wohlwissend und also bestimmt und dauerhaft wir zu zwecken unserer produktion das netz unserer verabredungen knüpfen (und eben nicht mal bloß, weil wir uns grad mal *gutfinden,* oder auch grad nicht weiterwissen und also

uns mal paar *connections* bosseln), das wird im konferenzverlauf der punkt sein, den es zu setzen gilt. und zwar als einen ausgangspunkt. ins weitgefächerte offen. (*ausgang offen:* so faßt das wort in zwei wörtern unsere freude und unsere gefährdung.)
wer sich mit wem zu was pünktlich verknüpft, das gehört nicht in die offene arbeit der konferenz. aber es wird während der konferenz, wenn sie richtig arbeitet, vielfädig von ihr ausgehen. was heißt das: wenn sie richtig arbeitet? das heißt, wenn in den konferenzgruppen aus den schlimmen schadenserfahrungen des isolierten handelns endlich kapiert worden ist, daß unser haus (unser höhlensystem, unser boot, unser nesterdickicht, unser flugkörper, unsere festung, unser luftschloß?) *viele* stufen und räume und fenster und leitern und keller und gärten, sprungtürme und tieftauchglocken hat, die es zu studieren, zu erlernen, zu tasten, zu flechten, zu bohren und zu hauen und zu graben gilt.
es muß, damit die weitschreitende rote arbeit künftig geht, jetzt, dort auf der konferenz, das große feld der vielen saaten, der vielen bodenproben, der großen variabiltät in den methoden, es zu bearbeiten, vielförmig beackert werden. es müssen, so gewitzt wie gewissenhaft, spur und stein, zufahrt und ausgang, bodenschichtung und wasseradern markiert werden zwischen ‚legal' und ‚illegal', zwischen kind und knarre.
in der arbeit, um die es langfristig geht, sind das beides keine gegensätze zueinander. sind aber auch keine beliebigkeiten. sind WIR. wenn wir das *ziel jarama* drinhaben als unser liebstes ding, dann ist der mann mit dem kind vielleicht ein schwieriger bursche, aber nicht das problem; und ist die frau am depot vielleicht in gefahr, aber nicht das problem. denn das problem gegen uns alle gemeinsam, das einzige, ist das pack.
so sind wir verschworen.
oder wir sind verrückt.
aber wir

konspirieren.
konspirieren heißt zusammen atmen.
das stand mal an einer wand.
die wand gehört uns.
das stimmt. das klingt furchtbar einfach.
ist aber in der realität
und die ist unsere wirklichkeit
von uns erst noch
rot eingreifend
ganz neu zu packen.

was — zur logistik also — nur heißen soll: wir werden, um in europa, *korrespondierend mit den revolutionären kräften des trikont,* unsere rote arbeit zu entfalten mitten im weißen gemetzel, uns zahlreich weithin zueinander verbünden; klug undurchsichtig mit scharfem blick die logik dieses bündnisses lernen. *und tun und tun und tun.* oder wir werden untergehen.
so einfach ist das und so schwierig.
gewürgt werden um atem ringen nach luft schnappen
beatmet werden atmen seufzen aufatmen frei durchatmen.
lachen.
und weinen.
ach, gefährdet ist unser atem, der zentrale prozeß. ohne den nichts geht. er schafft uns den entscheidenden austausch. er ist die mitte allen *stoffwechsels.*
ich stelle mir gern vor, daß wir zusammen atmen.
ich unterschätze (wahrscheinlich) nicht die gefährdungen und komplikationen, beklemmungen und vergiftungen und halsabschneidungen, denen dieser ausgangsbereich all unserer arbeit ausgesetzt ist. auch aus uns selbst. es gibt eine elende angst, auch dummheit, unter uns, die uns anrät, das atmen, das offene hin und wider, die risiken von dir zu dir zu dir zu mir zu vermeiden, uns einengend wegzuklammern ins pfeifen und rasseln, in den spitzen schrei (der peinlichen bedeutung). weil wir hier vom würgen und von den abschneidungen immer wieder bedroht sind, ist von mir dieser bereich als wichtiger arbeitsbereich PKK extra genannt.
denn es geht uns ums atmen bestimmt zuerst. und zwar konkret: um unsern internationalistischen austausch jetzt in allen arbeiten der befreiung.

‚die ereignisse in osteuropa haben bei den genossinnen und genos-sen unterschiedliche reaktionen hervorgerufen. bei einigen wir-ken sie demoralisierend. bei anderen haben sie eine schöpferische unabhängigkeit geweckt oder bestätigt. wir zählen uns zu den letzteren und fahren fort, unseren eigenen kopf zu benutzen ...
wir rufen dazu auf, den willen zum kampf an allen plätzen der erde jetzt einheitlich zu äußern. wir rufen auf zum revolutionären internationalismus und zur festigkeit gegenüber dem imperialismus.
vereinigen wir unsere kräfte in diesem sinn!
mit brüderlichen grüßen! ...‘
(märz 1990, die kommunistischen parteien in costarica, hondu-

ras, in der dominikanischen republik, el salvador und argentinien)

ich schlage vor, wir nehmen diese grüße geschwisterlich auf und grüßen zurück. wir sind unterwegs, ihr lieben. mitten im schlamassel. und aber das geht nicht mechanisch oder im traum oder auf dem befehlswege oder cool einsam abgewandt in selbstverliebte überheblichkeiten, sondern unser gruß (wie unsere arbeit) vorwärts setzt voraus, will beständig, an viele, unsere

vermittlung.
alte wichtige zerrende frage. im bereich unserer beständigen konferenz ein arbeits-, das ist kritik- und lernfeld von großer bedeutung. hier möge es zu saftigen scharfen früchten kommen. (auch zu einem regelmäßigen mitteilungsblatt aus den verschiedenen konferenzräumen. ein blatt, daß die einübung sein könnte zur entwicklung unserer kleinen internationalen zeitung JARAMA für die arbeitszeit vom 21-januar 1993 an, gründlich langhin langhin ...) unser feld der vermittlung bedarf der gewissenhaftesten behandlung. was da in den furchen verdirbt oder trocken verblaßt, das versandet unsere ausbreitungen, weht uns die wege weg in den wind.
und der wind steht heiß hochgedreht gegen uns fast überall jetzt, jetzt besonders zuhaus hier im blendenden weiß der metropolitanen zentren. nicht nur das, aber immer auch das, ist ja das feindesland nah rings um, von dem schon ein paar mal die rede hier war. ach, unser liebes land mit den massenhaft sandigen augen, schon blindgerieben unheilbar oder matt weithin schläfrig versirrt in den tiefschlaf der bangen dummheit, ohne den das hundegeführte verlaufen und verkauftwerden, all die abführungen ins willige tappen der willenlosen gar nicht geht.
(die zerstörung des menschlichen gesichtes — zu der braucht es in den weißen metropolen keinen folterkeller mehr. das macht hier zuhause der gewöhnliche kapitalismus. seht zwischen zapfsäule und fuzo die verkleidungen der zertretenen gesichter!)

also gegen dies peitschen aus sand unser wasser der wirklichen sättigung — dies ding müssen wir lernen; für das weiterreichen von hand zu hand unsere hände höhlen; geschickt den becher drehen, der lust macht auf den schluck leben, der jede und jeden erfrischt zu sich selbst, und so jede und jeden aufmuntert in unsern nächsten schritt.
unersättlich.

unersättlich
gefährdet
der horizont gehört uns
in ihm der ganze fluß

doch
wir sind in der wüste
überall an den brunnen galgenzeichen

wir aber haben unser boot
zu bauen am brunnen
der heißt bir-ould-brini

das ist
die quelle der kinder des brini

dort wird nie ein boot fahren?
was ist ein boot?
was ist eine quelle?
was ist ein kind?
was ist bauen und was ist fahren?

und was ist nie?

das alles genau werden wir zu vermitteln haben in unserer arbeit, deren mittel und methoden und zeitmomente, deren widersprüche und grenzen und unnachgiebigkeiten wir zu studieren haben werden auf unserer konferenz PKK. damit von dem, was wir organisiert tun werden ab januar '93, ab *zwo elf neun drei* mit *fernziel jarama,* möglichst viel verstanden wird zu einer freude, zu unsrer; und nicht ohne merkmal blind bleibt ein stein im sand, der blöde anstoßstein nur und sonst nichts. der bräche uns bald den fuß. und wir müßten verbrennen in den ödnissen derer ohne schatten.
das geht nicht. das wollen wir nicht. das ist falsch.
wo unsere tätigkeiten künftighin uns gegen die eigenen füße springen, da wollen wir erkennen, was wir falsch gemacht haben. da lernen wir richtigeres. und eben in dieses lernen gehört unsere arbeit der vermittlung von anfang an.
wir wollen lernen zu vermitteln, was wir lernen in tätigkeiten, *europäisch tätig rot in wachsender verflechtung mit allen tätigkeiten der befreiung weltweit.*

alles tränennebel, suffschatten, lügendunst?
ach, was!
auch wenn sie uns diesen *weltblick rot* weghöhnen wollen, am ende niederstechen und würgen — sie schaffen das nicht. unser gesicht ist überall. das wissen wir. davor hat das pack pausenlos angst. das freut uns. und das ist gut. denn ohne freude geht gar nichts gut.
so ist, wenn wir vermittlung diskutieren werden, stets zu behalten, daß wir, samt tausend fakten und schwierigkeiten, techniken und wissenschaften und reisewegen, angriffserfahrungen und niederlagen, daß wir hinterm rücken noch unserer schwersten anstrengungen und arbeitsvorhaben, *freude* zu vermitteln haben. was unsern haß nicht ausschließt und unsre härte nicht und nicht unsre disziplin, sondern, im gegenteil, das alles erst gründlich begründet; der grund ist in unserm gesicht. auch die hartnäckigkeit unseres studiums begründet die freude. auch unsere entbehrungen. auch unsere geduld. auch unsere verfressenheit plötzlich. *aus der freude, daß wir recht haben* auf unser ziel, *kommt die ausdauer unserer arbeit. kommt die härte des tanzes.*
ab jetzt.
(und also in unseren vermittlungen gar nicht die ‚bewaffnungsfrage'? die frage des bewaffneten klassenkampfes vermittelt sich organisiert arbeitenden freien kommunistinnen und kommunisten aus ihrem arbeitstag *von anfang an.*
nicht-entfremdete arbeit ist immer antwort auf wirklichkeit. es gibt in von mal zu mal unterschiedlicher wirklichkeit viel verschiedene antworten. so wie es kommunistisch stets viele verschiedene arbeiten gibt. wir werden sehen; und verstehen; und tun. ja. gründlich eins ums andere. ganz unspontan.
spontan naturwüchsig von dienstag auf sonntag geht revolutionär noch nie was. auf dienstag folgt mittwoch (ganz egal, wie gern weit voraus (oder hoch hinaus) eine genossin und oder ein genosse für sich allein springen mag). und heute haben wir erstmal, nach meinem kalender, ein langes jahr montag: unsere arbeitskonferenz PKK. einfach, weil wir nicht mogeln wollen, sondern die arbeit gemeinsam nützlich machen wollen; das ist: gegen die weißen mörder.)
das, im grunde aller augenblicke unseres freien kommunistenlebens, haben wir zu vermitteln. so und nicht anders *erweisen wir ihnen den widerspruch, bis sie verreckt sind.*
so muß es sein.
das ist die liebe.

21

dies ist ein guter schluß.
aber ist keiner.
sondern ist, wenn ich es richtig gemacht habe, *ein element in einem anfang*.
was wär ein anfang?
ich skizzier noch einmal zusammenfassend.

in meinem anfang ist, daß wir uns jetzt offen melden, gegen ängste und verwirrungen und anmaßungen zueinander ins wort gehen. ist, daß wir uns vielfältig, dezentralisiert konzentriert, versammeln, bald, ausdauernd, auf ein ziel hin, das zu erreichen wir uns pünktlich eine zeit setzen. anders, so kennen wir das, geht nur noch der kreistanz im stein, oder, das sieht man schon viel zu oft, das arme verschreiten in den sumpf der kapitulationen.

immer, in aller lust, aller anfang ist voller tücken der dummheit. was mag in meinem anfang hier alles dumm sein. ich wünsche mir, daß wir uns sagen, wo wir dumm sind; daß wir das einander sagen, weil jede und jeder die absicht hat, zu lernen; zutrauen hat in eines jeden, in einer jeden lernfähigkeit. weil wir zusammen das ziel erreichen wollen. weil wir sonst untergehen.
weil es die wahrheit nicht einzig gibt, lernen wir immer zusammen. so sind wir unterwegs *alles verwandte*. nichts geht *wahr*. alles, was gut geht, geht frei im bruch, im bruch der befreiung.

mein anfang sagt: kein bruch geht bedenkenlos frei. sondern wir haben uns genau zu bedenken. das will die konferenz PKK. will klären, *nicht endlos sondern in bestimmter zeit*, was finster ist, schauderhaft schwarz. will auf die beine bringen; raus aus den lähmungen und verstolperungen. *noch nicht an flügel*. unseren sturz will das pack. wir wollen unsere entdeckung, die *geht*.

(klar können jetzt die und der, die das hier lesen, sagen, fühlen, rumoren: was denn? viele wochen auf fernen reisen, monatelang konferenz, und dann kommunistische arbeit organisiert langhin langhin, und auch etwa schon bald verboten und verfolgt? das hatten wir doch alles schon mal. das ging doch nicht, nur in herrschaft und dummheit und blut. und auch und doch auch habe ich meinen arbeitsplatz, die familie, das haus, meinen nachbarn,

und den plan so und so. und die angst. (und ich schreibe, ich habe das alles auch.)
gut.
dann machen wir das also nicht.
lassen aus unserem leben die machtfrage raus (und die ohnmachtsfrage). und also das, was ohnmacht und macht jeden tag jede nacht mit uns machen. weil es nicht anders geht. weil es nicht geht. weil wir nicht gehen. weil ich nicht geh.
gut. (gut?)
ich will, daß wir lernen, ob es geht; wie es geht, daß es geht.

oder, ganz anders, eine gegenstimme klingt so: da setzt dieser alte sich hin hinterm deich und redet sich den aufbau unserer revolutionären europäischen organisaton ein. er weiß doch nichts!
kann sein.
aber da wird es für mich doch dann von höchster bedeutung sein, ein fest, von denen zu hören, die weiter wissen als ich (weiter als von ghetto zu ghetto, von schmerz zu schmerz. weiter, als einen steinwurf weit. weiter, als eine kugel fliegt. wir *müssen* weiter!) und es an viele öffentlich sagen. damit wir alle was lernen. gegen die erstickungen unserer verstummung.

und also drittens, aus unangenehmer erfahrung, sage ich auch noch das: wenn ich hier selbständig jetzt ein stück vorwärts denk, einen vorschlag mach, einen plan aufschreib, eine hoffnung schrei, dann soll das doch niemand hindern, voranzuarbeiten da, wo sie sind, und *uns allen das resultat möglichst deutlich zu übermitteln.* (blut im fenster übermittelt an mich zu wenig.) denn wir wollen, gegen das ausbeutende gesindel, *alle* was lernen.
vieles geht.
je genauer wir aber das gelände kennen und uns, desto sicherer geht der schritt. wir prüfen, machten wir unsere konferenz PKK, das gelände nicht aus gründen der landschaftsmalerei oder der geodäsie, uns nicht aus trieb nach innen. wir prüfen — nur das ist mein vorschlag — in der absicht, das jetzt richtige zu tun: in der wüste wirksam wir. ich will eine prüfung mit praktischen folgen. die lieben wir. die müssen sein. oder wir lassen das alles.
wir lassen es nicht.
wir lassen uns nicht.
das ist alles.

das ist alles balance.
unser traum in der vernunft, unsere vernunft im traum. es leitet uns niemand von oben her. da ist niemand. es fängt uns niemand auf. da ist niemand.
da ist keine mutter und ist kein stern.
ich sehe unser gesicht.
das ist alles.
das ist die fülle.
da trinken wir und arbeiten weiter.

sind wir zu wenige?
die ganze welt hat unser gesicht.
die weiße fratze der reichen zentren ist klein.
wir erklären die feindschaft.
allerdings, ob eine erklärung was wert ist, das kommt aus den tätigkeiten, die ihr folgen.
sind wir fundamentalisten?
ja. die sind wir. *mit all unserer materialistischen vernunft.*
in kenntnis der feindschaft und der liebe.
so ist das mit dem *traum* und mit der *sache.*
so bereiten wir uns gründlich vor, das ist mein vorschlag, PKK, auf eingreifende tätigkeiten.

manche schreien mich an, unsere welt, in ihrer jetzt gewordenen konstruktion, rase nur eben knapp noch in äußerst diffizilen gleichgewichten. wer an die rühre, der rühre vernichtung auf.
nun denn.
grauen.
aber wir lassen uns von der monströsen marodie (das ist die verluderung, die verlumpung, die plünderung, die ausgemüdete schurkerei) ihrer herstellungen nicht erpressen. wir sind nicht verrückt.
oder
zum schluß
anders entsetzt
sag ich den schauder deutsch
den klaren judenblick von alt her ins weiß

der wahnsinnige
mag in den tuillerien
nicht spazieren gehen
er sieht das gras zwar grün
die wurzeln aber blutrot

ja.
so ist das.
sie werden uns wahnsinnig nennen
ins kalte uns reden
mitten ins tötliche.
und wie sie den tollen fuchs jagen
werden sie uns
falls wir tätig werden ums leben
jagen wie jeden andren kurden
wie jede andre maya-quiché-frau
wie jedes fulbekind
wie bettler und bettelfrau
aus den rändern von rio und reit im winkl
uns hetzen
mit der schaufel
mit dem hund
mit netzen
uns das leben abzujagen
das sich ihnen nicht verkauft.
oder nur
spotten und spritzen
die schnürung im rücken die nadel das schweigen weiß.
paßt auf!

hofft nicht auf schonzeit
nicht auf den suff der treiber
auf einen defekt im schloß.
hofft nicht auf die milde umgrünter mauern
nicht auf den hauch im haar der wächterinnen
den bleichen trost.
hofft gar nichts mehr.
hofft frei!

denn wirklich
kann sein
hat etwa alles
was wir noch lieben
was wir noch tun
gar keinen zweck mehr
alles dahin schon dahin

etwa
über uns alle gestürzt

brennt ihr gestein
kann sein

es gibt aber einen zweck
der wiegt anders.
der sind wir selbst.
jede sie selbst jeder er selbst als wir selbst.

hier haben wir
vor unserm tod
auf etwas zu achten.
oder wir werden verrückt.
fallen in sand.
das wollen sie.
wir aber wollen die liebe doch.
der ganze fluß gehört uns.

: das lied
das eine gefährliche arbeit ist.

: die arbeit
leicht wie ein lied.

laßt uns umkehren
mit geballter faust
und von vorn anfangen.

kein kompromiß.
laßt uns umkehren.

es lebe die armut.
es lebe der kommunistische kampf
für die lebensnotwendigen dinge.

ja.
aber.
ostias stinkende nächte.
fünf junge leute in einem alten benz.
der wagen überrollt den lebendigen körper eines menschen.
zerrollt hin und her
die knie
das herz
den hals

die augen.
das sind unsere augen.

(gelächter)

mögen sie lachen.
wir haben nichts zu verlieren als unsren ekel.

(gelächter)

also vorwärts.
der eiserne schuh.
jarama.
oder einfach genau unser tod.
den kriegen sie nie.
zuletzt sind WIR.

(cg, straßburg, august '91)

nachschrift eins
in den ersten diskussionen zum text fällt auf, wir brauchen in der permanenten kommunistischen konferenz (PKK) eine internationale arbeitsgruppe, die ich hier vorerst nennen will UNSER GESICHT. wer arbeitet in dieser gruppe mit welchem ziel. innerhalb der gesamtzielbewegung *jarama* arbeiten in dieser gruppe malerinnen und maler, filmer und filmerinnen, musikerinnen und musiker, schreiber und schreiberinnen, philosophinnen und philosophen *und ökonomen und ökonominnen,* alles genossinnen und genossen (nix da ‚frei'), die ihr wissen und aus dem ihre arbeit in die machtfrage stellen; zu uns; gegen herrschaft. arbeiten gemeinsam, arbeiten am wort, an der kontur, am begriff, am tanz und an den trauermärschen *und an den rechnungen* der klärung dessen, was, in allem schlamassel, in all den härten und widrigkeiten künftiger weltklassenkämpfe langhin langhin uns auf uns hin orientieren und in bewegung halten wird. uns (neu) bestimmt. wir lernen zu sagen, wer wir sind wohin. neu. ohne die kritisch forschende und liebevolle einsicht in unser gesicht bleiben wir unscharf gestylt verwechselbar, sieht uns niemand, sind wir dem nachbarn und seiner nachbarin der teufel oder der arme teufel, die zerwehte gestalt, lautlos der pfiff.

so sollten wir lust haben zu lernen, uns genau neu zu zeigen.
was zu zeigen?
armer anblick bloß noch der blinde?
uns voraus zu zeigen konkret, in allen schwierigkeiten und neugierden und kenntnissen und unterscheidungen von *gleich zu gleich wir;* auf nennbarem grund; aus nennbaren gründen.
auch fällt auf, daß es leicht fällt, zu nennen, wer wir sind in der entfremdung, in der verblödung; schwer, wer wir sein werden bei uns selbst, in der entdeckung. so werden wir in vielen zentralen begriffen unserer arbeit uns neu zu bestimmen haben, unser bild von uns neu zu entwerfen haben. und wurf und stimme uns nicht eindrücken aus moralischem geheimnis, sondern hochholen aus dem wirklichen ereignis. und das nicht endlos auf endlos hin, sondern in von uns bestimmter zeit für uns jetzt.
was denn bestimmt?
ich nenne beispiele.
ist *arbeit* einfach dumm ein trauerspiel aus krämpfen und kämpfen in konkurrenzen? ist *armut* einfach nur dumm die schande? ist der *mensch* einfach dumm bang bis hin an sein ende? sind *geburt* dumm bloß jammer, *lernen* dumm plage? sind *krankheiten* einfach nur dumm zu verstecken, das *sterben* nur weiß zu verschweigen? ist unser *staunen* allein der rechte moment, uns abzustechen? ist *schreck* nur, uns klein zu halten? und im *schatten* ist gegen uns was auf der lauer, und keine quelle? und ist ein *haus* nur dumm ein verblümter knast? ist ein *weg* nur dumm zum kindertotfahren?
sondern was alles ist für uns was?
was wird unsere arbeit sein, wenn sie an niemand verkauft ist. gibt es armut, die frei ist und nicht elend. wie wird jemand mensch ohne die angst vor dem menschen. was sind schulen. was sind geburt und lernen und krankheit und schmerz und sterben, ohne zu lügen. was sind staunen und schreck und schatten etwa auch möglichkeiten gegen dummheit, kälte und blendung. was ist ein haus etwa nicht aus licht und liedern der schutz unserer liebsten entdeckung? und etwa der weg ist keiner zu dir und zu dir und zu mir? und was ist ein stein: eine waffe oder auch eine gestalt, eine erstarrung oder auch eine geschichte?
was ist in sicht und was sind gesichte und was ist UNSER GESICHT.
wird sein was.
wir haben uns anzusehen, zu träumen *und* durchzurechnen, vorzustellen und mitteilbar zu machen, was wir im kühnsten nüchtern sind. das wird eine schwere, tolle, unerläßliche arbeit sein.

unerläßlich? der kampf gegen die, ach, die abschaffung derer, die unser gesicht nicht wollen, weil sie uns anders nicht, nur blind, verkaufen können, wird so bitterlich schwer sein, daß uns unterwegs, im dampf all ihrer schweinereien, unser gesicht möglichst klar sein muß. anders halten wir die kommenden verzerrungen nicht aus, erkennen wir uns bald selbst nicht mehr.
unser neues europäisches kommunistisches manifest wird also offenbar sein ein analytisch rechnendes bilderbuch mit musik. nichts dagegen.

(diese erste nachschrift widme ich den malerinnen maria lino und gisela breitling, den schreiberinnen sabine peters und kerstin hensel, und dem filmer didi danquart, und dem musiker cornelius schwehr. cg. 7-10-91)

nachschrift zwei

(aus debatten am 12. und 13. oktober '91 in hamburg, drei frauen und vier männer)
im resultat der debatten gab es zwei zentrale mitteilungen: diese arbeit von geissler ist abzulehnen. sollte sie veröffentlicht werden und wirkung haben, werden wir sie öffentlich bekämpfen. denn der text ist erstens arbeiterfeindlich, zweitens ist er endzeitpanisch konzipiert von anfang an, darin gefährlich im trend all derer, die angesichts der weltereignisse nun alles auf eine, die letzte, karte zu setzen getrieben sind; genau solche leute werden aber in finsterste resignationen wegbrechen und so aller langfristigen klassenarbeit verloren sein, sobald sich zeigt, daß die geisslersche endzeit-karte (die konferenz PKK) nicht sticht, nichts ist, nur die kleinbürgerliche panik der selbstrettung, nur peinlich anmaßender unsinn. geissler zerschlägt überdies — und das wollen wir nicht — mit dieser arbeit den wert, die glaubwürdigkeit all seiner bisherigen arbeit, denn was er da jetzt vorlegt, das schwingt sich nur noch paternalistisch-mystisch auf in die gottvater-geste, in den puren voluntarismus der verzagtheit. wer wie geissler die masse der menschen im land denunziert, die zu unseren feinden macht, die buchstäblich täglich alles gesellschaftliche produkt, jedes ding erst erarbeiten, erschuften, der denunziert damit revolutionäre hoffnung schlechthin. und: wer ist denn dieser geissler, der da ‚nicht mehr warten' will auf die ‚deutsche weiße betriebsarbeiterschaft' — es wartet ja wirklich von denen niemand ausgerechnet auf ihn! *das* ist das ver-

hältnis. so bildet sich heraus die lächerlichkeit einer anmaßung in abgehobener isolation.
auch habe der arbeitende mensch in deutschland mitnichten irgendetwas ‚verraten‘, denn verraten könne einer, könne eine nur das, was ihm, was ihr bewußt sei.
auch sei *jarama* ein eher peinliches stichwort. die kämpfenden genossinnen und genossen damals, auf die geissler uns auf zukunft hin berufen möchte, waren 1936/37 bereits an ort und stelle verraten und verkauft vom internationalen kapitalismus wie vom internationalen stalinismus, die beide einander zugespielt haben die menschentruppen in durchaus gemeinsamem konterrevolutionärem interesse.
auch brauchten wir keine ‚ziele‘ neu zu entwerfen. die aufhebung der klassengesellschaft sei uns als ziel seit 150 jahren klar, heute so gültig wie eh. auch eigenartig, zur bündnis- und organisationsarbeit in der vorgeschlagenen konferenz (PKK), kam von einer genossin (ich fand: leichthin wie überdrüssig) der einwand, sie wisse nach allem, was da in jahren und jahren organisatorisch versucht (und vertan und zersplittert) worden sei, nicht, ob sie sich überhaupt noch nach dorthin oder dorthin verbünden und organisieren wolle.
und auch, sagte ein genosse aus langen jahren politischer arbeit, sei — niederlage — (jetzt unsre erstmal weltweit) gar nichts neues. 1913/14 sei auch schon international eine gewesen. und doch gehe unvermeidlich unser kampf weiter, und ein ‚neuanfang‘ im geisslerschen sinn sei ganz unangebracht.
was nun?
das ist schwierig.
nun — so geh ich daran für mich und in vorbereitung auf weitere diskussionsräume (wendland, kiel, frankfurt/m, heidelberg, tübingen, freiburg und zürich) — ist also zu — winterdeutsch — vieles neu und weiter zu denken, gemeinsam. für mich selbstkritisch zu bedenken sind zentrale begriffe der kritik, endzeitpanik, klassenfeindlichkeit, mystik, voluntarismus; und wer wartet auf wen; und was ist qualitativ doch neu (oder gar nicht?) an unserer internationalen klassenkampfwirklichkeit heute. allerdings gebe ich mir auch zu bedenken, wie ungenau, überdrüssig und oder affektgesteuert in meiner allernächsten nähe studiert nicht so sehr wie abgetan wird, was einer (von uns, denk ich) ausgearbeitet hat. und will auch nachdenken über eine seltsamkeit: die, die so leidenschaftlich die (geheimnisvolle?) bedeutung der westdeutschen weißen arbeiterklasse verteidigt haben, sind oft menschen, die sich dem wirklichen tagtäglichen

erniedrigungselend und verblödungstrott dieser klasse, dieser niedermachenden tagespraxis immer wieder rettend (?) entziehen mithilfe von arbeitslosen- und sozialgeld oder hinauf in neue ausbildungs- und oder abmräume ...

nachschrift drei

in einem bremer gespräch ist mir gesagt worden, das sollten wir nun nicht wieder loslassen, das sollten wir allerdings unbedingt noch in seinen schwächen korrigieren, in seinen stärken differenzieren und ausarbeiten. dort will man (und frau) das in den nächsten wochen tun.
und aus dem wendland ist gestern (17-10-91) ein fünf-seiten-schreiben gekommen, im kern der bremer position verwandt, aber viel ausführlicher; darin der sondervorschlag: nicht über eine zeitung verbreiten, sondern nach und nach über kopien gezielt an freunde; und das bald nicht mehr unter einem einzelnamen, sondern mit einer namenliste, die länger wird.

(aus meinen gesprächs- und erfahrungsnotizen ein nachtrag zu den nachschriften zwei und drei)

(1) ein arbeiter in hamburg, internationalist, antiimperialist, kommunist, so um die vierzig, hat mir seine nichtbeteiligung an der winterdeutsch-diskussion mit dem (wie lustigen) hinweis erklären wollen, es seien gedichte im text; sowas interessiere ihn aber überhaupt nicht.
ich frage mich, was für eine arbeit, was für ein kampf das werden wird um die befreiung des menschen ohne brecht (und, ja, ohne benn), ohne celan (und, ja, ohne céline), ohne pottier (und, ja, ohne pound). wie denn unser freies ganzes gesicht ohne gedicht, ohne unser lied, ohne die freude auf alle die tollen künste des menschen? meine antwort liegt nahe bei entsetzen.

(2) ein anderer arbeiter in hamburg, internationalist, antiimperialist, kommunist, mitte dreißig, hat mir nach unserer ersten winterdeutsch-debatte das schreiben (oder schulungsschreiben?) einer ‚anationalen neuen kommunistischen strömung‘ ‚zur selbstaufhebung des proletariats‘ gegeben mit dem hinweis, daß ja längst grenzüberschreitend unsere arbeit aufgenommen

sei. er sagte auch (nach allem streit gegen — winterdeutsch —): ich such ja genau so meine hoffnung irgendwie zu behalten.
dies war für mich ganz unübersehbar der ernst eines genossen, mir klarheit zu verschaffen, mir mut zu machen. ich habe das schreiben dann später genau gelesen. ich wurde angesprochen von einem scharfen, kritisch-marxistischen wissen, von klar parteilichem denken. wirklich von jener unnachgiebigkeit, die uns notwendig ist. aber abgestoßen von einer schneidenden bestwisserei, von einer höhnischen führungsgewißheit, von einer gnadenlosen ausgrenzung andersdenkender — ach, angeberei! (ein wort, das doppeltes transportiert: anmaßung *und* denunziantentum ...) mindest wir alten haben da inzwischen ein feinfühliges gehör. es gibt, sage ich, eine sprache, die schießt ins genick — früher mal nahe moskau, neulich mal nahe münchen. und genau das ist der sound, den ich verweigere; von dem ich wünsche, daß *wir* ihn verweigern. weißgott (und jetzt lache, wer mag, mal frei kalt heraus): lieber gehe ich beten auf meine alten tage, als noch einmal mit lachendem piffpaff dem jungen tag, dem morgenrot entgegen.
dies ist, aus dem grunde unserer kostbaren roten geschichte, ein fluch.
und aber ich denke, der wäre zu wenden in eine freude, und die heißt so: wo wir aufstehen werden ums freie leben von gleich zu gleich, da wird eines tages auch bitterster kampf sein ums leben; aber keine lieblosigkeit. da werden wir all unsere genauigkeit brauchen und anwenden bestimmt; aber bestimmt nicht ins genick unserer widersprüche.

(3) ich lebe im dorf. ich bin also noch nicht still. ich bin noch zu verletzen.
am letzen hamburger debattenabend stand ich in der busstation vor einem großen bild für herrenkosmetik: ein nackter junger mann (blond) — sein schöner gestreckter körper zart aus innerstem elektrisch erleuchtet — hielt eine sehr junge (sehr dunkle) sehr schöne frau (zierlich anrüchig herrenoutfit) scharf an deren krawatte sich an den gespannten leib; im schnürschlips der hals einer frau; die schlinge zur lust gebieterischen wollens als die blonde geste der geilen gewalt.
parfum?
man erzähle mir nicht immer und immer wieder beschwichtigendes gegen meinen haß auf die medien (die werbung ist ein leitendes medium im krieg gegen unser gesicht); man rede mir

nicht geduld gegen mein wissen vom ausbau der weißen gewalt in diesem miesen land. das pack rast gegen den menschen gezielt.
: violence is beautiful:
that's it.
unseres ist das nicht.
unseres ist die feindschaft gegen entwürdigung.

nachschrift vier
(aus den gesprächen im wendland am 26. und 27.10.)
wir waren fünf männer und drei frauen (und eine kleine frau, zwanzig wochen alt). bis auf einen mann, der wohl jünger war, und bis auf mich, der immer der großvater ist, waren alle zwischen dreißig und vierzig; politische freunde und freundinnen aus langer geschichte, vielen geschichten.
der ansatz, miteinander zu reden, war zuerst einfach: daß einer, im weiten linken gelände der unlust, große politische lust hat, genau jetzt, mit vielen anderen zusammen, einen handlungsplan zu erarbeiten, ist wichtig, macht neue gedanken, sollte wahrgenommen werden. wahrnehmen als weiterdenken in gegenseitigkeit. aber bald, im weiterdenken, kamen die widersprüche. wie soll gehen, was längst und längst immer wieder abgestürzt ist: die produktiv organisierende verständigung links? was denn wäre europäisch zu denken, gar von lettland bis lusitanien, was noch nie auch nur mal regional geklappt hat: die unsere arbeit zuspitzende vereinheitlichung über reaktives aufbäumen hinaus (ja unser baumhaus gegen den schacht, und aber ihre kettensägen und bagger)? wie kommen wir in ein produktiv erinnerndes lernen, wir, die wir längst lieber weniger lesen; die wir den theorietext eine ‚bleiwüste' und den leser und die leserin solcher texte ‚verkopft' zu nennen uns angewöhnt haben? wer sind wir denn, daß wir, wie — winterdeutsch —, mitten in vielerlei kopflosigkeit so einfach unser selbstzutrauen behaupten? und selbst, wenn wir all unsern schlamassel endlich doch günstig wenden *wollten* in neue, gemeinsame angriffsarbeit — was ist denn dies wollen pur? wo wäre denn unsere willentlichkeit einzuknüpfen in welche jetzige wirklichkeit? und dann doch, immer wieder wichtig vordrängend, auch dies: frauen und männer ‚in einem boot', an einer front gegen ‚den feind'? die feindschaft ist doch erstmal mitten unter uns hin und her scharf unterwegs. was denn sagen wir gegen das pack, was wir zuerst nicht unter uns gegen uns selbst zu sagen hätten?

so drohte unser reden, unser austausch in ein großes ratloses erfahrungswissen zu verstolpern. da sagte einer: aber da wir nun mal kommunisten sind, müssen wir ran, müssen das schaffen, uns schaffen: die neue bedingung zur arbeit *jetzt*.
so konnten wir weiterreden.
es war auch aus den erinnerungen der schwächen und vergeblichkeiten noch keine feindschaft, noch nicht dies gereizte voneinanderweggrenzen entstanden. eher war es die anspannung eines niederbückens in lasten, um den stand zu fassen, die spannkraft zu versammeln für gründliche aufrichtung. einfach abfliegen, als hinge uns allen nicht schwer dreck im gepäck, wollte niemand. aber wollte auch keine und keiner liegen bleiben.
das war im wendland vielleicht die wichtigste mitteilung: von gesicht zu gesicht zutrauen.
so konnten wir gegen ende, aus vielen einzelerwägungen und einzelbetrachtungen, uns so verabreden: in der ersten januarwoche treffen wir uns wieder (und es kommen dann vielleicht einzelne aus der gesamtstrecke der diskussionsreise dorthin dazu), haben uns jeder und jede bis dahin genau mit dem text — winterdeutsch — bekannt gemacht, sind vorbereitet, aus den hauptbewegungen des textes eine *kommunistische erklärung* zu schreiben und gemeinsam zu veröffentlichen; eine erklärung, die die mißverständlichen formulierungen und gedankengänge in — winterdeutsch — in klarheit umgearbeitet hat; die fehler weggeschafft hat; die dem, was im text richtig ist, das angstmachende nimmt.
(denn das war eine beobachtung aus unseren gesprächen: es durchläuft den ganzen text ein zutrauen auf uns hin, das bedroht, das abstößt. abstoßend ist hoffnung in räumen der hoffnungslosigkeit; abstoßend ist zuversicht im stand vor der schwarzen wand. oder so: die behauptung unserer freude stößt ab in zeiten der trauer. oder so: das lied vom großen freien schritt gemeinsam mißtönt im finsteren fremdgelände vorsichtigen tastens.)
also erstes ‚ziel in der zeit': in der ersten januar-woche wollen wir zu einer öffentlichen kommunistischen erklärung kommen. was die genau fassen und genau vorschlagen wird, wissen wir dann. aber wir wissen schon jetzt, daß die uns dringend notwendig ist.
(zwei nachbemerkungen von mir selbst. es ist inzwischen aus tübingen die nachricht geschickt worden, ich möge dorthin kommen zur diskussion, ‚die 60 seiten sind, was du materiell damit willst, schlecht (doppelt unterstrichen). die hamburger kritik ist auf dem richtigen weg.' erstens. also am 5-11 werde

ich dort sein. und zweitens merke ich, daß ich unruhig hoff auf kritischen austausch (bei den künftigen gesprächen in frankfurt, heidelberg, tübingen, freiburg und zürich) in hinsicht auf bestimmte begriffe, die alle meine winterdeutsch-überlegungen durchziehen. welches gewicht, arbeitsgewicht, welche funktionen haben die etwa auch (oder etwa gar nicht) in anderer genossen und genossinnen denken und planen. ich meine die begrifflichkeit ‚ziel und zeit', ‚feind', ‚freude', ‚liebe' und ‚haß'. und ‚lernen'. und ‚das klasssenweltverhältnis heute dringend in ganz neuer qualität'. ist das (da das bisher gar nicht befragt bzw aufgenommen wird) eine nutzlose, also indiskutable begriffswelt? oder nur selbstverständlich? *und* (nun doch noch drittens): es fehlt mir in allen gesprächen bisher *das dringende,* also daß du es bist und du und du und du (und ich es bin) *jetzt,* die verantwortlich sind, obs kommunistisch angreifend weitergeht, und wie.

nachschrift fünf
(aus kiel, frankfurt/m, heidelberg, tübingen, freiburg und zürich) schwierig, find ich, nun diese letzte nachschrift noch zu verfassen, sie aufzuschreiben, wohl richtiger: niederzuschreiben.
die PKK ‚ist vom tisch'.
es ist für die niemand da.
WIR sind (noch) nicht da.

wir haben von stadt zu stadt, von zimmer zu zimmer, von gesicht zu gesicht (keins hatte den hamburger überdruß ausödender gewißheit, keins. das war eine freude. und doch:) wir haben kein nahes klares erstes ziel für uns alle gefunden; erstrecht bei uns (aus langer erfahrung mit abschneidender hast, mit kleinmütigen ermattungen, mit endlosen verwirrungen, mit dummen machtbehauptungen) nicht gefunden den vernünftig herzuleitenden mut, aus dem wir, in abgegrenzter zeit, willentlich, jetzt sofort, bestimmtes (für uns!) zu tun entschlossen wären. wohl sind wir alle (noch?) vielfältig tätig in einzelheiten, aber nicht lustig aufs ganze. zwar niemand ist etwa schon hoffnungslos frech verwendet ins staatstragende ‚zivilitäre', aber keine und keiner weiß weiter genau ins ganze. *das ganze* tritt gegen uns zuerst jetzt als schreck, geschärfte gewalt; über uns hin als schatten. (unterwegs hat jemand, unnachgiebig, *verzweiflung* gesagt.) so ist *das ganze* noch gar nicht, gänzlich im recht,

unübersteigbar *unser gesicht.* unser gesicht, in spotten und spalten und staunen, in zaudern und plaudern und schaudern verzerrt, ist erst noch nur unterm prügel unsere schönheit im sack.
wann aber (das frag ich denn doch noch mal ganz zuletzt schnell) zerreißen wir den, heben unser gesicht auf und lachen? vielverzweigt unsere tätigkeiten, in liebe hart, in bester verknüpfung weithin, sind unser gelächter.
sind wir nicht viele?
sind wir *nicht?*
sind wir nicht?
was mach ich mir vor?
ich habe mir, denke ich jetzt, arbeitszeitlebens, also nicht erst mit — winterdeutsch —, in meiner lustigen freude aufs ganze allzuviel vorgemacht (aus *tumultuarischem lebensbegriff,* hat der damals gefangene siegfried haag mir das einmal in einem langen brief kritisch genannt). das hat sich gut angefühlt. führt aber, krieg ich gesagt, seh ich schon selbst nun, ins schwarze. was soll ich da? noch bin ich nicht eule, war nie ein pfeil.
also vorwärts, die menschenreise, in gegenseitiger achtsamkeit. so lange wir uns, in achtung kritisch, miteinander beraten, ist noch nicht alles verloren.

aus *kiel,* aus arbeit und leben mit kindern und krankheit, aus aufgereckter und abgestürzter (und unnachgiebig nachgedachter, *rot* nachgedachter) kpd/ml-geschichte kam als erstes die frage, wer — wir — denn noch seien in dieser wirklichen welt. es sei jetzt nur im innehalten noch etwas von unseren interessen zu vernehmen. aber ,wie kotzt mich dieser widerspruch an, nicht warten zu können im kampf gegen diesen massenvernichtungstrip, andererseits genau zu wissen, wie sehr wir, frei einzeln und konzentriert gemeinsam (zuerst jetzt) das lernen brauchen. was aber lernen? was benötigen wir, in dieser vielförmigen verwirrung, zuallererst? wir stehen vor einer neuen, fremden situation.' das leugnen, sei idiotie. oder provokation. also lernen. aber *jarama,* im eilig zwingend gefaßten zeittakt — so gehe das nicht, gehe schon wieder schief. ja, wir brauchten ,das neue internationalistische manifest' (unterstrichen), das könnten wir aber nicht, dürften das nicht erschwindeln. und selbst, hätten wir es, es wäre dann längst noch nicht ,die front', sondern erst das bestimmte wissen einer handvoll leute. aber das sei ihm schon klar, in seiner skeptischen bedachtsamkeit gehöre er, im todblassen griff (nein, eben *nicht* begriff!) bestimmter hiesiger heutiger ,kämpfer' und ,kämpferinnen', längst erschossen. das sei schon

einmal auf ihn gerichtet worden beim ausschluß aus der kpd/ml, und die ,richter' damals seien nicht etwa hochtrabende studenten, sondern deutsche weiße betriebsarbeiter gewesen: gegen das fragen der schuß, die eile; die uns allen notwendige zeit einfach um einen kopf kürzer ...
so also nicht noch einmal, nicht nochmal.

in *frankfurt/m* geht es genau hier weiter.
aus langer autonomer (und ,autonomer') und riskanter praxis (und ,praxis') kommt gegen — winterdeutsch — die warnung: der text überspringt an vielen stellen voluntaristisch unseren realen zerstörungsstand links. das zeitmaß, das er setzt, provoziert noch einmal unser lügen und unsere gewalt gegeneinander. wir sind da gewarnt jetzt entweder, oder unverschämt an dummheit interessiert, in blockaden fixiert. daß wir tendenziell lügner sind, machtmacker (leute in angst als in einem panzer), das ist in aller künftigen befreiungsarbeit unerbittlich bewußt zu halten. und die münchener genickschießerei — woher denn gegen die mein sicherer abstand? diese geschichtslose kälte *deutsch '85* ist von uns allen mitproduziert. und so ist auch das 'einsame töten' nicht ,schon was schon was'; da sollten wir endlich nun nicht mehr nett zueinander sein ...
und auch: im text — winterdeutsch — sind viele ungenauigkeiten. ihnen in frankfurt ist ungewiß geblieben, ob gewisse andeutungen zu unserer langfristigen nacharbeit nur eben skizziert oder vom autor benutzt werden zu seiner verkleidung.
und auch: wer — winterdeutsch — ernst nimmt, dessen leben ändert sich gänzlich. das droht. das macht abwehr. und auch: dem text fehlt der mut, die volle scheiße erstmal anrüchig auszubreiten. beständig rettet er sich (und will uns retten) in hoffnungsbilder hoch überm dreck. der text lehnt ohnmacht strikt ab. so läuft da schon wieder die verweigerung der wirklichen pest, die wir kennen. (ich frage zurück: wie lernen wir den gestank, ohne zu ersticken; die ohnmacht genau, ohne in ihr zu sterben; einfach zu verfaulen?)
und auch: ,aus irgendeinem grund' ist der text zwar bedrängend ermutigend, es fehlt der ermutigung aber die ausarbeitung des ausmaßes an zumutungen, die auf jeden und jede zukommen aus solcher ,hoffnung auf unser gesicht'.
die frankfurter wollen auch notizen schicken zur weiterarbeit im wendländer januar.

aus *heidelberg* kam zuallererst deutlich, daß alles das, was ich vor — winterdeutsch — schon veröffentlicht habe, gut bekannt ist. aus dieser arbeitskenntnis kamen durch die ganze debatte hin zitate und viele bezüge aus diesem oder jenem buch zum jetzt dort vorliegenden text. der war ihnen allen (was auch zuvor in leer schon und in kiel und bremen und frankfurt/m, später in freiburg und zürich durchgesagt wurde) nicht nur kein gegensatz zu *dissonanzen, kamalatta, brot* und *zeit,* kein rückfall oder abfall oder abwegig falscher einfall, sondern simpel die konsequenz. allerdings nicht ungefährlich, nicht ohne fehler, nicht ohne beachtlichen irrtum.
vor allem gefährlich: im text das entweder-oder. in fast allen erscheinungen auf das schlimmste hin neu sei unsre internationale situation sehr wohl, schwer zu ertragen, dringend fordernd, und doch dürfe es niemals unter uns heißen: jetzt alles — oder wir sterben. stets sei altes, in klassenkämpfen überprüftes wissen, im sinn wie in sicht zu halten. so wußte einer das marx-zitat, nach welchem es nicht ausreiche, daß sich die gedanken zum wirklichen, es müsse das wirkliche sich auch zum gedanken drängen ...
des weiteren dann aber irrtümlich sei im text, irreführend mißbräuchlich, bestimmt mißachtend, vielleicht verächtlich, die ableitende umleitende, schließlich wegleitende, verleitende anwendung bestimmter wörter, ihre verschiebung aus eindeutiger bestimmung ins allgemeine, in den versatz, in das beliebige, abgerissene, in den abriß. so würde planiert, was unbedingt in seinen kanten kenntlich von uns zu halten sei. sehr wohl hätten wir neu, angreifend neu über die künftige, befreiende wie zumutende, alles übliche verletzende ‚armut' nachzudenken und dann als kommunisten, und zwar ganz anders als bisher, öffentlich herausfordernd das unsere hierzu zu sagen. aber da müsse ein neues wort her. *armut* habe zu bleiben die brandzeichnung aus den rändern von rio und singapur und khartum, aus den erfahrungen der flüchtlinge beim überschreiten der reichen grenzen, aus den weißen scheißhäusern der metropolenbahnhöfe. auch ‚hunger' sei im text so ein bestohlenes wort. es gehe nicht an, die wirklich tiefer und tiefer und kälter und kälter sich einfressenden entbehrungen im reichen schrott der zentren, dies dumpf untergründig reißende verlangen nach umwerfender änderung, unseren ‚hunger' nach gerechtigkeit, nach unserem menschlichen *gesicht,* im wort gleichzusetzen mit dem *hunger,* dem knochenbrechenden, in lagos und la paz. was hier wieder und wieder im winterdeutschtext wie einfach nur eben ungenau redet, sei wirk-

lich okkupation, sei noch einmal und nochmal der weiße diebstahl, diesmal über die weiße sprache. so und dann — und vor allem dann — die wörter ‚ficken' und ‚vergewaltigung'. es werde kein kurdisches dorf von nato-trupps gefickt, und es würden nicht ländereien, nicht arbeitermenschenmassen, auch nicht unser aufstand ums leben vom pack ‚vergewaltigt', sondern *vergewaltigt* wird, weltweit und allein, die frau vom mann. dies wort gehöre — empört wie empörerisch bleibe das deutlich! — ganz allein ihr. hier habe der schreibende mann (ja, auch der schreiende) auf der hut zu sein. er könne, was da wirklich los ist, nicht blicken. also solle er da schweigen. und wisse er von klassengewalt, dann wisse er von klassengewalt, und mehr nicht. und dann die fehler.
der text — winterdeutsch — wolle vorwärts, wir aber hätten, im brand der wüsten ereignisse, zuerst gegen herrschend gezielt unsren untergang, unseren rückzug sicher zu organisieren. nicht um zu verschwimmen, sondern um uns zu halten. im niederreißenden kräfteverhältnis sei das vernünftige arbeit von tag zu tag.
der vorschlag zur konferenz enthalte die machtfrage in korrespondenz zur brutalität, die täglich gegen uns ihr machtverhältnis organisiere. so sei der vorschlag wohl logisch, aber im ersten auftritt doch eher erstaunlich. erstaunlich frei. to some extend ‚high' ... wir seien aber weder frei noch high, sondern erstmal wieder geschlagen. freilich unterm schlag, sofern wir nicht kapitulierten, konzentriert auf den kern. weiter seien wir nicht. aus ihm gehe lernen, mehr noch nicht. erst in einem künftigen schwächemoment aufseiten der herrschaft werde sich uns das terrain unserer nächsten schritte zeigen. und käme es jetzt (und das wäre gut) im versteckten gelände unserer rekonstruktionen zur arbeit an einem neuen *manifest,* zu entwürfen, zum kursieren der entwürfe, zur fortschreibung und endlich zur vorläufigen öffentlichen gestalt, dann solle von uns darauf geachtet werden, daß die arbeitspunkte *feminismus* und *anarchismus* in die reihe der schon genannten themen aufgenommen werden.
vielleicht, desweiteren, entstehe aus textdiskussionen an vielen plätzen ein stück *vernetzung*. (was wäre die?) von vielen seiten her, nach und nach zentral, von unten die pfeiler der macht unterwühlen.
(woher dann aber ‚zentral'? das wäre der sinn der PKK doch gewesen!)
so reden wir oft in gründlicher absicht in rundlichen kreisen ...

was wird uns nicht nur aus kreisläufen weg, was wird unsere arbeit, endlich ausbrechend, in vernünftig wirksame kontinuität bringen können? wir sagen in heidelberg so: an die mauer der weißen brandet die flüchtlingsfrage. die wird das pack nicht mehr los. :so nicht die armutsfrage. :so nicht die eigentumsfrage. :so nicht die internationale klassenfrage. so stellt in der klassenfrage (das führe ich fort) die flüchtlingsfrage unsere frage. so stellt unsere frage in der flüchtlingsfrage die klassenfrage. so kommen dort die flüchtlinge, hier wir, aus sehr verschiedenen ausgangsorten und vorerfahrungen, in die logik, die zählt: in ein und die gleiche: in die klassenlogik. (das scheint einfach. das wird schwer werden. kein flüchtling wird, aber die innenminister werden, das messer gegen uns ziehen. und nicht nur das, sondern viel schwieriger noch: die allermeisten flüchtlinge kommen nicht deshalb nach deutschland, weil sie lust haben auf den kampf gegen eine zentrale, die ihnen zuhaus, kalkuliert räuberisch, ihr elend gemacht hat und künftig schlimmer und schlimmer noch machen wird, sondern sie kommen zu uns, um *endlich endlich* elend und dreck und hoffnungslosigkeit und hunger loszuwerden; und die weißen zentren sind für sie erstmal ‚demokratie', einfach ein guter ferner traum, ein gebiet ohne angst und verfolgung, einfach endlich der einfache frieden, den jeder vernünftige mensch ersehnt ...)
dennoch, so sagen wir erstmal in heidelberg weiter, wird aus unserem klassenwissen unser arbeitsansatz werden können (*in* ihm die häuser; *in* ihm zl; *in* ihm 500 Jahre, *in* ihm das depot) von ort zu ort, ausdauernd weithin. :es kann die ursache, so gern sie es möchte, nicht von ihrer wirkung weg: die ursache ist das pack, wir sind die wirkung. aus den von den eigentümern gesetzten ursachen stellt sich (das ist eine mögliche, keine automatische wirkung! eine logische, aber nicht immer siegt logik ...) gegen das eigentum der feind; stellen wir uns; oder es herrscht uns zu tode.
aus diesem ansatz, verbunden mit etlichem aus — winterdeutsch — könnte die wendländer januarwoche konzentriert und zum produkt gebracht werden; herausfordernd zur *kommunistischen erklärung;* zum kern eines neuen manifestes.
die heidelberger genossinnen und genossen überlegen sich, wie sie im januar mitarbeiten werden.

(in *tübingen* ist vor unseren gesprächen erstmal noch allerhand anderes dringend angesagt. ich lese eine nachricht aus lateinamerika. ich schreibe mir unruhig ein zitat auf.

deutschland wird ökonomisch die stärkste kraft des kapitalistischen lagers im jahre 2000 sein. unserer meinung nach hat deshalb die deutsche linke eine riesige verantwortung. wenn diese linke denn existiert.
warum lese ich diese dringlichkeit von einem genossen aus montevideo. warum nicht von einem oder von einer hier nah. was ist denn revolutionäres ‚existieren', das sich nicht grenzüberschreitend *organisiert.* und verantwortung haben, heißt verantwortung wahrnehmen, heißt antworten. antworten kommt aus hirn und hals, will aber an unsre hände, an tätigkeiten. es gibt kraftlose hände, es gibt gefesselte hände, es gibt patschhände. es gibt zuckende und es gibt verzückte hände. es gibt kalte hände. es gibt keine sauberen hände. aber es gibt hände, und das sind die meisten, die lernen. lernen genau den komplizierten griff, den notwendigen, am stein, an der maschine, am ruder; auch zärtlich die ermutigung an eines menschen gesicht. wie lernen wir die organisation unserer hände von einem zum andren? wie fern sind wir uns denn?)
nah war den tübinger freunden zuallererst eines (und es kam aus dieser nähe, von anfang an, eine überschattung (entwertung) des ganzes textes; ähnlich wie in hamburg der schatten aus den behauptungen ‚endzeitpanik' und ‚arbeiterfeindlichkeit' und ‚paternalistische mystik' alles weitere textwahrnehmen kalt gemacht hatte), schlagnah, ‚so als hautest du uns einen balken über den kopf', meine wütend ungeduldige kritik an ‚lallern und knallern', an der ‚lutscher-grammatik'; und den schatten geschmissen über allen weiteren text hat mein elender hohn in puncto ‚banane bleibt!'
was nun.
das liegt wie ein stein.
ich will das nicht mehr.
ich kann das lassen.
so kamen wir wachsam weiter. aber wohin.
sie sagten mir, mein text sei durch und durch geprägt von der denunziation gegen ‚hafen', ‚die gefangenen' und raf. woher denn das sei. und es sei, was sie dann leicht als meine tücke reinkriegen könnten, mancher meiner angriffe absichtlich undeutlich: ‚der talm' ... meine bitterkeit richte sich gegen all die einzigen, die überhaupt noch etwas hier draußen täten (ich versuchte, ihnen zu erklären, daß das eine schädliche selbstüberschätzung sei), und so habe mein ganzes ding da am ende gar keine adresse. darin aber läge eine große gefahr: ich negiere den prozeß, schlösse ab, mache den bruch. mein ‚neuanfang' schlage

vor, mit allen kontinuitäten zu brechen. das sei das loslassen von der geschichte. (ich rufe ihnen in erinnerung, wer wen losgelassen hat nach ‚dissonanzen', wer mein zutrauen in uns mit schweigen und oder spott, übel mit staatsschutzzuweisungen beantwortet hat. ich frage, wer ist jetzt auf reisen zu wem, wer negiert immer noch nicht, schließt immer noch nicht ab, stellt sich offen bloß hin. ich versuche klarzumachen, daß nicht allein in wiederholungen ‚kontinuität' auszumachen sei, sondern bestimmt auch in widersprüchen.) sie fahren fort, es sei, wo immer sich meine konferenz, so angelegt, auf leute beziehen wolle, wirklich niemand mehr für so etwas zu finden. (ich sage noch einmal: selbstüberschätzung; ich sage, wo sie grad nicht seien, dort sei noch immer nicht ‚niemand'.) sie fahren fort, genau jetzt, wo draußen, von den bullen her, sich positionen formierten gegen uns, gegen unsere kontinuität, da komme mein vorschlag zur konferenz nur noch als eine unterstützung der falschen seite, als eine aufforderung zum bruch, zur kapitulation (ich stelle fest, daß die gleichsetzung von bruch und kapitulation versteinerung heißt, erstarrung), ich möge bedenken, wie das in italien gelaufen sei (ich erinnere mich, wie ich die offene schärfe der widersprüche in italien produktiv fand, lehrreich, in ihrer unverzagtheit notwendig). sie fahren aber fort, der boden meiner vorschläge seien diffamierungen (immer nur das, immer nur das, der schatten, der alles fängt. es kamen diese wiederholungen mir vor wie aus einer gefangenschaft. oder sind denn wir andern alle gefangen? ich bestehe darauf, daß, überprüfbar am text, der ‚boden meiner vorschläge' mein stures *zutrauen* in uns sei). aber sie sagen, mein konferenzgedanke sei ein traum, aus dem wirklich nichts kommen könne, programm komme jedesmal nur aus praxis. und über alles, was heute praxis ist, kotze ich nur so hin, kotze ich mich nur aus. sie seien aber eben nicht einfach getrieben von ‚einfall und anfall'. ich möge das erkennen, zum beispiel an all der arbeit zum iwf. aus ihr seien neue arbeiten entstanden, aufgehoben in der getanen. bei meiner herangehensweise werde ich keinen text mehr hinkriegen, nur noch einen unbrauchbaren, denn was ich auch täte, es gehe an allen wichtigen fragen vorbei. niemand könne oder wolle das noch packen. es gehe nur der text, der eine entsprechende praxis bei sich habe. sprache sei wichtig, werde aber belanglos, sobald der, der spräche, nicht mehr zu sehen sei. (ich erinnere, daß es, leider immer wieder wirklich erfahrbar, eine praxis gibt, die sprache abschafft, sie runterwirtschaftet, verpraktiziert auf gelall. und aber, von ganz anderer seite, frage ich mich nach der

‚praxis‘ von friedrich hölderlin, von bert brecht, von peter weiss; von virginia woolf und von else lasker-schüler. also etwa assata gegen virginia? wohin kommen wir dann, in welchen hinrichtungskeller, in welches irrenhaus, in wieviel stumpfe verstummung?)
sie sagen mir gegen ende, ich möge mir doch mal klarmachen, was für eine verantwortung ich habe, von meinem alter her, aus meiner öffentlichen tätigkeit, aus dem, was mein ‚ruf‘ sei.
(alles nachschreiben hier ist auswählend *meine* erinnerung. das wollen die tübinger lieber nicht so lassen. sie schlagen vor, eine eigene ‚nachschrift‘ an mich/uns zu schreiben. das finde ich sehr gut. sehr genau. sehr beständig.)
(ich habe im verlauf der tübinger kritik manchmal nachgefragt, nur gefragt. das hat oft ein schweigen ausgelöst. ich weiß nicht, ob eins aus wissen oder eins aus ratlosigkeit. ich notiere diese beobachtung nicht ‚siegreich‘, sondern verlassen. ich notiere mir: für mich sind alle gedanken und alle tätigkeiten, die unter uns sichtbar, hörbar werden, befragbar. *es scheint aber, auch mitten unter uns, den raum des unbefragbaren zu geben. aus dem haben wir keine antwort mehr zu erwarten. aber: das ist kein schicksal. das ist eine entscheidung.* was will die? woher die angst?)
ich bin dann zum tübinger bahnhof begleitet worden.
der abschied war hell, als würden wir uns bald wiedersehen. aber das sind vielleicht nur die täuschungen, die ich so liebe.
aus *zürich* tät ich gern lauter geschichten erzählen, aus gesichtern geschichtern von kämpfen und knästen und gründlicher kenntnis, von kindern und kuchen und kienholz. aus unserer freude die feindschaft. aus unserer feindschaft die freude. aber das geht nicht. die aufpasser sind gegen uns hungrig. also sticheln wir ihnen nur jedesmal steine. der brunnen ist ihnen gewiß.
uns aber was?
gewiß sind uns auch in zürich schwere zeiten. (nachschleppend isolationsfolterkrankheiten, immer wieder die verhaftung von freunden, immer wieder die fehler bis hin vor die verfluchte wand. dauernd der schmerz aus dauer ausdauernd WIR. tatsächlich, in zürich gibt es — uns — noch!)
es heißt in zürich zu — winterdeutsch —: dein neuer text kommt deutlich aus all deiner bisherigen arbeit. überraschend ist die frist. sie ist die aufforderung an uns alle, unbedingt *jetzt* über die zeit zu sprechen, die wir noch haben. dein vorschlag befreit uns von der gefahr, fristlos zu arbeiten — überall immer vieles zu

tun, aber nie richtig. das ist die überraschung. das ist die drohung. erstens. zweitens: du bist (sagt ein arbeiter) gegen die arbeiter verbittert. das war mal anders. (ahlers, tapp, nina und ossi; dein nachbar in — dissonanzen —). du läßt in der krassen krankenhausszene viel wichtiges aus. so alter dreck ist immer nur ein scharfer spitzer teil vom ganzen. weithin unten breit verborgen — wo sind leo und ilona, brocken und uwe kock und pitt vreese? da mußt du bitte den text noch genau erweitern. drittens: die endgültigkeit von — winterdeutsch — hat etwas statuarisches, den charakter eines letzten, endgültigen produkts. aber du weißt doch: wir sind im prozeß. wir leben. prozeß geht nie hektisch. sondern wir haben, schon immer und vernünftig, ARBEIT vor, die kein ende hat. allerdings, das kann uns ermüden. gegen ermüdung willst du unsere konzentration jetzt. aber achtung, dennoch: wenn du unserer arbeit ein ende setzt, dann setzt du dir eins. (aber wie, frage ich nach, wenn *sie* uns eins setzen?) (schweigen.) dann eben viertens: ein unterton der ‚lückenlosigkeit im elend' macht das papier uns gefährlich. kein kampf darf so geführt werden, als sei danach nichts mehr möglich. so gingest du im knast, wir waren jahrelang drin, ins gestein (das genau wollen sie!) und dort vergingest du. laß das nach! unser kampf geht ums leben, nicht um ‚letzte dinge'.
es war noch viel mehr.
kein wort mehr.
leuchtendes laub.
aber — auch in zürich — kein ‚deutscher herbst'.
und in freiburg nützlicher genossenschaftsbau.
mit musik!
(aber genossenmusik. musik im bruch. im bruch arbeitender entdeckung.
aber was wird entdeckt?)

„mich hat dein text gebeutelt, umgetrieben. denn das ist unverschämt die gleichzeitigkeit von kunst und direktheit. das kommt bisher unter uns noch immer nicht vor: das lied, das uns losmachen will auf eine denkbare praxis. zwei derart so verschiedne räume fügen wir lieber nie zueinander. das paßt uns nicht. das irritiert uns. das glauben wir uns lieber nicht. aber im grunde (wo ist das?) weiß ich, wissen vielleicht sogar alle, daß es geht; das wir (wer denn sonst) das gemeinsam, zueinander hin, in gang zu setzen haben. so rührt mir das erstmal an ganz prinzipielle sachen ... ‚heil geht nur, wer das kreuz nimmt und hängt' ... was redest du denn da? was redet denn da einer von uns? es hört sich

so an, als hätten wir vieles noch erst zu entdecken ...
aber zielsetzung und die ausarbeitung dorthin muß man auseinanderhalten. stimmt das? vielleicht ist dieser einwand von mir nur eine verkleidung gegen deine zumutungen.
nein.
es darf nicht die letzte chance sein.
darf nicht?"
(schweigen.)
„wir machen uns, gern schutzsuchend, *das* unglaublich, was uns vor augen ist: entweder jetzt — oder nie mehr.
es stimmt.
es ist aber für keine arbeit gut, das letzte ins auge zu fassen. (als lisboa per erdbeben in schutt und asche sank, hat voltaire geschrieben: *ich akzeptiere das nicht.*)"
(so ist das also mit der aufklärung.)
(so ist das also nicht mit den fundamentalisten?)
(hör dir das mal zeitgenössisch an: ich akzeptiere maidanek nicht.)
(aber gäbe es hier ‚akzeptanz', welche hoffnung bliebe uns für zukunft? welche luft, um zu atmen?)
so suchen wir ‚vor der wand' jeder und jede nach einem trick. wir wollen leben.
weiter.
lies nochmal seite 216/17, entfalte genauer, woher du das weißt, daß sie uns ‚nie ganz kriegen'. da steckt eine uns wichtige, aufzuklärende gewißheit.
zum PKK-vorschlag selbst: der setzt voraus, daß bestimmte leute sich, wir uns, vollständig einlassen. bisher machen wir teilarbeiten, in denen vieles von uns noch nicht vorkommt. aber wer ist ‚aufs ganze' bereit? täte sich jemand in einen solchen prozeß, wäre, das weiß jeder und das weiß (erstrecht!) jede, alles gefragt *und* alles anwesend. wer möchte das nicht. paradox ist das. wer möchte verrückt genannt werden."
(schweigen.)
„weißt du, ich denk mir inzwischen, du redest deinen ganzen text von deiner künstlerischen erfahrung her. die anders als im paradox, in der vorantreibenden vergegenwärtigung und vergleichzeitigung von :alles in frage und alles gewiß: , von *bruch,* nicht geht. aber ist das *politisch praktikabel?*
wir wollen den traum *und* die sache. in einer figur. ‚wir wollen alles' (1968).
und aber: mach im text noch deutlicher, daß wir *kein* wissen und *kein* elend und *keine* untat vergessen, auslassen, weglügen wol-

len, und doch, aus all diesem, unsere freude ausbrechen lassen werden.
so sind wir nun mal. kommunisten.
wir werden unverschämt sein.
aber, nochmal, daß einer in aller unverschämtheit auch noch auf (machbare wie sprengende) praxis aus ist —*das* ist die irritierende dramatik im text. ist auch die tiefe, auch abstoßende, unbescheidenheit in deiner sache. denn wer denn ist gänzlich genug für diesen doppeltanz aus fluch *und* freude?"
in der nacht noch sehen wir einen film aus griechenland. *wanderschauspieler*, verfolgt und verraten und verarmt, musizieren sich, tanzend verschworen verlassen, ein wirres schneegebirge hinab. vor alte bäume hin. an die, da hört der tanz plötzlich auf, da starren die schritte, unsere freunde gehenkt sind. griechische partisanen. 1943.

letztes erschrecken in freiburg: so sind wir also wanderschauspieler?
sicherheit beim abschied am intercity: nein. wir lernen.
wir arbeiten weiter.

welche arbeit weiter?
zuletzt, über wochen hin, habe ich zugehört.
zuhören ist eine arbeit.
WIR — das ist auch zuhören.
WIR — das ist eine zu lernende arbeit.

jetzt pack ich den neuen roman an. er heißt: *wir erklären die feindschaft*. er wird der erste sein in einer reihe, die ich nenne: *meine sieben kleinen grausamen romane*. jedes jahr geht ein text los. jedes jahr 180 seiten geht liebe los, die nicht kippt. die zielt. *ziel in der zeit.*

(20-11-91)

ps: apropos ziel in der zeit. erste januarwoche '92 wollten wir uns im wendland treffen zur arbeit an der *kommunistischen erklärung*. wer weiß, ob das nach den aufgezeichneten erfahrungen jetzt geht. manche sagen, es genügt, wenn wir gründlich die verbindung zueinander halten. ich weiß nicht recht. vielleicht sagt mal hierzu jemand andres was.

pps: ich werde nun doch versuchen, die flugschrift winterdeutsch

(samt nachschriften) sehr bald als ein billiges heft zu veröffentlichen. nach meiner diskussionsreise riskier ich die vermutung, es könne sich aus dem heft eine vernünftige weiterarbeit entwickeln hier und da ...
(wir sind, in aller kontinuität, mitten im anfang.
doch, tübingen: doch, hamburg: *neuanfang!*)

(aaltuikerei, 12-12-91) liebe hanna. lieber lutz. ihr ward ja dabei. sogleich war einer von euch zu mir gekommen ins krankenhaus, als, nach lauter besten weißen befunden, *der alte mann ist kerngesund,* ich weggeknickt bin in schmerzen und frieren und kotzen und weinen. aller horizont versaust in ängsten. wüst die welle als wand, riesig höher als unser boot. das war in der nacht vor heute zehn tagen. da hatte ich dann meinen wunsch, mit euch — winterdeutsch — zu veröffentlichen, widerrufen. denn in meiner angst war, wir haben darüber gesprochen, oder gerätselt, zentral, es könnten alle meine hoffnungen, alle liebsten bilder nur lügen sein. *unser gesicht* die lüge. jetzt korrigiere ich das noch einmal: ich will, daß — winterdeutsch — öffentlich wird.
als ich in den vergangenen nächten nicht unter den schmerzen liegen wollte, habe ich mich halbe nächte durch neben sie gesetzt (nein, eben: nicht *gegen* sie!). ich dachte, daß schmerz eine stimme ist. ich dachte, ich will aus der was verstehen; also weder aufs maul kriegen noch aufs maul geben. jetzt habe ich es so verstanden: in — winterdeutsch — sind fehler der übereilung, auch der kindlichen überschätzung; ist auch das mißtrauen des verletzten; ist manchmal mein hohn bloß noch eine übelkeit. aber es ist gleich eingangs in — winterdeutsch — von mir schon aufgeschrieben, schon gewußt, daß es gilt, jetzt ins wort zu gehen, *auch auf gefahren hin* (text 4). und also wie wär denn ich einer, der nicht gefährdet ist, nicht gefährdet? wichtig ist allein, daß ich im text nicht lüge. und das ist so. erstens. und zweitens: ich will *jetzt*, und das sind zeiten unserer verstummung im niederträchtigen weltgeschrei der kraken, daß meine stimme als eine von uns öffentlich dokumentiert ist; daß der prozeß in meinem kopf *jetzt* nachzudenken ist; nicht erst irgendwann aus dem nachlaß zum nachdenken offen samt macken. also los.
wenn ihr das, nach und oder in allen widersprüchen, jetzt noch wollt.
ich finde es übrigens richtig, daß ihr diesen brief der nachschrift fünf doch noch folgen laßt. er sagt (nochmal) was zu den risiken

all unserer winterreisen. die wir deswegen aber nicht lassen wollen. auch bin ich gewiß, daß nicht allein ich grad plötzlich mal kotzen und weinen muß. vielmehr grüße ich so, aus meinem schreck, die erschrockenen.
und um das nun auf die spitze zu treiben: lest bitte das zweite kamalattanische lied. *schneegras*. wenn auch ihr es wichtig findet, dann bitte stellt es an den schluß des ganzen winterdeutschtextes, also in den anschluß an diesen brief. klar höre ich laut schon gelallt den einwand gewisser leser (und leserinnen), das sei nun nur noch kryptisches gefasel. nur zu! immer schon, durch viele schwere zeiten hin, hat an geheimen plätzen der mensch sich versammelt in die schwierige, nämlich geflüsterte konzentration auf die wahrnehmung seines gesichts; auf die gesten der hände im dunklen raum. ihr beiden wißt das. euch kenn ich. seid gegrüßt!

schneegras

alles erwartet die sonne
niemand zweifelt
woher die gewißheit
blind ohne angst was ist
das gelächter

über dem hafen der uferwipfel
dornenstab sandhitzenbrut
schreit seiner bunten schönheit
der abelharuco

gewiß kommt die sonne
wir kommen nur ungewiß
unberechenbar

bin da. ja. bin da.

so müssen sie lauern
wer springt
die sollen den sollen sie löschen
der weiß die weiß das weiß

der salamander winkt ab
hat einer hoffnung
den hat sie
fragen wir uns wohin das geht
fragt er wohin das mit uns
was lockt droht lacht jagt was uns
jammert uns fordert uns lähmt ach
wüßten wir was
wir wissen

berichte befehle betörungen
rührende bilder
der hinrichtung
klingklang
da

sitzest du frau grau
nach elf jahren strick
im blut ihrer ordnung
kammern doch unsrer verschwörung
freude
sitzest du gräulich
entfärbt den talm
im spiegel geglätteter türme
geschleift in das oel
der frühsonne
nah salamanca pier
unterm schirm der beerblauen pinien
schneegras

schlank stehn die mächtigen stiere

auch sie werden kämpfen
im kreis
ein spiel
es springen die kinder stechen
dann

aus der seite
lasterhaft *ledermann*
unterm lehmigen hut
den brandglanz der sonne zersticht er
den muskel der uns den kopf aufrichtet

die augen das horn
dann

tanzt um den stier
der kleinere tod
eng golden weißlich geschmückt

für die frauen
die feinen
erwarten den stoß
ja den

der stier bricht schwarz
in das mehl seiner täuschung

es ist kein spiel
der talm
die wüste
grau

sagst du wachsam du frau
inga an stürzenden ketten
auf reede vor salamanca die rede
ins ödene wogen danach ach
verfluchte die springflut sagst du
hat aus mir alles zerrissen
hütet euch
es sind wölfe
da aber da

kommen wärter dich waschen
weißen binden wunden dich küssen
verbindungen suchen
dich freunde finden
dich fragen dich flüstern

kennst unser band

aber nicht aber nein denn sind
alle bande zerrissen
sagst du ich bin des wolfes frau
seht her ich selbst

war was war denn was
wahr war

schrill der ruf
des abelharuco haarfedern
länglich geträubt
über den augen
die wir nicht schließen
der helm
unser gefiederter hut
noch immer
kein boot
unterwegs nach bir ould brini
das grausen der gitter
schönheit
bricht
licht

taste den wind im grunde der wellen
rufe dich inga mich kerstin
tasten schon trommeln den faden
im segel die fragen
der antwort

oder es stürzen die spuren.
oder wir stürzen die gitter.

schwarz
von kirsche zu kirsche
pfeift sich der star
blutrot

er weiß
es ist alles geschenkt

der schwarze hut
die wolke weiß
das grauen
alt
das trauert
licht

woher das licht?
ist arbeit.

wir erklären die feindschaft

1
es ist an der zeit. wir werden verrückt. alles tüchtig blutig. die piste lebt. und die fischersleute aus zarrentin hatten sich endlich den alt-bmw geholt, sechstausend eier mit bremsdefekt irreparabel. nun hat alles ruhe, ist alles tot. pisspott perdei, *die letzten sklaven europas sind frei.* vom blanken sattelschlepper aus holland laufen ein paar apfelsinen durchs blut. rutsch da nicht aus, komm weiter. *es ist kein tanz.* es ist die feindschaft. und kotzen geht überall.

2
nicht in die krabben. großflächenkaufmarkt am kleinstadtrand. und schon hängt opa sich über den rollkorb, kingswingt frei rentnerfrech seine kaufe, kaufkrückt die freude der herren. der klumpen rotz unterm haar hat endlich doch recht. bald sind unsere don-kosaken wieder ss, die SicherheitsSolidargemeinschaft. nördlich noh hau. der weißen herren hausen. wenn das der führer noch hätte erleben dürfen. hinter den dosen schmatzt heino schwarzbraun das polenmädchen. hat mucken gemacht. lacht opa. schreit hanna. *es ist die kerze des pflegers* rein deutsch. brummsummschiebt opa an butter und blusen und blumen sein gitterkörbchen durchs grün ist die heide blutrot bis an den ständer für gartenspiele. der schläger ist fein besponnen. kommt aber an die sonnen in winziger prägung das land der arbeit. und während am stadtrand von kuala lumpur zweihundert kinder in nächtlichen länglichen kästen deutsche ballschlägerrahmen bespannen, greift opa spätnachmittags zu billigpreisen das tennisspiel für die enkelkinder. und es werden, damit das so weitergeht, das lassen wir uns nicht nehmen, das sind wir uns schuldig, sondereinsatzkommandos gebildet werden zum schutz unserer nonnen in den schulgärten von kuala lumpur. niemals vergessen wir stanleyville*, gern stutthof**. immer sauber bleiben, sagt opa. er karrt seinen fraß getürmt und die schläger ans blutsilbern glänzende fahrzeug. nicht in das körbchen kotzen. es ist die feindschaft. es ist kein glück.

* im kampf gegen das schwerbewaffnete kupferinteresse europäischer konzerne gab es am kongo eine schwarze befreiungsbewegung. in stanleyville und an anderen plätzen des landes wurden damals viele weiße, nach möglichkeit alle, am liebsten nonnen und priester, gequält und getötet. stanleyville war 1964.

** stutthof war im 2. imperialistischen krieg ein kz nahe gdansk.

3

es ist *der stachel am kopf,* sie schlägt ihn sich ein als einen pfahl der furcht entweder oder sie wirft ihn sich schwingt ihn nach draußen als einen fühler, das scharfe auge aus einer frucht, der freie anblick. der anblick sind wir. wir ist die frau im krieg der killer, bettina carola, vor der kaserne in leer, lammfellkappe, eulenglas, maulwurf im mannsmantel, lustig weitsichtig wissentlich wut, die nachricht an die soldaten, die sollen verwüsten, die werden verwüstet werden. euer leben ist menschenrecht, wehrt euch, verweigert den herren und damen den krieg, organisiert euch, streikt! die frau hat lust. ihr ist nicht kalt. sie ruft helle wolken. es beschlagen die brillengläser. es wirft ein schneestoß die kappenklappen. es ist ein flugblatt, lies mal, machs gut! durch schneewirbel fahren langsam in urlaub die wagen der jungen soldaten aus schwarz bewaffnetem tor. gib noch eins gib noch eins was solln wir denn machen die frau ist verrückt ist verboten. das warten wir ab. jörg aus dem rheiderland wartet das ab. da kommt aus den wachhütten schlank gezüchtet gezüchtigt der wächter von rang. da ist ein gesetz, da ist ein verbot, da ist ein gesperrtes gebiet vor dem tor. da lacht carola. das wäre doch falsch, da lesen sie mal, oder willst du den krieg, dann streiten wir jetzt, wer schlau ist, na wer wohl, na siehst du, hier wär auch noch tee im korb! wer hat das geschrieben? ich hab das geschrieben. das dürfen sie nicht. wer kann uns verbieten. wer kann uns die freude verbieten, soldat? eule mit sönnchen, das gibt es doch gar nicht, daß sowas erlaubt ist, das lassen wir lieber mal laufen, wer weiß. der büttel biegt ab. wir wissen bescheid, ruft carola. rudeln die rentner: alles vom osten bezahlt. sie rutschen an ränder sie klatschen die klappern sie stampfen den mampf sie kreisen carola ein an stöcken jeder den stock aus dem rock will deutsch ins städtchen ins polenmädchen. was unrecht ist, das soll uns recht bleiben. ach schulterschluß weiß, ruft schneidend carola, fängt, was aus seinem versteck jörg ihr zuwirft, das nahkampfmesser, das truppenwerkzeug, das grauen, einfach die feindschaft. wirbelt carola grau. jetzt kommt euer unglück!

4

glück hat honken. sagt pfiffig der siebzehnjährige honken. er ist der sohn eines maurers im rheiderland. ein lungenkrebs hat ihm den großvater weggefressen vor jahresfrist. und der großvater hat dem enkel, aus einundfünfzig jahren ziegelei und torfstich und aaleräuchern, aus dem aschesack seines atems, zweitausendfünfhundert mark gespuckt. blutgeld, lacht honken. und fährt seither videoschleifen, wachsam gespannt die stauung der bilder, honkens gesicht von der welt. einzig fährt durch die bildernachrichten täglich einsam honken an schauderplätze. aus schinden und schänden und schund schleift honken sich seinen schandplatz, ins magnetband die endlosschleife des horrors. es zieht ihn an. der panzer der untat. sein kleines elternarbeiterhaus ist verkabelt. es sind unter blumen feine ketten vergraben. so ist da in reichtum der tägliche zugang der schrecken zum schlecken. in wiederholung zur hand sind honken die pornografien des todes, weich weingummi wüste und wichs, krieg hunger und aufstand und öffentlich henken und nonnenneger und terrorjäger, stollenbrand flutleichen todesschuß gladbeck, das männerzertrampeln in brüssel, ornamental das menschenverdampfen im weltall, das fluoreszierende frauenfleisch gestreckt in den sand der intifada. *bis zur unkenntlichkeit verstümmelt.* verlümmelt hockt honken. da heimkehrt sein bruder aus nordenham. er war im *lindwurm**. aus giften und gasen und strengem gehorsam hat er eine medaille gebracht, und geld. *für geld tu ich alles,* sagt der feldwebelbruder von honken. sagt honken. wird honken sagen.

arbeitslos in der schleife
geschliffen für jeden
männlichen truppengang höhnisch
gehärtet der muskel des herrn
hirnlos das milchfleisch
zur wahrung zivilisierter interessen
im bilderverschlingen geübt verschlungen
zu binden gerne zu würgen
was frei seinen atem erhebt

wird honken singen, wird es ein schrei sein. honken singt nicht. er schweigt in den schleifen. und erregt, eines kühleren morgens, fern im süden, auf den weiten wegen seines kommandos aus norden, wird honken horchen entspannt auf den schrei seiner opfer. es ist unser todfeind, wer das aus honken gemacht hat. wir

* im herbst 1990 wurden die in der brd gelagerten us-chemiewaffen in einer konvoikonstruktion aus us-army und bundeswehr und bundesgrenzschutz und landespolizeien, militärpropagandistisch von den medien aufgebaut zu einem technisch-sportlichen leistungsereignis in bild und ton, nach nordenham gebracht, um dort verschifft zu werden. diese transportaktion hatte den titel *lindwurm.*

erklären die *feindschaft. einmal werden wir singen: das war die wüste.*

5

im wüsten kurdistan gibt es die agas. das sind reiche kurden. sie arbeiten mit der türkischen armee zusammen gegen die armen kurden. die armen kurden kämpfen ums leben. das heißt freiheit. manchmal muß ein kurde, der kämpft, außerlandes fliehen. er flieht nach celle in niedersachsen. seine große familie bleibt in den kurdischen bergen, unter den agas, unter den türken, unter der nato, unter der westlichen freiheit. manchmal reisen die reichen agas den armen kämpfern nach celle nach. sie haben keine einreiseschwierigkeiten. nicht nur am türkischen flughafen der bundesgrenzschutz, auch in celle die polizei arbeiten mit den reisenden agas zusammen. man mag einander. den kämpfenden kurden mag man nicht. er soll dem aga sein geld geben. alles. ja. anders stirbt zu haus deine ganze familie. die agas sind aus ankara schwer bewaffnet. es ist eine ordnung aus ankara in den bergen der agas. es ist eine ordnung aus bonn in celle. im celler zuchthaus kämpfen seit vielen jahren gefangene aus der guerilla. morgens beim tee die drei gefangenen lernen kurdisch. sie sind gefangen, weil sie befreien wollten. sie sollen vernichtet werden. der arme kurde in celle weiß davon nichts. er ist preisgegeben der ordnung der agas aus ankara, den bullen aus bonn. er wird vernichtet werden. so oder so. es ist kein tanz. morgens um sechs im dom zu osnabrück. das schluchzen einer frau. die weiß. die weiß ist auf ihren knien.

6

und hilft kein beten um unsere geliebte toscana. es war ein vogel es war ein vogel im helleren blau eines holzes. schon sind die zypressen krank. es sterben im süßen taumel der ferne die muster der ordnung, die schwarze figur der schönheit. es werden die zärtliche finsternis, das weiche gestein aus duft und ocker, ihre würde verlieren, die biegenden linien der trauer. nun schattenlos linos schritt, feders ritt auf dem rücken des esel moro. es ist ein pilz der vernichtung. es ist eine nachricht im ticker der weißen büros. gern haben in der toscana redakteure und redakteurinnen ein kleines haus, zur zierde gekauft an den buckligen wänden die armut der ärmsten. die redakteure erschrecken. die redakteurinnen erschrecken. es sind zypressen ums dach ihrer träume, um den gekauften traum nah poggibonsi. die redakteurinnen und redakteure haben gelernt, so werden sie gut bezahlt, so haben sie teuer gekauft, jeden schrecken zu koppeln an eine gute nachricht von denen, die uns die schrecken entfesseln, zu verkuppeln die untat an den rat, das gräßliche an gefügig das günstige, die leiche an das lernen der macht. so sagen sie heute, über die sender, in einer arbeit für frauen, die nachricht vom tod der zypressen zuversichtlich.

auch die geliebte toscana bleibt nicht verschont vom fortschritt. aus den schäden im boden und in der luft ist ein pilz geworden. er unterwandert die rinde der bäume. es ist ein krebs im wiegen der alten zypressen. es ist ein vernünftiger auftrag hieraus an unsre genforschungsinstitute. genforschung ist für die zukunft des lebens. unser eingriff in die genetische bindung der bäume wird eines tages zypressen uns wachsen lassen, die jedem pilz widerstehen.

die autorin der sendung ist eine junge frau. sie lügt um ihr leben. sie lügt sich ums leben. sie ist verantwortlich für die verbreitung der lüge. wir machen sie verantwortlich für das toscanische licht in der lüge, für das leichte lernen der leiche. wir werden es lernen, lügen zu strafen. wir erklären die feindschaft. *sie sollen das messer haben!* vorsicht, es kommt eine rückkehr.

7

wir erwarten die rückkehr des jungen pisaner genossen aus lagos, aus der metropole des reichsten afrikanischen landes, aus oel und zinn und kakao die heimische bourgeoisie kommt aus oxford und princeton, aus siemens und mbb. reichhaltig interessiert schamlos schlau haben sie alles ihr volk sich eingedient in die marktmachenschaften des nördlichen kapitals. es rast frei zivilisiert das weiß gegen das schwarze gesicht. es ist ein fester gewinn zugesagt aus seattle und stuttgart. es ist kein fest für das volk aus arbeit und abfall. sagt der junge genosse aus pisa, schreit der junge genosse. schreibt:

es ist eine anspannung in mir aus angst und bedrohung, aus schreck und mitleid, beim laufen zwischen hütten und dreck, beim fahren auf der autobahn, im stau umringt von bettlern und kleinen händlern, oder nachmittags in der innenstadt, wenn sich die kranken, die bei unfällen verstümmelten, die mißgebildeten und die alten zwischen den autos winden, ihre wunden uns in die fenster strecken, sich am boden wälzen, hinter dem langsam weiterfahrenden wagen herkriechen. anspannung auch aus ekel, den fast alle weißen hier in mir hervorrufen. ich bin ein weißer. einmal kam ein sehr kleiner junge. ich drehte mich nach ihm um, um ihn anzusehen, lachte ihn an. da flüchtete er mit einem schrei: OYIMBO! das ist der geschälte, der weiße. seine schwester brachte ihn mir zurück. er preßte beide hände vor das gesicht und schrie.

es kommt eine rückkehr, die schreit. es kommt eine rückkehr des schreies. es ist der schrei unser name. unser junger genosse kommt aus lagos bestimmt zu uns zurück. er hat den feind gesehen, das weiß, *das weiße scheinwerferlicht der sicherheitsposten rund um Beachland Estate.* das ist die wohnzone, wachturmumstellt, der schwarzen und weißen damen und herren in lagos. sicherheitskooperativ das bündnis der freien welt. der die arbeit der wachtümer koordiniert, war früher in hangelar gsg-9. nach mogadischu* für den künftigen kill zu alt nun, äugt er weiß an den rändern der gärten die rente aus raub, trifft er am liebsten ins schwarze. dem jungen genossen aus pisa sagt er obszönes. er wird nicht vergessen. es wird nichts vergessen.

8

schon früh sollen sich vergessen die weißen kinder in büsum und berchtesgaden, ihren schmerz, ihre schande. mir meldet ruhig der *deutschlandfunk,* im nazinachfolgedeutschland, also noch nicht in den eingekauften, vormals antifaschistischen ostprovinzen, werden kräftesparend, schamvermeidend, kostenschonend täglich millionen kinder ruhiggestellt, sediert. im bunten häppchen das weiße jäckchen, im rücken die schnur unerreichbar. still das entsetzen des kindes. es hat getrampelt, geschrieen, gespuckt, die nägel zerkaut, den lehrer getreten, die maus zerschnitten, den vater gebissen, ins bett geschissen, die bilderzeitung zerrissen. es hat das entsetzen ein kleines kühnes menschenleben bewegt gegen den boden, der bebt, gegen den nachbarn, der lügt, gegen die mutter, die sich hat schlagen lassen, gegen das angegriffene fleisch, das seinen angriff nicht finden kann, nur noch sich selbst, gegen den feigen lehrer, gegen die kleine bange maus, noch kleiner noch banger, gegen den vater, der angst hat vor bullen und banken, gegen den bösen blick der oma

* auf dem flugfeld der hauptstadt somalias wurden am 18.10.77, zur rettung von 86 weißen, 5 palästinensische freiheitskämpferInnen erschossen bzw. kampfunfähig geschossen von spezialisten der westdeutschen polizei; unter der anleitung des spd-politikers wischnewski; beraten von dipl.-psych. salewsky

beim glotzen, gegen den schlaf, aus dem der zauberer kommt und alles versteinert. so ein kind soll nicht sein. gegen das kleine leben, das sich entsetzen will aus der scheiße, in die es gesetzt ist, sind bunte pillen. damit die eltern die letzten kräfte wegstecken können in lohnarbeit, damit lehrer, pastoren und zahnärztinnen nicht verächtlich das kind von sich weisen, die eltern schmähen. und wer, wenn das kleine leben den sprung wagt, wird die versicherung zahlen gegen das leben? es rechnen der arzt, die sozialhygienikerin, die mutter und deren mutter. das kind soll in ordnung kommen, in ruhige pflichten freundlich weißlich ins milch der gewalten, gütlich ins gift. millionen kinder. so viele feste häuser und festhaltelager, das würde sich teurer rechnen. als gift. rechnet mit uns der feind.

9

ach komm ach komm aus dem loch ihrer angst in die sonne der wälder ins dunkel der augen der dörfer in der provinz san marcos. guatemala. wir sehen das dorf el rosario, zwölf meilen bis mexiko, fünfundzwanzig bis an das leise schlurfen und schlingern der schritte des riesen pazifik, hundertfünfzig bis in die hauptstadt. *was ist eine hauptstadt. von wem. für wen. wie fern denn.* gut eine stunde zu fuß, das ist dann das dorf pajapita, wenn du nach norden gehst. nach osten so weit bringt uns das maultier nach coatepeque. dort ist ein flugplatz. *was ist ein flugplatz. von wem. für wen. wie fern denn.* hier nah unter heißen wolken stürzt und steigt auf der vogel abellaruco, bunter federflugkünstler, federnder flug. wir kreisen ab, fallen sacht ein. auf einer weiten lichtung seit generationen die arbeit von frau und mann, freigeschlagen aus wald die erde für bohnen, kartoffeln und mais. sorgfältig mehr erde nicht. vom waldrand geschnitten kommen die zarten hölzer, das kleine gatter für alles vieh von allen. jetzt abends im lichtdunst die silhouetten von kindern. sie sind von feld- und weidewegen nachhaus in ihr dorf zurückgekehrt, sie hocken im leichten zaun über den tieren, die hemden zu kurz und zu lang, die hosen und röcke zerspießt und zerspielt, eine kleine hand auf der kleinen schulter des freundes. sie sehen den flug des abellaruco. was der sieht, das möchten sie sehen. manchmal die ältere schwester. manchmal den älteren bruder. die sind in die wälder gegangen. bergwald. dickicht. der pfad. die lautlosigkeit. die guerilla. *was ist die guerilla. von wem. für wen. wie nah.* es kommt ein wind auf. es kommt aus den bergen ein nebel auf in dem wind. schon längst erbrechen die kinder im gatter das wasser der kleinen flüsse am rande der weiden, husten, scheißen sich dünn, zerren die eiteraugen. es sterben die kleineren leicht. unter schmerzen. *unter dem schatten deiner flügel.* unter den hubschrauberschattenketten der US-Antidrogen-Behörde die entlaubung der drogenfelder. wir sind das laub. das sprühgift heißt *2,4-D-Glifosfato, handelsname Round-up, ein Monsanto-Produkt,* schreibt ruhig am elften juli achtundachtzig die FAZ, *es wird auch vertrieben von BASF.* schreibt *krebserregend.* schreibt *mutagen.* die kontrollfahrzeuge der anti-guerilla-kommandos kommen aus münchen. immer noch weht durch den abend der nebel die schneise das tote dorf die kleine hand auf der kleinen schulter des freundes. *was ist eine hand. was ist eine schulter. was ist ein freund. von wem. für wen. wie fern* ist guatemala. wie nah sind BASF und BENZ.

10
komm mit bis ans ende, ganz nah, hör dir das an, die freien dichter im freien norden. ruhig im deutschlandfunk rätseln öffentlich drei junge dichter aus *stasi*geschichten. *jeder von uns hat sein päckchen zu tragen.* und als nun der moderator nach reinigungsmaßnahmen fragt, unter dichtern, mal ganz unter uns die hände innerlich waschen, zur klärung der lasten, da wirft einer von ihnen ab, ganz unscheu, braust auf, empfiehlt sich hart.

alle ins lager damit
sämtliche namen an die wand
die brausen aufdrehen
da werden wir sehen was bleibt

wörtlich dichterwort deutsch öffentlich unwidersprochen oktober '90. du siehst, wir sind wieder zuhaus. im hause der feindschaft. mach dir nichts vor. alles tüchtig blutig. alles blutig tüchtig. rutsch nicht aus. komm weiter. es ist kein tanz. es ist an der zeit. wir werden verrückt. genannt werden.

(romananfang '92)

INHALT